lu en février 2007

LES ENTREMETTEURS

et autres nouvelles

EDITH WHARTON

Les Entremetteurs

et autres nouvelles

NOUVELLES INÉDITES TRADUITES DE L'ANGLAIS (ÉTATS-UNIS) ET PRÉSENTÉES PAR CLAIRE DU PARC ET AUDE DE MÉZERAC

LA DÉCOUVERTE

Titres originaux :

THE INTRODUCERS (1906) ; APRIL SHOWERS (1900) ;
THE QUICKSAND (1904) ; WRITING A WAR STORY (1919) ;
THE RECOVERY (1901) ; THE MISSION OF JANE (1902) ;
THE DESCENT OF MAN (1904) ; THE REFUGEES (1919).

ISBN : 2-253-09943-0 – 1re publication – LGF
ISBN : 978-2-253-09943-7 – 1re publication – LGF

Présentation

Lorsque Henry James lui suggéra d'abandonner le « sujet italien » alors très en vogue, pour lui préférer « New York », Edith Wharton eut le bon goût d'accepter et puisa dès lors son inspiration dans le milieu qui l'avait vu naître : la haute société américaine du début du siècle, celle qui passait l'hiver sur la Cinquième Avenue, se précipitait l'été à Newport et voyageait en Europe.

Ses nouvelles, tout imprégnées de l'atmosphère persistante de la Belle Époque où les *cabs* côtoyaient encore les voitures à moteur, sont à l'image de la vie de leur auteur : « diverses et ondoyantes » selon l'expression de Montaigne. Partagée entre réceptions, voyages en Europe, visites culturelles et fréquentation des cercles cultivés, sa vie mondaine permit à l'auteur d'observer les rouages du jeu social de ses contemporains d'un regard lucide et sans concession. Mais l'œuvre de Wharton n'est pas seulement le miroir de son époque ; en filigrane, c'est la trame de sa vie intime qui ponctue sa production littéraire : ses relations avec sa mère, ses premières expériences de jeune écrivain, son mariage raté avec Teddy Wharton, sa passion pour la décoration des maisons, ses actions charitables pendant la guerre ; toutes les facettes de sa vie sont pour elle matière à écrire, et c'est bien la diversité de ses expériences qu'on retrouve dans le foisonnement des sujets qu'elle choisit de traiter.

Le thème récurrent du mariage dans des nouvelles comme *Sables mouvants* et *Les Entremetteurs* montre ainsi à quel point Wharton s'interrogeait sur le sien ; lorsqu'elle écrit *Sables mouvants* en 1902, son mariage avec Teddy Wharton commence déjà à battre de l'aile ; elle supporte très mal l'incompréhension qui règne dans son couple, se sent piégée, malheureuse, et l'écriture devient pour elle un exutoire nécessaire. Dans *Sables mouvants*, l'auteur montre en effet de quelle façon les femmes sont déchirées entre les idéaux de leur jeunesse et les compromis qu'implique le mariage. Dans *La Guérison*, le mariage, qui avait été un moyen d'ascension sociale pour l'héroïne, devient le lieu même de l'enfermement, de la douloureuse confrontation à l'autre ; de même que Wharton devait supporter la susceptibilité et les frasques de son mari, Claudia se heurte à la suffisance de son époux, un artiste persuadé de son talent, mais en réalité médiocre : « L'ardeur de Claudia s'épuisait progressivement contre la surface dense de la suffisance de son époux. » Dans *Les Entremetteurs*, elle fustige les mariages arrangés qui se font par intérêt financier, et décrit le jeu social qu'est parfois l'amour. Derrière le ton léger de la plupart de ses nouvelles, Wharton montre les contradictions inhérentes de l'âme humaine, celles qui creusent un gouffre entre l'être intime et l'être social, trop souvent sujet à la pression du monde dans lequel il évolue. Les personnages qu'elle crée manifestent la même ambivalence : « Ils tentent de vivre dans deux sphères, la sphère publique et familiale et la sphère intime de leur jardin secret », écrit Judith Fryer dans *Felicitous Space : the Imaginative Structure of Edith Wharton and Willa Cather*[1].

Un autre épisode de sa vie inspira également ses nouvelles : celui de la guerre ; Edith Wharton a longtemps vécu en France, et elle s'y trouvait lorsque les combats de la Première Guerre mondiale commencèrent. Elle entreprit alors d'accueillir et de soutenir les réfugiés, tant les adultes que les enfants, qui déferlèrent de Belgique dès septembre 1914. Elle créa plusieurs associations, chargées de gérer les foyers d'hébergement, les hôpitaux, les soupes populaires, les ateliers de travail qu'elle avait mis en place à Paris dans le but de soulager les victimes de l'invasion allemande. Elle côtoya donc sans doute les mondaines des « escadrons de la bienfaisance » qui « amplifiaient avec application et par tous les moyens dont dispose la philanthropie, la détresse et le désarroi de leurs victimes » qu'elle décrit avec humour et distance dans *Les Réfugiés*. L'été 1915 la trouve lancée dans une nouvelle entreprise, littéraire cette fois : elle décide d'éditer un ouvrage pour lever des fonds pour

1. Judith FRYER, *Felicitous Space : the Imaginative Structure of Edith Wharton and Willa Cather*, University of North Carolina Press, Chapel Hill, NC, 1986.

ses œuvres, il s'intitulera *The Book of the Homeless* et contiendra des textes, des poèmes, des reproductions de dessins, de peintures, des photographies, des partitions musicales. Edith Wharton réussit à convaincre nombre d'artistes célèbres de collaborer; ses amis, bien sûr, Henry James, Paul Bourget, Anna de Noailles et Edmond Rostand, mais également Paul Claudel, John Singer Sargent, Maurice Barrès, Thomas Hardy, W. B. Yeats, Jacques Émile Blanche, Stravinski. Dans *L'Art d'écrire un récit de guerre*, il est question d'une revue composée sur le même principe et dans laquelle l'héroïne publie une nouvelle. Cette allusion témoigne du caractère souvent autobiographique des écrits de Wharton qui revisite ici un épisode de sa vie; cependant le point de vue diffère et elle s'attarde davantage sur son expérience d'écrivain que sur son travail d'éditeur.

Au-delà de sa propre expérience du monde, c'est la complexité même de l'existence et son perpétuel mouvement que Wharton cherche à retranscrire. Pour cela, elle adopte un style lui aussi « divers et ondoyant »; ses phrases, souvent longues, presque proustiennes, calquent le mouvement même de la vie et de la pensée de ses personnages.

Les monologues intérieurs ont quelque chose du « *courant de la conscience* » jamesien mais Wharton y ajoute sa touche personnelle; par sa capacité à amener à la surface les mouvements sous-jacents, presque inconscients de l'esprit féminin, on peut même dire qu'elle surpasse James, son « maître ». Selon le critique F.M. Crawford : « Elle produisait des œuvres d'aussi bonne qualité que le meilleur d'Henry James, mais avec ce petit quelque chose en plus, que nous les hommes avons tant de mal à saisir lorsque nous tentons de décrire les femmes et qu'une femme arrive à faire tout naturellement. »

Il est vrai que ses meilleurs passages sont ceux où elle explore l'esprit de ses personnages : elle nous y donne accès d'une façon très personnelle qui consiste, grâce à un jeu de miroir, à projeter sur les décors leurs pensées intimes. La description de l'espace, de l'atmosphère, de la décoration intérieure devient alors le moyen concret d'accéder à leur intériorité. L'extérieur se fait miroir de l'intérieur, et cela jusqu'à la métonymie. Enfant déjà, Wharton possédait une sensibilité exacerbée à l'atmosphère des lieux qui, alliée à une excellente mémoire visuelle, quasi photographique, a fait de la métaphore spatiale son mode d'expression privilégié : la pièce en arrive à être l'esprit même du personnage. Dans *Sables mouvants*, comme Wharton, Mrs Quentin est très sensible aux lieux : « Il s'agissait du genre de pièce dans laquelle on ne risquait pas de trouver des membres de la famille, si ce n'est après le dîner ou une fois décédés. Les chaises et les tables ressemblaient à des parents pauvres qui avaient payé leur pension par de longues années de service effectuées à contrecœur. Elles semblaient s'être liées contre les intrus dans une inquiétante conspiration de l'inconfort. Mrs Quentin, profondément sensible à ce genre d'influences, lisait l'échec dans chaque renfoncement du capitonnage. » Cette façon de rendre géographiquement l'espace intime féminin est un trait constant de l'auteur ; elle évoque elle-même cette caractéristique de son écriture dans *The Fulness of Life* : « La nature d'une femme est comme une grande maison avec plusieurs pièces : il y a le hall d'entrée, que les gens traversent pour entrer ou sortir ; la salle de réception où on reçoit les visites officielles, le petit salon, où les membres de la famille vont et viennent selon l'ordre d'arrivée, mais au-delà, bien au-delà, se trouvent d'autres pièces, dont les poignées de porte ne sont jamais tournées ; personne ne connaît le chemin pour s'y rendre, personne ne sait où elles mènent, et dans la plus reculée, dans le saint des saints, l'âme est assise seule et attend des pas qui ne s'approchent jamais[1]. »

Si Wharton décrit des lieux à l'image et à la ressemblance de ceux qui les habitent, elle ne se contente toutefois pas de donner au lecteur un accès uniquement métaphorique et indirect aux sentiments des êtres qu'elle invente. Elle a également recours au monologue intérieur qui permet de dévoiler sans pudeur les pensées les plus secrètes de ses personnages. Dans les nouvelles, le point de vue du protagoniste prédomine si bien que le narrateur semble s'effacer complètement pour céder la place et la parole aux héros de la fiction. Cependant Wharton ne renonce pas à manier la distance critique et l'ironie. Le narrateur, bien que discret, est néanmoins présent ; il s'insinue de façon subtile entre les lignes.

1. « The Fulness of Life », *Scribner's Magazine 14*, New York, décembre 1893 (p. 699-704).

Ainsi c'est au détour d'un adverbe que Wharton fait sentir sa présence et assassine ses personnages : « Vous avez écrit un très beau récit, ma chérie, soupira Mademoiselle, les larmes aux yeux. Ivy en convint, modestement[1]. »

Lorsqu'elle n'intervient pas de cette manière détournée, Wharton confie aux personnages eux-mêmes le soin de se discréditer et de se ridiculiser en les laissant tout simplement s'exprimer sans rien censurer ; ainsi Ivy Spang, l'écrivain ratée, se compare, sans vergogne, aux plus grands : « … pourquoi ne prendrait-elle pas un de ces récits sans style pour en faire de la littérature. Plus elle y pensait, plus cette idée lui plaisait ; elle repensa à Molière et à Shakespeare et dit gaiement à sa gouvernante… » et Theodora Dace, la jeune fille de dix-sept ans qui est convaincue d'avoir écrit, avec *Giboulées de mars*, un roman « sublime » n'hésite pas à éprouver pour George Eliot un peu de « commisération rétrospective » car elle n'était « devenue célèbre que vers quarante ans ». De la même manière Mrs Davant, la fervente admiratrice de Keniston affirme sans ciller qu'elle tient à ce que l'Europe s'enrichisse au contact des œuvres et de la présence du peintre.

Que la voix même qui permet au lecteur d'appréhender les personnages dans l'intimité de leurs pensées soit porteuse d'ironie enrichit considérablement la lecture de ces textes souvent emplis d'humour et de tendresse.

---

1. *L'Art d'écrire un récit de guerre.*

Edith Wharton ne se contente pas d'un ton ironique ; les situations qu'elle s'attache à décrire le sont également. *La Mission de Jane* est certes accomplie mais Mrs Lethbury est transformée au-delà de toute attente ; et ce n'est pas l'arrivée de Jane dans la famille qui soude le couple distant mais leur conspiration complice et leur espoir de se débarrasser de leur fille adoptive. L'ironie peut même se dédoubler : dans *Les Entremetteurs* comment savoir si, derrière les bons sentiments, c'est véritablement en raison de la pression sociale ou bien plutôt à cause de la peur de l'indigence matérielle que les deux protagonistes sont sur le point de renoncer à un mariage d'amour ?

Edith Wharton, qui fréquentait les milieux littéraires, artistiques et même scientifiques, se penche, dans *La Descendance de l'homme* et *La Guérison*, sur les productions artistiques de deux hommes : l'ironie de ces deux nouvelles réside dans l'aveuglement de l'artiste et du scientifique, l'un trop persuadé de son talent et l'autre trop sûr de sa supériorité morale pour s'abaisser, comme certains de ses confrères, à corrompre la science en écrivant des ouvrages pour le grand public. Or lui aussi se laissera prendre dans cet engrenage commercial. Le succès apparent qu'ils connaissent est en réalité un échec dont la responsabilité incombe au public qui pèche par manque de goût. Wharton condamne donc avec une égale cruauté les artistes manqués et l'incapacité du public à identifier une véritable œuvre d'art.

Edith Wharton est en effet avant tout une femme qui écrit, lit, et réfléchit sur la littérature, comme le prouvent ses ouvrages critiques. Elle se penche plus particulièrement sur le statut de la femme écrivain ; malgré leur inhérente incapacité à écrire, ses héroïnes choisissent de le faire ; elles sont donc condamnées à essuyer la vindicte masculine, qui des éditeurs, qui des écrivains confirmés. Le caractère autobiographique de *L'Art d'écrire un récit de guerre* ne fait aucun doute. À seize ans, la jeune Edith publia son premier recueil de vers intitulé *Verses* qui lui valut des remarques très similaires à celles qui sont rapportées au début de cette nouvelle. Et comment ne pas reconnaître Henry James dans le personnage de Harold Harbard, l'écrivain talentueux, auteur lui aussi d'un *Broken Wings*. Dans cette nouvelle, en effet, James traite des relations entre un homme et une femme, tous deux écrivains, thème que Wharton a elle-même repris dans un texte intitulé *Copy*. De surcroît l'échange final entre Ivy Spang, la jeune fille qui rêve de gloire littéraire et Harold Harbard reprend les mots d'une conversation entre la romancière et son maître, dont elle fait état dans *Les Chemins parcourus*[1].

Tout au long de sa vie, Wharton revisite et retravaille certains thèmes. À quatorze ans, sous le pseudonyme de David Olivieri, elle avait écrit son premier roman, *Libre et légère*, une histoire sentimentale cynique, et avait imaginé les critiques incendiaires qu'il provoquerait dans la presse new-yorkaise. En 1900, dans

1. Edith WHARTON, *Les Chemins parcourus, autobiographie*. Éditions 10/18, Paris, 2001.

Giboulées de mars, elle revient sur cette expérience : le roman que vient d'écrire Theodora Dace se termine par les mêmes mots que ceux que Wharton avait employés vingt-trois ans plus tôt. En 1918, dans *L'Art d'écrire un récit de guerre*, elle met à nouveau en scène une jeune écrivain à ses débuts ; l'allusion à un ruban bleu, qui semble être chez Wharton le signe presque symbolique de la niaiserie de ces jeunes filles, rappelle celui que la pauvre Theodora utilisait dans *Giboulées de mars* : « Aussitôt que son récit fut tapé à la machine, elle le mit dans une enveloppe bien cachetée (elle savait que seules les jeunes filles sottes se servaient d'un ruban bleu pour attacher les feuilles de leur manuscrit)… » Bien des passages de ces deux nouvelles relèvent du pastiche, car Wharton fustige la production littéraire des femmes de son temps qui se cantonnaient souvent au genre sentimental.

Les nouvelles de Wharton révèlent donc à bien des égards la tension qui l'habite et qui la fait osciller entre nécessité d'écrire et déni de son propre talent. Elle ne se contente cependant pas de transcrire le malaise de l'artiste insatisfait et de s'interroger sur la nature de l'écriture mais laisse souvent résonner dans ses œuvres celles des autres, ouvrant alors d'autres chemins d'interprétation.

Le titre même de la nouvelle *The Descent of Man* par exemple, traduit ici par *La Descendance de l'homme*, est la reprise exacte de celui d'un ouvrage de Darwin publié en 1871. Par ce titre, elle fait une allusion directe au contexte scientifique réel de son époque, où les théories de l'évolutionnisme échauffaient les esprits dans les cercles cultivés. De la même manière,

Wharton, James et Bourget échangeaient souvent des idées sur la littérature en général et s'inspiraient souvent les uns des autres. Dans *La Guérison*, par exemple, Wharton reprend un thème d'une nouvelle écrite par James, intitulée *The Tree of Knowledge*[1] (1900) ; dans les deux histoires, la femme réalise que son époux qui se croit artiste n'a en réalité aucun talent ; mais, tandis que chez James, le point de vue est celui de Peter Brench, l'ami de la famille, avec Wharton, nous avons accès au point de vue de l'épouse du peintre. Par ailleurs, Henry James fera allusion au fameux banc des *Entremetteurs* dans une nouvelle intitulée *The Bench of Desolation*[2] et où il évoque quasi explicitement son amie. Certaines œuvres de ces écrivains peuvent ainsi se lire en miroir comme autant d'échos ludiques.

Les allusions ne sont pourtant pas toutes aussi limpides et certaines se laissent moins facilement trouver. Leur présence jette parfois un nouvel éclairage sur la situation décrite. Dans *La Mission de Jane*, Lethbury répond à son épouse par une réplique tragique empruntée à la dernière scène de *Hamlet*[3],

---

1. Henry JAMES, *The Tree of Knowledge*, in *The Novels and Stories of Henry James*, new and complete edition, edited by Percy Lubbock, London : Macmillan, 1921-23 (vol. 21, p. 145-165).

2. Henry JAMES, *The Bench of Desolation*, in *Complete Stories, 1898-1910*, the Library of America, New York, 1996, p. 847-895.

3. William SHAKESPEARE, Hamlet, Acte V, scène 2,
« O God ! Horatio, what a wounded name,
Things standing thus unknown, shall live behind me !
If thou didst ever hold me in thy heart,
Absent thee from felicity awhile,
And in this harsh world draw thy breath in pain,
To tell my story. »

celui-ci vient d'être empoisonné et exhorte Horatio : « Et respire à regret dans cet âpre monde pour dire ce que je fus[1]. » Si Mrs Lethbury ne relève pas le détournement burlesque de cette citation, une complicité culturelle et intellectuelle s'établit en revanche avec le lecteur qui saisit la référence : à lui les délices du « festin de la raison » tandis qu'à « pareil banquet, naturellement, [elle] n'était pas conviée ». Ce n'est plus l'adoption d'un enfant qui est en jeu, mais la relation conjugale, ou plutôt le gouffre qui peut parfois séparer deux êtres qui se connaissent intimement.

Edith Wharton invite ainsi ses lecteurs à entrer dans un jeu de références qui fonctionnent comme autant de clins d'œil, souvent aux dépens des personnages. De tels procédés créent un lien de complicité avec le lecteur qui est invité à participer à la création de sens par cette lecture attentive et informée, qui est la véritable source du plaisir.

Claire DU PARC
Aude de MÉZERAC

1. William SHAKESPEARE, *Œuvres Complètes*, publiées sous la direction de Pierre Leyris et Henri Evans, Club Français du Livre, Paris, 1968.
« Oh par Dieu Horatio, quel nom terni !
Me survivrait si rien n'était connu !
Si jamais j'ai eu place dans ton cœur,
Prive-toi un moment des joies du ciel,
Et respire à regret dans cet âpre monde
Pour dire ce que je fus. »

Les entremetteurs

Une histoire en deux parties

Première Partie

I

Un matin d'août, à neuf heures, Mr Frederick Tilney descendit les marches de la terrasse de Sea Lodge et traversa d'un pas tranquille la pelouse en direction des falaises. Les volets des fenêtres supérieures de la longue façade blanche qui dominait la terrasse étaient tous clos, car à neuf heures Newport dormait encore, et celui qui était assez actif pour se risquer à sortir à cette heure inhabituelle pouvait jouir de ce que nulle fortune ne pouvait offrir un peu plus tard : le privilège de la solitude.

Bien que son mode de vie et son allure élégante témoignassent de ses qualités sociales, Mr Tilney n'était pas insensible aux attraits plus rares des moments où il pouvait goûter au plaisir d'être seul, et, en cette occasion, il trouvait un plaisir particulier à l'idée d'avoir pour lui seul toute l'étendue splendide des parterres de fleurs et de la pelouse qui courait de la pointe d'Ochre à la plage de Bailey. C'était une matinée radieuse, avec une ligne d'horizon bleue qu'aucune brume ne voilait, et, devant la brillance de chaque brin d'herbe et le scintillement de la mer infatigable, même une imagination moins sophistiquée aurait été tentée d'imaginer des proues mouillées et une poupe jaillissant de l'écume, ou bien aurait pensé à des excursions dans les bois, le long du cours d'un torrent de montagne.

Mais cela faisait si longtemps que Mr Tilney avait découvert la saveur de si innocentes distractions que la beauté virginale de ce nouveau matin n'évoquait plus pour lui qu'un bien-être paresseux associé à la fuite de ses obligations sociales et la possibilité de finir le roman français sur lequel il s'était endormi à trois heures cette nuit-là.

C'était étrange qu'il se soit mis à accorder de l'importance à ces rares moments de solitude. Lui qui, durant ses jeunes années, ne s'animait qu'en présence de ses amis, tout comme l'humeur du mondain fatigué dépend du coup de fouet que provoque le premier verre de champagne, il commençait maintenant à rechercher et à apprécier chaque escapade momentanée hors de la foule. Ce désir fou de posséder le monde pour lui seul l'obsédait tant qu'il avait surmonté son habitude de se lever tard et appris à limiter les raffinements de sa toilette : il se réservait ainsi une demi-heure de solitude avant que les rouages sifflants de la machine sociale ne le happent de nouveau.

« Parlons-en, de la solitude du désert ! Ce n'est rien comparé aux falaises de Newport à cette heure-ci », songeait-il en se laissant tomber sur un banc ombragé, qui invitait plaisamment à s'asseoir près du sentier longeant le rivage. « J'ai parfois l'impression que la mer, les falaises et l'horizon au loin font tous partie d'un spectacle stupide... le décor coûteux d'une pièce de sacrée mauvaise qualité... prêt à être démonté et remballé avec tout le reste à la fin de la représentation ; il est plaisant de sortir et de le trouver ici à cette heure-là, tout seul, indifférent aux histoires ridicules dont on a voulu en faire momentanément la toile de fond. Bien... une chose au moins est rassurante : aucun parmi ces idiots ne le voit véritablement ; il n'est là que pour ceux qui viennent le chercher à pareille heure... et comme je suis le seul être humain à le faire, ce n'est là que pour moi, et c'est à moi que cela appartient et non à ces sombres imbéciles qui pensent en être les propriétaires parce qu'ils l'ont acheté à je ne sais combien l'hectare ! »

Et Mr Tilney, bombant la poitrine de toute la fierté irrépressible du propriétaire, jeta un regard approbateur sur les détours du sentier désert qui longeait la pelouse de Sea Lodge et se perdait dans les buissons bien taillés de la propriété voisine.

« Oui... tout cela m'appartient... et c'est, après tout, la seule chose qu'il m'importe de posséder ! Aucun risque de trouver un intrus à cette heure... nul besoin de panneaux d'interdiction ni même de demandes polies de ne pas marcher sur les pelouses.

Je crois que personne ne se promène jamais sur ce sentier à mon heure, et je n'ai rien à faire de ceux qui s'y rendent le reste de la journée ! » Mais, à cet instant précis, la vue d'une lueur blanche qui perçait derrière les feuillages près de lui l'interrompit dans ses pensées ; et, peu après, l'apparition d'une femme abritée sous sa large ombrelle en dentelle et qui s'avançait d'un pas indolent en direction de son banc, balaya toutes ses théories concernant les habitudes de ses voisins.

— Oh, mais vous êtes assis sur mon banc ! s'exclama-t-elle en arrivant devant lui, un mélange de gaieté et d'indignation dans le regard, tandis que derrière elle le vent et le soleil se disputaient la surface ridée de la mer.

— Votre banc ? répéta Tilney, qui s'était levé à son approche et dissimulait sa contrariété sous les apparences d'une accueillante politesse. Si j'ai jamais pensé que quelque chose m'appartenait sur cette terre, c'est bien ce banc.

La dame, jeune, grande et qui avait l'air exigeante, fronça ses sourcils bien droits et pesa l'affirmation de son interlocuteur en souriant :

— Je suppose que vous le croyez parce que le banc se trouve sur les terrains de Sea Lodge et non sur ceux de Cliffwood... D'ailleurs nous ne possédons aucun banc ; pourtant il se trouve que j'ai une théorie un peu différente : je pense que les choses n'appartiennent qu'à ceux qui savent les apprécier.

— Mais c'est aussi ce que je pense... et si ce banc n'est pas le mien, cette théorie tout du moins l'est, protesta Tilney.

— Eh bien, c'est aussi la mienne, ce qui veut dire que ce banc est à moi, voyez-vous, argumenta la jeune fille avec sérieux, car jusqu'à maintenant, j'ai été la seule personne qui ait apprécié de venir s'y asseoir à cette heure.

— Jusqu'à maintenant peut-être... mais pas depuis que je suis arrivé ici la semaine dernière. Je n'ai pas manqué un seul matin, déclara Tilney.

Elle sourit :

— C'est ce qui explique ce malentendu. J'ai été absente pendant une semaine et, avant cela, personne ne s'était jamais assis sur mon banc à cette heure.

— Et depuis, il n'y a personne qui se soit assis sur mon banc à cette heure-ci ; mais ma chère Miss Grantham, conclut galamment Tilney, ce serait un grand honneur pour moi si vous faisiez la première exception à cette règle en acceptant de vous asseoir dessus en ma compagnie ce matin.

Miss Grantham était sans aucun doute une jeune femme à l'esprit critique puisqu'elle pesa cette assertion aussi prudemment que la précédente, avant de répondre d'un ton où perçait une légère condescendance :

— Je ne suis pas sûre que vous ayez plus le droit de m'autoriser à m'asseoir sur mon banc que je n'en ai de vous permettre de vous asseoir sur le vôtre, mais en ce qui me concerne, je suis assez magnanime pour admettre, juste pour cette fois, que c'est le nôtre.

Tilney s'inclina en signe de remerciement et s'assit à ses côtés :

— Je sais combien cela est généreux de votre part, répondit-il, car juste au moment où je vous ai vue apparaître sur le sentier, je me disais que ce banc était bien la seule chose au monde qui m'appartînt.

— Et maintenant, je vous en ai dépouillé de la moitié ! répliqua-t-elle. Mais vous m'avez pris l'autre moitié, et comme j'ai été victime de la même illusion que vous, nous sommes tous les deux dans la même situation, et nous ferions mieux de nous accommoder autant que faire se peut de la gloire réduite de la propriété partagée.

— Il serait ingrat de ma part de rejeter une proposition si raisonnable, mais en échange de mon acceptation, voudriez-vous me dire comment il se fait que vous attachiez une telle importance au fait de posséder ce banc ?

— Il ne s'agit pas seulement du banc... C'est le banc et l'heure. Ce sont les seules choses qui m'appartiennent vraiment.

Tilney accueillit le regard charmant de son interlocutrice d'un air de compréhension totale :

— Ah, c'est surprenant... très surprenant.

— Pourquoi donc ? s'exclama-t-elle, avec une pointe de ressentiment.

— Parce que c'est exactement ce que j'éprouve.

Miss Grantham sourit et caressa les plis de sa robe en dentelle.

— Et est-ce si surprenant que nous puissions parfois ressentir la même chose ?

— Pas à tous les égards, je crois, mais je ne m'étais jamais douté que vous aviez un penchant pour la solitude.

Elle répondit à son regard scrutateur par un coup d'œil tout aussi pénétrant :

— Voyons, vous non plus vous n'avez rien d'un reclus, et pourtant je pense que j'aurais pu deviner votre désir de solitude.

— Le désir ? Ciel ! C'est une passion, ça devient même une obsession !

— Je vois très bien ce que vous voulez dire ; c'est la seule chose qui arrive à me tirer du lit !

— J'avoue qu'on ne vous associe guère avec le lever du soleil, dit-il, en posant un regard amusé sur la simplicité toute élaborée de sa tenue.

— Et vous donc ! lui répondit-elle avec un sourire. Si on racontait à nos amis que l'on a vu Fred Tilney et Belle Grantham, assis tous deux près des falaises à neuf heures du matin, le lendemain du bal des Summerton...

— Et qu'ils s'y sont rendus non pour se rencontrer, mais pour fuir tous les autres...

— Et c'est là l'essentiel : ça devient intéressant. Si on nous met la même étiquette, pourquoi ne serions-nous pas sur le même banc ?

— Il n'y a besoin d'aucun argument pour me convaincre que nous devrions y être. Mais portons-nous vraiment la même étiquette ? Voyez-vous, je viens d'arriver et, quand je vous ai vue la nuit dernière, j'ai pensé que vous étiez de passage avec les Summerton.

Elle secoua la tête :

— Non, je suis à côté, à Cliffwood, pour l'été.

— À Cliffwood ? Chez les Bixby ? Il jeta un regard en direction des cheminées gigantesques et des pignons abondamment sculptés qui donnaient l'impression que la villa voisine se dressait sur les massifs d'arbustes comme une pièce montée sur un plat fleuri.

— Eh bien pourquoi pas, si vous, vous êtes à Sea Lodge chez Mr Magraw ?

— Oh, je ne suis qu'un pauvre diable sans attache...

— Et que suis-je si ce n'est une belle de passage ? Ne saviez-vous pas que j'exerçais aussi ce genre de métier ? J'espère que vous ne laisserez pas la jalousie professionnelle entraver notre amitié.

— Je ne suis pas sûr de pouvoir m'en empêcher si vous vous occupez aussi vraiment de ce genre d'affaires. Mais la dernière fois que je vous ai vue... où était-ce ? Ah, à Athènes...

— Les choses étaient différentes, non ? intervint-elle. Je dessinais et vous faisiez des fouilles... Vous rappelez-vous de cette merveilleuse journée à Delphes ? Vous ne faisiez pas vraiment attention à moi d'ailleurs...

— La rumeur de vos fiançailles avec lord Pytchley avait de quoi dissuader...

Elle rougit et, d'un geste négligent, interposa son ombrelle entre ses yeux et les siens.

— Eh bien, je ne l'étais pas, figurez-vous... et mes croquis n'étaient pas assez bons pour se vendre. Alors, à la place, je me suis mise à ce genre de choses. Mais je croyais que vous aviez l'intention de vous consacrer à vos fouilles.

Il hésita :

— J'ai beaucoup aimé ça pendant une certaine période. Mais j'ai attrapé une insolation en Grèce cet été-là ; et un monsieur fortuné m'a emmené jusqu'en mer Noire à bord de son bateau à vapeur, puis sur une rivière de saumons en Norvège. J'avais l'intention de rentrer, mais j'ai traîné, et avant que je puisse dire ouf, ma place était prise. Et maintenant je me retrouve secrétaire de Hutchins Magraw.

Il demeurait assis, le regard perdu sur la ligne lointaine de l'horizon ; comme il ne prêtait plus attention à sa présence, elle déplaça doucement son ombrelle pour permettre à ses yeux de s'attarder un moment sur son profil sombre.

— Oui… C'est aussi comme cela que je désigne ma charge. Je suis la secrétaire de Mrs Bixby… ou celle de Sadie, je ne sais plus de laquelle. Et vous demande-t-on un gros travail de rédaction ?

— Eh bien, pas tellement. Le majordome s'occupe des invitations.

— Pour ma part, je surveille vaguement l'orthographe de Sadie et vérifie qu'elle ne signe pas d'un « tendrement » aux jeunes hommes. Quant à Mrs Bixby, elle n'a personne avec qui correspondre, et les invitations à dîner sont imprimées.

— Et quelles sont vos autres fonctions ?

— Oh, les choses habituelles : rappeler à Mrs Bixby de ne pas appeler son mari « Mr Bixby » en public, lui dire de ne pas laisser sa carte quand les gens sont chez eux, empêcher le maître d'hôtel de susurrer de façon désagréable « excellent bordeaux » à l'oreille des invités, lui rappeler de ne pas dire qu'elle va « à la ville » mais « en ville », et ne pas laisser Mr Bixby donner le prix des choses. Mrs Bixby s'emballe parfois un peu, mais l'adorable Sadie a de telles facultés d'adaptation qu'une fois que je lui aurai fait passer la mauvaise habitude de débarrasser de leur chapeau les gens qui lui rendent visite, ma tâche sera bel et bien terminée. C'est une habitude difficile à éradiquer : on le lui a si bien inculqué lors de sa dernière année scolaire et c'est une si bonne petite.

Tilney réfléchit à haute voix :

— Magraw aussi est un brave type. Il n'y a vraiment pas grand-chose à faire si ce n'est le tempérer un peu... Comme vous dites, on a l'impression de ne pas mériter son salaire.

Elle se tourna brusquement vers lui :

— Ah, mais je n'ai pas dit ça. J'ai dit que nos obligations visibles sont faciles... Mais qu'en est-il des autres ?

Il la regarda d'une façon un peu insistante :

— Qu'entendez-vous par « les autres » ?

— Je ne sais pas à quel point vous respectez vos obligations, mais je suis personnellement très consciencieuse en ce qui concerne les miennes. Il est évident que nous sommes payés pour jouer les entremetteurs, dit-elle.

— Les entremetteurs ? Il rougit légèrement et, passant ses bras par-dessus le dossier du banc, il se tourna afin de mieux voir son visage. Oui, je suppose que c'est pour cela que nous sommes payés.

— Et c'est ce que je déteste dans ce métier, pas vous ?

— Tout particulièrement, dit-il en approuvant avec insistance.

— Ce n'est pas que les Bixby ne soient pas des gens charmants. Ils le sont, au fond, vous savez... ou du moins ils le seraient s'ils menaient une vie normale entourés de véritables amis. Mais le fait même qu'on les pousse à mener une vie artificielle, à renoncer à leur passé et à le nier, qu'on les impose à des gens qui ne s'intéressent à eux que parce qu'ils ont de l'argent et qui, en fait, leur en veulent plutôt de leur intrusion... Eh bien, si on ne devait pas être bien payé pour un travail tel que celui-là, alors j'ignore ce que veut dire « gagner sa vie » !

Tilney continuait d'observer avec plaisir la façon théâtrale dont les traits de la jeune fille s'animaient pour exprimer le dégoût grandissant qu'elle avait de sa charge. Mais quand elle eut terminé, il se contenta de dire d'un ton détaché :

— Il est charmant de voir à quel point vous avez conservé vos illusions.

— Mes illusions ? Comment ça ? Je n'en ai même pas assez pour garder ma dignité !

— Oh si, il vous en reste. Sur les Bixby et ce qu'ils seraient devenus si on ne les avait pas influencés. Pourquoi ne pas reconnaître que s'ils n'étaient pas foncièrement grossiers, ils ne se seraient jamais prêtés à une telle mascarade ?

— Est-ce aussi ce que vous dites de Magraw ?

— Je vous ai dit que Magraw est un brave type. Mais lorsque je suis tombé sur lui, il n'aspirait qu'à voir le spectacle, et je me suis contenté de lui dénicher un siège au premier rang.

— Bien… mais n'attend-on pas de vous que vous fassiez quelque chose de plus pour lui ?

— Quelque chose de plus ? Comment ça ?

— Eh bien, je crois que les Bixby s'attendent à ce que je trouve un bon parti pour Sadie.

— Bien sûr qu'ils s'y attendent ! Eh bien, dans ce cas, marions-la à mon homme !

Miss Grantham poussa un cri de consternation :

— N'y songez pas, même en plaisantant ! Ce serait une véritable catastrophe !

— Et pourquoi donc ?

— Mais enfin êtes-vous aveugle ? Déjà, nous nous retrouverions tous les deux sans travail, et puis je gagnerais la haine éternelle des Bixby. Ce qu'ils souhaitent pour Sadie ce n'est pas l'argent, mais une place dans la société. Mrs Bixby me le répète tous les jours.

Tilney accueillit ces propos par un silence méditatif, puis il dit en riant légèrement :

— Eh bien, si ce n'est que le prestige social qu'ils souhaitent, pourquoi ne me choisissez-vous pas comme prétendant ?

Miss Grantham ne fit pas écho à son rire ; elle se contenta de poser son regard sur le sien avec un intérêt croissant.

— C'est une drôle d'idée… mais je crois qu'ils risquent de faire pire.

L'hilarité de Tilney monta d'un ton.

— Quoi qu'il en soit, continua-t-elle sans avoir rien remarqué, il y a une chose que vous et vous seul pouvez faire pour eux, et je pense vraiment que Mrs Bixby, dans l'humeur qui est actuellement la sienne, serait capable de vous en récompenser en vous offrant la main de sa fille.

— Grands Dieux ! Alors il faudrait auparavant que je sache à quoi ressemble Miss Bixby.

— Oh, Sadie est charmante. Vous ne l'avez pas remarquée hier soir au bal ? J'ai réussi à l'introduire en douce, alors que je n'ai pas pu faire inviter les autres. Ce que veut Mrs Bixby, continua Miss Grantham avec sérieux, ce à quoi elle aspire par-dessus tout, c'est une invitation pour Sadie à la petite soirée Louis XV organisée par Aline Leicester demain soir. Et vous êtes la seule personne à Newport en mesure de lui en procurer une. Je n'ai même pas eu l'occasion d'essayer... car le jour même où j'ai reçu l'invitation, je suis tombée sur Aline et elle m'a tout de suite dit : « Belle, je vois les Bixby dans votre regard, mais je ne les vois pas dans ma salle de bal. » Après ça, j'ai tenté de faire valoir nos liens de famille, mais cela n'a contribué qu'à renforcer son obstination... Vous savez, sa dernière lubie c'est de snober les nouveaux millionnaires ; vous êtes bien la seule personne capable de la persuader de faire une exception pour les Bixby. Aline a un très grand sens de la famille, et tout le monde sait que vous êtes son cousin préféré.

Tilney écouta attentivement sa requête ; mais celle-ci terminée, il la découragea d'un geste et dit :

— J'avais justement l'intention d'essayer d'obtenir une invitation pour Magraw !

— Faites d'une pierre deux coups dans ce cas-là... ce sera tout aussi facile... et si un jour vous avez besoin de demander un service à Mr Bixby... comme de vous mettre sur une bonne affaire...

— Merci, mais on ne m'a que trop donné de bons tuyaux. Sans les bons tuyaux que j'ai reçus, je vivrais désormais de ma rente comme un gentleman.

— Eh bien, vous allez faire croire à Mrs Bixby que vous êtes le meilleur parti de tout Newport. Et si vous pouviez persuader Aline d'inviter Sadie au dîner avant la soirée...

— *Comme vous y allez !** Et qu'aurais-je en échange ?

Elle se leva d'un mouvement gracieux.

— Qui sait après tout ? Peut-être seulement le plaisir de me faire une très grande faveur.

— Bon, c'est entendu, je vais faire ce que je peux. Mais comment allez-vous trouver des tenues en si peu de temps ?

— Oh, on a envoyé un télégramme à Worth au cas où.

Elle lui tendit la main pour lui dire au revoir.

— Si seulement je pouvais vous rendre la pareille !

— Eh bien, il se trouve que vous le pouvez, répondit-il en souriant. Si je réussis dans cette entreprise, acceptez de danser le cotillon avec Magraw chez Aline.

---

* Les mots ou expressions *en italique* suivis d'un astérisque sont en français dans le texte (*NdT*).

Elle hésita, visiblement embarrassée.

— J'en serais enchantée, bien sûr. Je suis déjà prise mais ce n'est rien... seulement... je vais être très franche... Les Bixby sont déjà une charge assez lourde, et je ne suis pas sûre que je puisse m'occuper aussi de votre ami.

— Mais si, vous le pouvez. C'est pour cela que je vous le demande. Voyez-vous, je ne peux rien faire pour Magraw. Seule une femme peut aider un homme à faire ses débuts dans le monde. Aline va dire : « Amenez-le, si vous voulez »... Mais lorsqu'il viendra, elle ne fera absolument pas attention à lui et ne le présentera pas aux jolies femmes. Il a été trop timide pour se rendre chez les Summerton la nuit dernière... Il est vraiment très réservé sous ses dehors bruyants. La soirée d'Aline sera donc sa première apparition à Newport; et si on le voit danser le cotillon avec vous, à une petite *sauterie** telle que celle-ci, avec seulement une poignée de personnes dans la salle, eh bien, il est introduit, et ma lourde tâche est terminée pour la saison.

Elle sourit.

— Si Sadie vous plaît, peut-être en est-ce terminé pour toute la vie.

— Et si vous... Sacrebleu ! Non je ne crois pas souhaiter vous voir danser le cotillon avec Magraw.

— Et pourquoi ? Vous voulez donc me priver d'une maison confortable pour mes vieux jours ?

Il resta debout à la contempler comme si, pour la première fois, ses yeux prenaient la pleine mesure de sa grâce.

— Non, c'est à lui que j'en veux de danser, ne serait-ce qu'un cotillon, avec vous.

— Oh, mais vous et moi n'avons pas été faits pour danser le cotillon ensemble, ou faire quoi que ce soit ensemble, si ce n'est conspirer au lever du soleil pour l'avancement matériel de chacun. Tiens, j'y pense... je ne vous reverrai pas aujourd'hui, car nous partons pour Narragansett... à bord du yacht de Mr Bixby, et ce soir, nous recevons à dîner. Mais si vous réussissez à convaincre Aline, pouvez-vous me faire parvenir un mot dans la soirée ?

Il hocha la tête en signe de refus tandis qu'ils se serraient de nouveau la main :

— Non, en revanche je vous en parlerai ici même, demain matin.

— Parfait, je serai à l'heure, lui lança-t-elle, alors qu'elle disparaissait derrière les buissons.

II

En fait, ce fut Miss Grantham qui arriva la première sur les lieux le lendemain matin ; elle désirait tellement connaître le résultat de la mission dont elle avait chargé son ami qu'au lieu de profiter de ces quelques instants de solitude, elle était assise à surveiller le sentier, agacée du retard de Mr Tilney.

Quand il arriva, la politesse la retint de poser la question qui lui brûlait les lèvres, mais les premiers mots de Tilney furent pour lui annoncer un succès :

— Vous allez pouvoir conduire Miss Bixby au dîner, annonça-t-il.

— Oh merci, merci... vous êtes merveilleux ! s'exclama-t-elle. Et s'il y a quoi que ce soit au monde que je puisse faire pour vous... Elle s'arrêta subitement, au souvenir de sa part du contrat, et ajouta avec noblesse : S'il peut être d'une aide quelconque à Mr Magraw de faire ma connaissance, j'en serai ravie...

Elle avait déjà remarqué l'air accablé de Tilney, que même cette élégante réaffirmation de ses intentions ne parvint pas à dissiper.

— Oh, se contenta-t-il de dire, je n'avais nullement l'intention de vous forcer à respecter vos engagements.

Ayant dit cela, il s'assit à ses côtés, et une préoccupation muette l'envahit. Miss Grantham endura cette attitude aussi longtemps qu'une jeune femme d'esprit le pouvait, puis elle se décida à faire prendre conscience à Tilney de sa présence en la lui retirant.

— Je crains, dit-elle en se levant un sourire aux lèvres, que malgré votre généreux accueil d'hier, ma présence ici ne contrarie sérieusement le plaisir que vous procure cette heure ; je vous propose donc un compromis. Nous sommes d'accord sur le fait que nous possédons conjointement ce banc, et que nous sommes autorisés à en partager les avantages de façon équitable. Pourtant, lorsque nous nous y asseyons ensemble, nous en annulons tous les bénéfices ; je suggère donc que nous l'occupions à tour de rôle, et pour vous remercier de la faveur que vous m'avez faite, je vais montrer l'exemple en me retirant aujourd'hui.

Tilney répondit à son sourire par un regard lourd de mélancolie.

— Je ne suis pas étonné, dit-il, que vous trouviez la solitude moins pesante que ma compagnie ; mais puisqu'en venant sur ce banc nous cherchons à savourer une heure de tranquillité et qu'il m'est impossible de l'apprécier aujourd'hui, c'est donc bien à vous que revient le droit de rester ici, et à moi de m'en aller. Et il tendit la main pour la saluer.

Miss Grantham la retint dans les siennes :

— Vous faire abandonner vos droits parce que vous êtes trop malheureux pour en jouir m'ôte toute envie d'en profiter seule, et si vous souhaitez que je reste, restez vous aussi et dites-moi ce qui vous rend si soucieux.

À ces mots, elle se rassit, et Tilney, à contrecœur, reprit sa place à ses côtés.

— Ma chère Miss Grantham, le sujet ne mérite pas d'être mentionné ; je cherchais seulement à calculer combien de temps il est possible de vivre à Venise avec cent dollars.

— Pourquoi à Venise ?... Pourquoi cent dollars ?

— Parce qu'une fois la traversée payée, c'est tout ce qu'il me restera et j'ai toujours entendu dire qu'on pouvait vivre avec peu de moyens à Venise.

Miss Grantham s'empourpra, et lui jeta un regard rapide :

— Vous ne songez pas à déserter ? s'écria-t-elle d'un ton de reproche.

Le jeune homme lui rendit son regard.

— Déserter… mais qui ? demanda-t-il.

— Eh bien moi, si vous le permettez ! Vous ne pouvez pas imaginer à quel point cela me réconforte depuis hier de savoir que nous sommes deux. Je comprends maintenant à quel point il est humain d'enchaîner les prisonniers ensemble !

Tilney accueillit sa remarque d'un léger sourire :

— Depuis combien de temps y êtes-vous ? demanda-t-il.

— Chez les Bixby ? Je les ai rejoints au mois d'avril dernier à Paris.

— Ah, bien… je suis chez Magraw depuis six mois. Ce n'était pas trop mal tant que nous étions en croisière à parcourir le monde… mais depuis que nous nous sommes mis à la vie en société, c'est devenu insupportable.

— Oui, je comprends. Cela m'ennuyait bien moins de commander des robes pour les Bixby que de leur trouver des occasions de les mettre.

— Il m'importe peu de promener Magraw… Mais vous savez, c'est insensé que vous soyez obligée de danser avec lui ce soir.

— Là n'est pas la question. Qu'est-ce donc qui vous dérange ?

— Toute cette situation est ridicule. Magraw est le plus brave type au monde… mais parfois il me prend pour son majordome.

— Oh, je vois ce que vous voulez dire, compatit-elle. Mrs Bixby…

— Et encore ce n'est pas ça le pire : ce qui l'est, c'est sa réaction... Il m'a traité comme si j'étais son majordome hier après-midi... et le soir, j'ai trouvé une épingle de cravate sertie d'un rubis sur mon cabinet de toilette.

Miss Grantham s'attendait à ce qu'on fasse appel à sa compassion.

— Je comprends... Oui, je comprends... répéta-t-elle.

Puis, après une pause, elle ajouta, rougissant un peu plus :

— Vous savez, je ne pourrais pas aller à la soirée dansante de ce soir si Mrs Bixby ne m'avait pas offert la robe.

— Oh, la situation est différente ; ce n'est pas la même chose pour une femme.

— En quoi est-ce si différent ? Et pourquoi ne serais-je pas humiliée par ce qui vous humilie vous ?

Il haussa les épaules et dit avec ironie :

— Ce n'est pas ce que le pauvre Magraw fait qui peut m'humilier... Je suis humilié par ce que moi je lui fais.

— Ce que vous lui faites ?

— Oui, c'est bien cela. Je me comporte envers lui comme un gentleman en lui rendant ses épingles de cravate... mais de quel droit ?

— Au moins, vous les rendez ! Alors que moi je ne peux pas restituer les robes. Oh, dans les deux cas, la situation est détestable ! s'exclama-t-elle.

— Oui, surtout lorsque nous nous laissons aller à la faiblesse de les détester eux plutôt que nous-mêmes. Je hais Magraw ce matin, confessa-t-il.

Elle se leva et jeta un coup d'œil impatient à sa montre.

— Mon Dieu ! Il faut que j'y aille. J'ai promis à Sadie que je verrai la couturière à neuf heures trente : elle vient faire des retouches à nos costumes. Vous voyez, j'étais certaine que vous obtiendriez une invitation pour Sadie. Je veux absolument que vous fassiez sa connaissance, continua-t-elle. C'est vraiment une jeune fille très charmante. Je l'apprécierais beaucoup si je n'étais pas obligée d'accepter autant de faveurs de sa part.

— Ah ! C'est exactement ce que je ressens à l'égard de Magraw. J'aimerais vraiment avoir votre opinion sur lui, ajouta-t-il.

— Eh bien vous l'aurez... demain matin.

— Ici ? répondit-il avec un brusque regain d'intérêt.

— Pourquoi pas ? Vous savez que j'entends bien danser avec lui ce soir.

Le lendemain de la soirée dansante, ce fut au tour de Miss Grantham d'arriver en retard au rendez-vous ; et lorsqu'elle arriva enfin, elle avait plus l'air de quelqu'un qui vient accomplir son devoir que passer un moment agréable.

— Mr Tilney, dit-elle en s'avançant d'un pas résolu vers le banc sur lequel il était assis à l'attendre, si je viens ici ce matin, c'est seulement pour...

Il se leva, la main tendue :

— Pour me laisser vous remercier, j'espère, de la générosité avec laquelle vous avez rempli votre part du contrat ? C'est vraiment très gentil à vous d'avoir été si bonne avec Magraw.

Elle rougit violemment mais soutint son regard :

— Il se trouve que j'ai apprécié Mr Magraw. Mais si j'avais su de quelle manière vous aviez obtenu son invitation…

Tilney rougit à son tour, mais ils continuèrent à s'affronter du regard :

— Aline m'a-t-elle trahi ? C'est bien une femme ! s'exclama-t-il.

— Je peux à peu près comprendre, continua Miss Grantham d'un ton hautement méprisant, combien il était important pour vous d'obtenir une invitation pour Magraw à la soirée dansante de votre cousine. Il fallait bien que vous soyez quitte après le cadeau de l'épingle de cravate. Mais utiliser mon nom comme prétexte… Dire à Aline Leicester que j'essayais d'épouser Mr Magraw !

— Oh, je n'ai pas dit « essayer »… j'ai dit que vous aviez l'intention, corrigea Tilney.

— Comme si c'était mieux ! Laisser cet homme penser que…

— Il n'en entendra jamais parler ; et vous ne semblez pas réaliser à quel point il est difficile d'obtenir une invitation d'Aline.

— Je ne vois pas en quoi il était vraiment nécessaire que Magraw en reçoive une !

À ces mots, Tilney leva la tête et arbora un air de défi.

— Vous aviez l'air de trouver absolument nécessaire que Miss Bixby en reçoive une, elle.

— Eh bien… je ne vois pas…

— Vous ne voyez pas comment j'ai obtenu la sienne ? Je parie que vous allez penser que cette même méthode est encore plus répréhensible dans la situation inverse…

Elle le dévisagea avec un air de désapprobation grandissante.

— Vous ne voulez pas dire que vous avez laissé croire à Aline que vous vouliez épouser Sadie Bixby ?

— Je vous ai dit qu'il n'y a rien auquel je ne m'abaisserais. J'imagine que vous trouvez ça extrêmement méprisable.

Le regard fixe qu'elle posait sur lui s'évanouit et céda la place à un petit rire :

— Mon Dieu, Mrs Bixby va vraiment être ravie !

— J'espère bien qu'elle le sera… mais il sera facile bien sûr d'expliquer la plaisanterie.

— À qui ? À Mrs Bixby ? Je suis contente que vous le pensiez. J'aurais plutôt pensé que cela allait être difficile.

— Oh, Mrs Bixby n'en saura jamais rien. J'ai parlé à Aline en toute confidence.

— À la soirée, tout le monde me félicitait d'avoir conquis Magraw. Je ne vois pas pourquoi Aline garderait un secret plus qu'un autre.

Une ombre menaçante passa sur le front de Tilney.

— Eh bien, en tous les cas, je ne vais pas tarder à détromper Magraw !

— Merci mille fois. Et j'imagine que vous me laissez le soin de détromper Sadie ? Elle a parlé de vous pendant tout le trajet du retour. Forcément, puisque vous êtes presque le seul homme convenable qu'elle ait rencontré.

— Dans ce cas-là, le remède est assez simple. Il suffit que vous lui en présentiez quelques autres !

— Oui, j'y ai pensé. Miss Grantham l'examina, un sourire glacial aux lèvres : Mais êtes-vous bien sûr que c'est ce que vous voulez que je fasse ?

Tilney lui répondit par une autre question :

— Que voulez-vous dire exactement ?

— Je ne suis pas idiote lorsqu'il s'agit de ce genre de situation, et j'ai vu que Sadie était intéressée. L'avez-vous trouvée si inenvisageable que ça ?

— Inenvisageable ? Je l'ai trouvée très jolie.

— Vous êtes un peu excessif. C'est vrai qu'elle était très bien hier soir. Mais avant de vous décider, j'aimerais que vous la voyiez à la lumière du jour… et sans ses couches de maquillage.

— Oh, elle n'était pas tellement maquillée. Son véritable teint transparaissait au travers.

— Oui, elle a la fâcheuse habitude de devenir écarlate.

— À son âge, j'appellerais ça rosir.

Le visage de Miss Grantham prit soudain un air sévère.

— Bien sûr, dit-elle, je ne me le pardonnerais jamais si vous ne faisiez que flirter avec Sadie.

Tilney se tut puis suggéra :

— Et si j'étais sincère… ?

Elle le regarda avec insistance pendant un moment.

— Après tout, je lui épargnerais peut-être ainsi quelque chose de pire !

III

Après cette scène, qu'au fond de lui il regrettait, Tilney eut le banc des falaises pour lui tout seul pendant deux matinées d'affilée. Le matin du troisième jour, une tâche urgente que lui avait demandée son employeur l'avait retenu à la maison un peu plus tard que d'habitude ; et, lorsqu'il sortit, il eut la surprise et même la consternation de voir sa place occupée par la silhouette inattendue de Mr Hutchins Magraw.

Étant donné les habitudes guère matinales de son patron, et son indifférence profonde envers les beautés de la nature, il était impossible d'imaginer quelle lubie l'avait conduit à cet endroit à pareille heure ; le premier réflexe de Tilney fut de s'approcher du banc et d'apaiser sa curiosité en l'interrogeant directement. Cependant, à peine avait-il commencé à s'approcher que la vue d'une jupe blanche flottant derrière les buissons de Cliffwood le fit rapidement battre en retraite et se mettre à couvert derrière les massifs de lilas qui bordaient la pelouse. Ce n'était bien sûr que pur hasard si une femme inconnue, en robe blanche, se trouvait sur ce sentier et arrivait de là-bas. C'était un chemin ouvert au public et il n'y avait aucune raison d'établir un quelconque lien entre...

Tilney prit une rapide inspiration. Mr Magraw s'était levé et s'avançait vers le jupon qui venait dans sa direction ; et comme il lui était impossible de reconnaître la personne qui le portait depuis l'endroit où il était assis, cela voulait dire qu'il attendait quelqu'un, et que cette femme invisible n'était certainement pas une flâneuse quelconque que la beauté du matin avait attirée. L'instant d'après, il vit ses soupçons se confirmer de manière désagréable lorsque Miss Grantham émergea de derrière les taillis et plaça sa main dans celle de Magraw sans manifester de surprise particulière. « On l'attendait lui aussi alors », pensa Tilney ; et elle avait eu à vrai dire l'effronterie de choisir, comme lieu de leur rendez-vous galant, le siège qui, au nom de leur amitié, aurait dû être consacré à ses conversations avec lui !

« Et dire qu'elle lui a parlé de mon banc ! » Le ressentiment qu'il éprouvait devant sa perfidie submergeait tout le reste, ou était, en tout cas, le seul sentiment auquel il choisit de laisser libre cours. Mais d'autres considérations indignées affluaient en lui : la stupéfaction devant l'irresponsabilité féminine, le dégoût face à la légèreté de ces créatures et, pardessus tout, la déception que ce petit épisode, sauvé du naufrage de bien des illusions brisées, connût une fin si précoce et si peu poétique.

« Magraw… Si seulement ce n'était pas Magraw ! »

Il avait eu l'intention de faire demi-tour et de retourner à la maison ; mais un sentiment mêlé de curiosité et de mesquinerie le retint fermement dans sa cachette, alors qu'il suivait des yeux le dos large et fier de Mr Hutchins Magraw qui se balançait aux côtés de la silhouette élancée de Miss Grantham et l'escortait de l'autre côté de la pelouse.

« Je n'avais pas réalisé à quel point il s'était affreusement empâté. On pourrait penser qu'un gars de cette corpulence devrait savoir un peu mieux qu'il ne doit pas s'habiller avec des carreaux larges d'un pied, et empaler son double menton sur les pointes de ce col ridicule ! Il est étrange que même les femmes les plus exigeantes remarquent si peu ce genre de détails. Si elles le faisaient, moins d'hommes se rendraient ridicules. Pourquoi sont-ils là à regarder la maison ? Peut-être après tout qu'ils se sont rencontrés par hasard. Non… ils se dirigent droit sur le banc ! Mon Dieu ! Ils regardaient sûrement la maison pour s'assurer que je n'étais pas en train d'arriver ! Ne vous affolez pas, chère Miss Grantham, je n'ai aucunement le désir de vous priver de vos distractions. Je comprends maintenant pourquoi Magraw était si pressé de me voir faire ses comptes, ce matin. Ce n'était qu'une ruse pour me garder à l'intérieur, c'est évident. D'un sacré mauvais goût en tout cas, de laisser un pauvre diable comme moi faire les comptes d'un livret de banque où les rentrées sont d'une importance aussi indécente. C'est le genre de choses qui vous convertit au socialisme. Pourquoi diable Magraw devrait-il posséder tous ces millions alors que moi... En tout cas, c'est certain, ils lui sont tous bien utiles pour compenser ses autres imperfections. Je serais curieux de voir combien de temps Belle Grantham partagerait ce banc avec lui s'il ne possédait pas tous ces millions ! Ça ne doit pas être facile de discuter avec Magraw à neuf heures du matin. Je me demande ce qu'elle peut bien lui raconter. »

Les deux objets de sa contemplation s'étaient entre-temps assis à la place que leur observateur persistait à appeler la sienne, et quelque chose dans leur attitude semblait annoncer que ce n'était pas pour un entretien rapide : ils s'étaient visiblement installés pour avoir une bonne discussion.

« Elle peut bien parler à qui elle veut, à toute heure du jour et de la nuit ! C'est son métier, la pauvre, tout autant que c'est le mien. Seulement je ne comprends pas pourquoi elle devrait accorder l'heure qui m'est réservée à Magraw. Maintenant que je l'ai si bien lancé, ils auront beaucoup d'autres occasions de se rencontrer. Mais peut-être craint-elle la concurrence et veut-elle conclure l'affaire au rendez-vous de ce matin ? La pauvre ! Comme elle doit haïr tout cela ! Pour être juste envers elle, je dois quand même reconnaître que, si elle pouvait joindre les deux bouts, elle ne poserait jamais les yeux sur un type comme Magraw. Cette vie au jour le jour est déjà difficile pour un homme, mais elle l'est dix fois plus pour une femme... Son heure viendra bientôt. Pauvre enfant ! Rien d'étonnant à ce qu'elle fuie à l'idée de s'user encore longtemps à une telle tâche. Voir les gens perdre leur enthousiasme, et les nouveaux arrivants l'évincer : comment lui en vouloir de craindre d'affronter un tel avenir ! Eh bien, je devrais faire ce que je peux pour lui venir en aide... mais l'aider à obtenir Magraw ! Bah... quelque part, notre système social est vicié ; mais ce n'est pas de sa faute, et je serais vraiment un imbécile de la blâmer au lieu d'avoir pitié d'elle au nom de notre misère commune. »

À ce moment-là, Miss Grantham se leva en esquissant ce geste inquiet que Tilney, hélas, connaissait trop bien. « Il lui a fallu regarder sa montre pour se rendre compte que le temps était vite passé ! Elle ne semble pas trouver qu'il s'écoule si lentement que ça en compagnie de Magraw ! Peut-être que ma pitié se perd avec elle, après tout. Toujours cette même façon de rester encore un instant après avoir dit qu'elle ne pouvait absolument pas rester une minute de plus. Pauvre Magraw ! Elle mise tout ce qu'elle a sur lui, et je ne crois pas qu'il se rende compte qu'on lui a mis le grappin dessus. Oh, je ne le lui reproche pas... Pas le moins du monde ! Mais elle aurait quand même pu choisir un autre endroit pour le rencontrer. Sans être quelqu'un de sentimental, je commençais à m'attacher à ce banc... il ne me serait jamais venu à l'idée de venir m'y asseoir avec Miss Bixby par exemple. Bizarre comme le goût d'une femme se détériore au contact d'hommes sans finesse... mais j'ai bien l'intention de faire comprendre à Miss Grantham que, si elle a les mains libres en ce qui concerne Magraw, elle ne peut inclure mon banc dans la transaction ! »

Entre-temps, le couple observé en avait fini avec ses adieux interminables, et le gentleman traversait la pelouse pour regagner sa demeure, tandis que la dame revenait sur ses pas, en direction de Cliffwood. Tilney resta caché lorsque Mr Magraw passa juste à quelques mètres de lui, un sourire idiot emprunt de complaisance aux lèvres. Dès qu'il eut le dos tourné, le jeune homme sortit de sa cache, traversa rapidement la pelouse, et rattrapa Miss Grantham tandis qu'elle gagnait le terrain voisin. Elle s'arrêta à l'approche de Tilney, et jeta un rapide coup d'œil dans la direction d'où il venait ; mais il avait fait attention de ne pas se montrer avant que Magraw eût disparu derrière les massifs, et il remarqua tout de suite la lueur de soulagement dans les yeux de Miss Grantham. Elle lui tendit la main, rougissant légèrement, mais maîtresse d'elle-même.

— *J'ai failli attendre !* cita-t-elle en français avec un sourire indulgent.

Ce sourire avait piqué son compagnon presque au point de provoquer une revanche immédiate. Mais il en méditait une plus subtile, et dissimulant son ressentiment, il demanda innocemment :

— Vous êtes là depuis longtemps ?

— Il m'a semblé que oui, répondit-elle sur le même ton.

— Bien. Dans tous les cas, mon retard involontaire vous a permis de trouver ce que vous étiez venue chercher au départ. Et en réponse à son regard perplexe, il ajouta d'un ton plein de sous-entendus : « Les plaisirs de la solitude. »

Indifférente à cette pointe, elle le regarda en lui adressant un sourire :

— Mais que se passe-t-il si vous leur avez fait perdre leur saveur ?

— Dans ce cas, j'ai presque bien fait de ne pas avoir été là !

Elle lui tendit la main :

— L'expérience fut si réussie que vous n'avez pas besoin de la recommencer, dit-elle gentiment. Mais le temps file et je dois me dépêcher de retourner dans mes fers.

Il retint sa main et lui demanda d'un ton sentimental :

— J'espère que vous n'êtes pas en train de perdre votre goût pour la liberté ?

Elle répondit, en s'éloignant d'un pas rapide :

— Venez voir… venez voir demain !

Il resta sur le chemin où elle l'avait laissé, et tira doucement de sa poche le dernier cadeau de Mr Magraw : un étui à cigarettes ouvragé. Il en sortit les cigarettes, les mit dans sa poche, et puis d'un large mouvement du bras, il envoya leur boîte dans la mer.

— Venez donc, et c'est vous qui verrez demain ! murmura-t-il, en s'adressant à la silhouette de

Miss Grantham qui disparaissait au loin ; puis il alluma une cigarette, et retourna à Sea Lodge à grands pas.

— Je n'aurais jamais cru cela d'elle ! dit-il en pénétrant dans la maison.

Deuxième Partie

IV

Le surlendemain matin, Tilney, le cœur battant, descendit le perron de Sea Lodge et se dirigea une fois de plus vers le banc de la falaise. Non seulement il était à l'heure, mais il avait même un peu d'avance ; pourtant il fut assez surpris de découvrir que le banc était toujours libre... Il s'y assit, alluma une cigarette d'un geste lent et sortit de sa poche un mot daté de la veille, portant le cachet de Cliffwood ; il était écrit : « Cher Mr Tilney, bien que je n'aime pas vous déranger dans la solitude que je vous sais tellement apprécier, je dois vous demander de m'accorder quelques instants demain matin ; je vous fais parvenir ce mot en avance afin que ma venue ne dérange aucun autre arrangement. Cordialement, Belle Grantham. »

Tilney relut la note avec une moue de suffisance puis la replaça délicatement dans son portefeuille, et se leva pour aller à la rencontre de Miss Grantham, qu'il venait d'apercevoir au tournant du sentier. Il faisait très frais ce matin-là et il y avait une vapeur légère, trop transparente pour être de la brume, mais assez perceptible pour jeter une faible lumière grise sur la mer et le ciel. Sous cette lumière douce, le visage de Miss Grantham semblait perdre son air habituel de vivacité et être assujetti à l'influence de l'atmosphère ; la façon dont elle salua Tilney était empreinte de cette même trace de sobriété.

— Excusez-moi, commença-t-elle, d'envahir une fois de plus votre intimité...

— Mon intimité ? Ce n'est pas la mienne ! opposa galamment Tilney. Cela fait longtemps que nous avons décidé d'un commun accord que la solitude de ce lieu appartenait autant à vous qu'à moi.

— Cela fait longtemps... oui, répondit-elle, mais il s'est passé tellement de choses depuis.

Elle fit une pause et ajouta d'un air entendu :

— Depuis que je suis venue hier matin et vous ai trouvé assis sur ce banc avec Sadie Bixby.

Tilney feignit avec succès un air embarrassé :

— Vous êtes venue ici, hier matin... ?

— Comme nous l'avions prévu, rendez-vous qu'apparemment vous avez complètement oublié, continua-t-elle froidement. C'est le genre d'erreur qu'on ne fait pas deux fois, et la seule raison pour laquelle j'ai demandé à vous voir ce matin...

— Attendez, opposa Tilney, avant de continuer, je dois dire pour ma défense que je supposais que notre contrat relatif à ce banc avait été rompu avant-hier lorsque je suis sorti et vous ai vue, vous, le partager avec Magraw.

Cette remarque produisit un effet incontestable. Elle rougit douloureusement et répondit dans un rire forcé :

— Avant-hier ?... Oh oui... Le matin où vous étiez si en retard. Mr Magraw m'a aperçue depuis la maison et a eu pitié de me voir ainsi délaissée.

Tilney s'empourpra à son tour devant cette nouvelle preuve de la duplicité de son interlocutrice.

— Je vous demande pardon mais êtes-vous sûre de bien vous souvenir ? Il m'a semblé que Magraw attendait sur le banc et que c'est vous qui avez eu pitié... si je ne m'abuse.

Elle se leva brusquement et lui jeta un regard outré :

— Vous étiez donc en train de nous observer ? s'exclama-t-elle.

— Oh !... Observer ! Je me contentais de me rendre à notre banc à mon heure habituelle.

— À votre heure habituelle ? Mais Mr Magraw m'a dit que vous ne viendriez pas... que vous seriez occupé toute la matinée à des travaux d'écriture. Elle s'interrompit, consciente que chaque mot la compromettait un peu plus.

— Des travaux d'écriture ? Exactement, répondit Tilney avec mépris. Seulement, il a mésestimé mon impatience de vous voir et mon sens des mathématiques... Ou bien même les deux.

Elle accueillit ces paroles dans un silence embarrassé ; attendri par son trouble, il ajouta :

— Ce n'est pas à moi de discuter de vos dispositions, mais j'avoue que je me suis un peu demandé pourquoi vous aviez choisi notre banc comme lieu de rendez-vous.

Elle hésita un instant, et dit d'un ton modeste :

— C'est le seul endroit où je peux voir quelqu'un seule à seul.

— Et vous désiriez voir Magraw seule à seul ?

Ils échangèrent un regard de défi, mais la jeune fille fut la première à baisser les yeux lorsqu'elle répondit :

— Oui, c'est ce que je désirais.

Tilney s'inclina d'un air cérémonieux :

— Eh bien dans ce cas, il n'y a plus rien à dire.

Ils étaient tous deux restés debout pendant ce court entretien, mais à cet instant-là elle s'assit et lui fit signe de faire de même.

— Mais moi... j'ai encore une chose à vous dire ; c'est dans ce but que je vous ai demandé de venir me retrouver ce matin.

Tilney, sans répondre, se plaça à l'autre extrémité du banc.

— Je voulais vous demander, continua-t-elle d'un ton ferme, l'objet de votre rencontre avec Miss Bixby ici même, hier.

L'audace de cette question surprit si bien son compagnon que, pendant un moment, il la regarda fixement sans dire un mot ; puis il répondit, un léger sourire aux lèvres :

— S'il y a un quelconque droit de priorité dans de tels interrogatoires, peut-être est-ce à moi de vous demander le premier l'objet de votre rencontre avec Magraw ici, la veille.

Elle réprima son impatience et répondit doucement :

— Il ne s'agit pas du tout de la même situation. Mais je croyais avoir déjà répondu à votre question.

— Que vous désiriez le voir seule à seul ? Eh bien il s'agissait bien de cela lorsque j'ai donné rendez-vous à Miss Bixby.

— Mais vous voyez bien que lorsqu'il s'agit d'une jeune fille… surtout avec aussi peu d'expérience que Sadie…

Tilney fit un geste de désapprobation :

— Ne faites-vous pas l'erreur traditionnelle qui présume qu'un homme ne peut chercher à se retrouver seul avec une jeune fille si ce n'est pour lui faire la cour ?

— Eh bien dans quel autre but sinon… ?

Il la regarda d'un air calme :

— C'était donc dans ce but que vous avez demandé à Magraw de vous retrouver ici, la veille du jour où j'ai vu Miss Bixby ?

Ce fut au tour de Miss Grantham de rougir, et elle y parvint merveilleusement bien.

— Je ne comprends pas pourquoi vous me faites subir un tel interrogatoire…

— Pardonnez-moi, mais c'est vous qui avez commencé.

— Il était de mon devoir de vous interroger au sujet de Sadie. Ne croyez pas que je le fasse pour mon plaisir… Mais ses parents manquent trop d'expérience pour être en mesure de la protéger.

— La protéger ? Vous me croyez donc tellement nuisible ?

Miss Grantham prit une courte inspiration :

— Pourquoi ne m'avez-vous pas dit tout de suite que vous aviez l'intention de l'épouser ? C'est la rumeur qui circule, bien sûr ; mais je ne peux m'empêcher de me souvenir que vous n'avez pas toujours eu des intentions aussi...

— Définies ? suggéra-t-il d'un ton ironique.

— Eh bien, vous n'êtes toujours pas marié, observa-t-elle.

— En effet, dit-il pensivement. Il faut être passé par un bon nombre d'expériences dans la vie pour découvrir qu'il existe des situations pires que celle d'homme marié.

Miss Grantham se leva en souriant :

— Puisque vous l'avez bel et bien découvert, dit-elle avec générosité, je peux vous féliciter en toute sincérité. Sadie est une enfant adorable...

— Mais trop bien pour moi ? C'est ce que vous aviez l'intention d'ajouter ?

— Non, car lorsque vous découvrirez ses qualités, vous aurez envie d'être digne d'elle.

Il ne répondit pas à cette remarque, mais lorsqu'elle tendit la main pour lui dire au revoir, il dit :

— Je me demande s'il n'est pas de mon devoir de protéger Magraw ? Il n'a même pas de parents qui manquent d'expérience.

Elle ne détourna pas les yeux devant son sourire, mais il sentit sa main opposer une brusque résistance.

— Mr Magraw, répondit-elle en la lui retirant, n'aurait rien à craindre s'il en était de même pour Sadie.

— Pour Sadie… ?

Elle éclata de rire :

— Si vous avez l'intention de m'ôter le pain de la bouche, il me faut bien agir pour assurer ma survie.

Et, comme il gardait le silence, conscient de la teneur tragique qui perçait sous sa plaisanterie, elle ajouta avec lassitude :

— Je ne peux me retrouver une fois de plus dans ce genre de situation… Je ne peux tout simplement pas !

Tilney esquissa un geste de découragement signifiant qu'il avait compris ce qu'elle voulait dire.

— À qui le dites-vous ? s'exclama-t-il.

— Eh bien dans ce cas, laissons les grandes formules de côté, et admettons avec franchise que nous sommes en train d'essayer d'épouser nos protégés respectifs… Peu importe la façon dont on décide de les appeler !

Il ne répondit pas, et elle continua, animée d'une certaine nervosité :

— Et que nous allons faire tout ce qui est en notre pouvoir… tout ce que nous pouvons décemment faire… pour favoriser nos plans réciproques, et nous entraider.

Le jeune homme était toujours silencieux, les yeux fixés d'un air absent sur la ligne de la mer où le voile de brume disparaissait progressivement, et avant qu'il ait trouvé une réponse, un valet qui venait de la maison traversa en hâte la pelouse et vint interrompre ses méditations :

— Pardonnez-moi monsieur, mais Mr Magraw désire que vous rentriez immédiatement, afin de répondre au téléphone pour lui.

Tilney se tourna brusquement vers sa compagne.

— Au nom du Ciel, oui, nous nous aiderons ! s'exclama-t-il.

Bien que Tilney et Miss Grantham se fussent quittés sans faire allusion à de prochains rendez-vous au même endroit, c'était désormais une raison nouvelle qui les attirait tous deux vers le banc des falaises... le désir pardonnable de voir si l'autre avait de nouveau élargi son hospitalité à une tierce personne.

Durant plusieurs matinées d'affilée, leur mission de reconnaissance réciproque ne les conduisit pas au-delà du point le plus éloigné d'où l'on pouvait voir le banc ; lorsqu'ils constataient qu'il était inoccupé, chacun se retirait, sans avoir découvert les menées de l'autre.

Le cinquième jour fut si brumeux qu'il se révéla impossible d'espionner à distance ; la quantité inhabituelle de courrier dont son patron l'avait chargé du jour au lendemain éveilla les soupçons de Tilney ; il décida de s'assurer que le caractère sacré du banc n'avait pas été de nouveau violé en allant l'inspecter lui-même sur-le-champ. Il aurait été difficile de dire pourquoi il désignait toujours mentalement par ces mots l'éventualité que Miss Grantham se rendît dans ce coin en compagnie de son prétendant. Tilney acceptait le caractère inévitable du cours des événements sur lesquels ils s'étaient mis d'accord ; mais si sa raison en acceptait les conséquences, sa vive sensibilité lui rendait le processus désagréable à envisager. Il aurait été prêt à apposer sa signature au bas du contrat de mariage de Miss Grantham avec son employeur, mais le fait qu'un arrangement si bassement utilitaire pût être dissimulé sous les charmes d'une cour galante l'irritait.

« La vraie grossièreté n'est pas de considérer le mariage comme un arrangement matériel, mais de prétendre que ce n'en est pas un », résuma-t-il, alors qu'il traversait la pelouse humide et que s'enroulaient autour de lui, telle une mer fantasmagorique, des volutes de brouillard gris.

En s'approchant, il discerna à travers leurs pâles remous une vague silhouette qui rôdait autour du banc ; et comme celle-ci se révélait, après examen plus précis, être du même sexe que lui, Tilney allait faire demi-tour lorsqu'une autre silhouette en provenance de Cliffwood fit son apparition.

« Étrange, songeait-il, tâchant de philosopher sur sa propre déconvenue, à quel point la brume déforme une silhouette. J'aurais juré pouvoir reconnaître la sienne n'importe où, et pourtant cette vapeur trompeuse... ou mes nerfs, ou les deux ensemble... la font paraître beaucoup plus petite... et je jurerais ne l'avoir jamais vue balancer ses bras en marchant. C'est sûrement parce qu'elle fréquente un butor comme... »

Il recula et étouffa un cri lorsque la courte silhouette féminine apparut plus distinctement à travers une déchirure du brouillard. « Tiens, on dirait... non, ce n'est pas possible ! Je veux bien être pendu si j'ai raison, elle est si bien emmitouflée. Apparemment, ce n'est pas elle, en tout cas ; et si Magraw, à ce stade de leur relation, a l'indécence de rencontrer d'autres femmes ici, il est presque de mon devoir envers la pauvre jeune fille de le lui faire savoir avant qu'il ne soit trop tard pour rompre avec lui ! »

Il fut surpris du sentiment immédiat de légèreté que cette conclusion produisit en lui. Il était désolé pour Miss Grantham bien sûr, quand elle avait été si près de prendre cet homme dans ses filets. Et puis zut ! Un de perdu, dix de retrouvés... et en attendant, elle devait à tout prix se voir épargner l'humiliation de s'impliquer davantage. Sa première impulsion avait été celle de lui exposer sans ménagement les faits bruts, mais, après réflexion, il changea d'idée et chercha une solution plus humaine pour le lui annoncer. « Si seulement on pouvait lui faire comprendre qu'elle peut épouser quelqu'un de mieux que Magraw et que, pauvre enfant, il suffit de peu de chose pour qu'elle y parvienne ! Je ne peux être vraiment désolé qu'elle ne soit pas sacrifiée à ce monstre-là... Ce n'est pas que Magraw ne soit pas un brave type au fond ; j'irais même jusqu'à dire que le Minotaure était apprécié parmi les siens... mais il aurait dû rester avec eux, c'est tout. »

Perdu dans ces considérations, Tilney s'était prudemment retiré derrière les massifs de Cliffwood ; il était tout juste en train de décider de se sauver en traversant les terrains des Bixby, plutôt que de courir le risque d'être découvert par les occupants du banc, quand, sortant de sa cachette, il vit la lueur indistincte d'une robe blanche qui descendait la pelouse de Cliffwood.

Cette fois-ci, même si le brouillard s'était épaissi, il était impossible de ne pas reconnaître la forme et l'allure de la silhouette enveloppée de brume ; à moins que ce ne fût un sens plus subtil que celui de la vue qui l'assurait de manière aussi certaine de la proximité de Miss Grantham. Quoi qu'il en soit, il se rendit à sa rencontre sans hésiter un seul instant, déterminé à lui éviter par tous les moyens l'embarras d'interrompre l'entretien qui se déroulait sur le banc. Il ne disposait que d'un instant pour décider de ce qu'il allait faire, mais ce n'était pas la première fois qu'il s'en remettait à son sens de l'improvisation dans les situations délicates, et le sentiment inhabituel de son complet désintéressement le poussait dans la même direction. L'évolution de ses propres affaires lui avait en fait rendu impossible d'intervenir pour des motifs personnels ; et l'idée que son intervention n'était guère entachée de considérations intéressées le confortait.

« Je suis presque content, se disait-il, d'être engagé, si la première des conséquences est que je puisse agir envers elle comme un ami, sans aucune arrière-pensée et sans qu'elle puisse me suspecter de ne pas jouer franc-jeu. L'une des raisons qui m'ont poussé à vouloir assurer mon propre avenir a toujours été le désir de l'aider. Sadie est une fille bien trop gentille pour ne pas comprendre... » À ce moment précis, il se retrouva face à Miss Grantham qui, surprise, eut un léger mouvement de recul lorsque soudain elle le distingua à travers la brume.

— J'ai senti que j'avais une chance de vous rencontrer ce matin, dit-il sans chercher à dissimuler sa joie ; et alors même qu'il lui parlait, son plan de sauvetage à demi échafaudé commença à se dissoudre, et céda la place à la sensation de bonheur rayonnant que sa proximité ne manquait jamais de provoquer. Cela l'agaçait de voir à quel point sa présence lui faisait perdre tout empire sur lui-même, mais il ne pouvait pas plus résister au courant de ses impulsions, qui passèrent du domaine de la raison à celui des sentiments, qu'il ne pouvait dissiper la brume qui l'enveloppait avec douceur et semblait agir comme le complice de ses souhaits. « Si seulement je pouvais la convaincre qu'elle vaut mieux que Magraw », se répétait-il mécaniquement. Mais la seule solution qui se présentait à lui était de celle que la prudence et l'honneur réunis ne pouvaient accepter. Les premiers mots de Miss Grantham lui embrouillèrent encore plus les idées.

— Mr Tilney, dit-elle, sans relever son salut, êtes-vous ou n'êtes-vous pas fiancé à Sadie Bixby ?

Le caractère abrupt de la demande et la sévérité du ton n'eurent pas un effet totalement déplaisant sur le jeune homme ; mais son silence embarrassé en fut la seule conséquence perceptible.

Miss Grantham émit un faible rire :

— Je suppose que je dois considérer cela comme une réponse ? Et dans ce cas, je n'ai qu'à m'excuser d'avoir posé une question aussi indiscrète...

Tilney s'éclaircit nerveusement la voix :

— Je crois n'avoir ni répondu à votre question ni montré que je la trouvais indiscrète...

— Votre silence s'en est chargé, répondit-elle avec une certaine impatience.

Il ne répondit rien et, après une pause, elle ajouta d'un ton qui feignait l'enjouement :

— Eh bien puisque je crois qu'il s'agit là de notre dernier rendez-vous, ne pourrions-nous pas fêter cela en allant nous asseoir ensemble sur notre bon vieux banc ?

Tout en parlant, elle se dirigea vers le banc, supposant apparemment que son compagnon n'y ferait pas d'objection. Mais Tilney, s'exclamant faiblement, la retint par le bras.

— Ne trouvez-vous pas qu'il fait trop humide pour s'asseoir dehors ?

Il rougit lorsqu'elle rit devant l'incongruité de son objection.

— Mon pauvre ami... cela va-t-il donc tant la déranger que ça ? J'ai été assez idiote pour croire que vous m'accorderiez cette dernière matinée...

— Toute la journée est à vous, objecta-t-il nerveusement, mais...

— Eh oui, il y aura désormais toujours un « mais » entre nous. Ce n'est pas étonnant que les hommes s'entendent beaucoup mieux que les femmes ; ils sont tellement plus prudents ! Cependant, même si j'étais fiancée à Mr Magraw...

Elle s'interrompit, et il crut la voir rougir à travers le brouillard. Il se tourna brusquement vers elle :

— L'êtes-vous oui ou non ? Voilà ce qui importe ! s'exclama-t-il.

Elle eut un mouvement de recul, un peu déconcertée, mais, se ressaisissant immédiatement, elle ajouta du même ton enjoué :

— J'allais dire que même si je l'étais, je n'aurais pas l'impression de manquer de loyauté envers ma future condition en accordant cette dernière heure à notre passé.

Une vague de contentement le submergea à la façon dont elle appuya légèrement sur le pronom « notre », vague derrière laquelle la sagesse et la prudence apparaissaient aussi indistinctement que des objets dans la brume ; mais lorsque dans un rire à moitié triste elle ajouta :

— Je n'hésiterais pas à retourner à notre banc une dernière fois... il lâcha dans un nouveau sursaut d'inquiétude :

— Oh, mais vous ne le pourriez, s'il était aussi important pour vous que pour moi !

Il avait prononcé ces mots au hasard, les avait saisis comme étant le moyen le plus prompt à la détourner de son but ; mais une fois prononcés, ils parurent emplir toute l'atmosphère et créer un silence que ni l'un ni l'autre, pendant un moment, n'eurent le courage de rompre.

Miss Grantham fut la première à reprendre ses esprits :

— Je suis sûre, dit-elle gentiment, que nous repenserons souvent tous deux à nos conversations paisibles de ces matins, et je ne pense pas que notre envie de conserver précieusement de tels souvenirs puisse léser les personnes avec qui nous allons engager notre avenir.

Elle s'adressa à Tilney d'une façon si triste et si poignante que ce dernier resta pendant un moment debout sans prononcer un mot, intervalle dont elle profita pour s'avancer de quelques pas en direction du banc. Le jeune homme se mit à rire avec mépris :

— Les léser ? Mon Dieu ! Il n'est pas possible de les priver de trésors dont ils sont absolument incapables d'estimer la valeur.

L'ardeur avec laquelle elle accueillit ses propos le surprit.

— Ah, c'est aussi ce que vous ressentez ? C'est justement ce que je voulais dire, s'exclama-t-elle.

— Ce que je ressens ?.... Il s'arrêta devant elle, pour lui bloquer le passage. Vous croyez que j'ai ressenti quoi que ce soit d'autre, de jour comme de nuit, depuis le jour maudit où nous nous sommes mis d'accord sur... ?

Il s'interrompit dans un dernier effort pour se contrôler, et elle répondit d'un ton bas, et délicieusement implorant :

— Eh bien alors, si c'est vraiment ce que vous ressentez, pourquoi ne pas retourner un instant à notre banc ?

Tilney grogna :

— Ne pouvons-nous pas tout aussi bien discuter ici ? Marchons un peu ensemble... dans ce brouillard, nous serons seuls où que nous allions (sauf sur ce maudit banc, ajouta-t-il mentalement).

Miss Grantham poussa une exclamation mêlée d'ironie :

— Ah ! vous le lui avez promis, je vois. Était-ce une des conditions ? Dans ce cas bien sûr...

— Il n'y avait aucune condition... et s'il y en avait eu...

— Oh, doucement ! Je parle de notre passé, pas de notre avenir.

Tilney grommela à nouveau :

— Si seulement il pouvait s'agir de notre avenir !.... Belle, quel sacré mauvais tour nous nous sommes joués, au bout du compte !

— Ne parlons pas non plus du présent, je vous prie.

Elle lui toucha le bras pour le retenir :

— Pourquoi devrions-nous nous infliger cette peine puisqu'il est trop tard ?

— Trop tard ? Il s'arrêta, en songeant que, pour lui du moins, il était en effet trop tard ; mais il ajouta, poussé par un mouvement irrépressible :

— S'il n'avait pas été trop tard, dites-moi au moins... auriez-vous osé, Belle ?

Ils se tenaient toujours debout l'un en face de l'autre, isolés dans le halo surnaturel que formait la brume.

— Osé ? J'ose davantage maintenant... davantage que je n'ai la force de le faire ! murmura-t-elle, comme pour elle-même.

L'aveu avait presque fait céder chez Tilney les dernières barrières de la retenue ; mais au moment où il allait succomber, il se rappela subitement les exigences de son propre engagement. Il n'avait qu'à conduire Miss Grantham au banc pour qu'elle découvre qu'elle était libre. Mais lorsqu'elle se tournerait vers lui pour offrir la récompense attendue par les libérateurs, avec quelle piètre mine devrait-il refuser son présent !

Il lâcha la main qu'il tenait dans les siennes et dit d'une voix basse :

— Vous aviez raison à l'instant, et moi tort. Nous ne devrions même pas parler de notre passé, de peur d'être tentés de penser à notre situation présente ou future. Il se trouve que je sais ne causer vraiment de tort à personne en vous parlant comme je l'ai fait ; mais mon cas personnel est différent.

— Votre cas à vous ? lâcha Miss Grantham, en changeant subitement de voix et d'expression. Si vous pensez que vous pouvez me faire la cour sans faire grand tort à Mr Magraw, j'aimerais savoir pourquoi je ne pourrais vous écouter sans...

Tilney reçut son attaque avec une humilité désarmante :

— Je disais que les cas étaient différents, parce que, dans un moment de pure folie, j'ai essayé d'attirer l'attention d'une tendre jeune fille pleine de confiance...

Le rire de Miss Grantham l'interrompit :

— Est-ce de cette façon que vous décrivez Sadie Bixby ? demanda-t-elle ironiquement.

— Je ne vois pas où est la difficulté à identifier la jeune fille d'après mes mots.

— Si vous pensez vraiment que ces mots s'appliquent à elle, je n'arrive pas à comprendre comment vous pouvez vous permettre d'être ici avec moi en ce moment !

Elle se remit à rire, puis à la surprise de Tilney, s'approcha, et posa à nouveau sa main sur son bras :

— Mon pauvre ami, c'est moi qui vous offense, et non le contraire. Croyez-moi, je ne vous aurais pas permis de me parler comme vous l'avez fait aujourd'hui si je n'avais pas su... Si je n'avais pas pensé que c'était presque de mon devoir d'être bonne envers vous... de faire ce qui était en mon pouvoir pour atténuer...

— Être bonne avec moi ? Atténuer ? Mais de quoi parlez-vous ? s'exclama Tilney, très surpris que ses mots correspondent à ce point à ses propres pensées.

— Hélas, il s'agit d'un coup de tête idiot que seule notre longue amitié peut justifier. J'ai oublié pendant un instant que je n'étais pas libre, dans mon désir de vous préparer... de vous consoler d'avance... d'un affront...

— Un affront ? vous n'êtes pas encore mariée ? lâcha Tilney.

Elle s'arrêta et le regarda d'un air interrogateur mais sans agressivité :

— Je parlais de vous… de vous et de Sadie. Je m'en veux tellement.

Tilney l'interrompit, un air de soulagement inexprimable sur le visage :

— Nous sommes tous les deux à blâmer de nous être mutuellement encouragés dans une histoire aussi follement suicidaire. Comme si nous étions faits pour abandonner la vraie vie et la liberté contre un compte en banque équilibré. Mais je ne vous fais aucun reproche, Belle… C'était plus de ma faute que de la vôtre ; et c'est bien à moi d'en payer le prix.

— Le prix ! Le prix d'épouser Sadie, dit-elle soudain, le souffle coupé.

— Celui d'épouser quelqu'un d'autre que vous, répondit-il imprudemment ; et à sa réplique, un voile de tristesse s'abattit brusquement sur l'ardeur qui se lisait jusque-là sur le visage de la jeune fille.

— Il est trop tard pour songer à cela désormais, mais si vous ressentez vraiment ce que vous m'avez décrit…

Tilney l'interrompit de nouveau :

— Il est trop tard pour moi, je crois ; mais si vous, vous ressentez vraiment ce que vous m'avez décrit, Dieu soit loué, Belle, il n'est pas trop tard pour vous !

Elle recula d'un pas, et tous deux s'arrêtèrent, comme éblouis par le choc des mots qu'ils venaient de laisser s'échapper. Mais lorsque Tilney s'approcha de nouveau d'elle, elle leva la main et dit gravement :

— Je ne vois pas ce que vous voulez dire, mais je peux expliquer ce que moi, je veux dire, si seulement vous…

Il lui prit la main, et l'entraîna à la hâte de l'autre côté de la pelouse, en direction du banc.

— Si seulement quoi ? dit-elle haletante, essayant de suivre l'allure de son pas rapide ; et il répéta pardessus son épaule :

— Si seulement vous vous rendiez au banc… et dépêchez-vous !

— Au banc ? Ça alors, n'ai-je pas essayé de vous y mener pendant tout ce temps ? lui lança-t-elle, entre rire et larmes.

— Oui, mais je ne savais pas, ou tout du moins, c'est vous qui ne saviez pas.

— Ne savais pas quoi ?

— Qui vous y trouveriez !

Elle recula tout en le retenant de force :

— Seigneur ! dit-elle, le souffle coupé, voulez-vous dire que vous saviez depuis le début ?

— Pensez-vous que j'aurais osé dire ce que j'ai dit si je n'avais pas…

— Si vous n'aviez pas été au courant à propos de Sadie… ?

— Sadie ? vous voulez dire Magraw ?

— Mr Magraw ? elle s'arrêta net, et, dans un geste d'indignation, retira brusquement sa main.

— Mr Tilney, qui pensez-vous trouver sur ce banc ?

Il se tourna vers elle, tout aussi indigné :

— Je ne pense pas, je sais. Magraw y est assis en compagnie d'une femme.

— Vous vous trompez complètement ! Je sais que Sadie Bixby s'y trouve avec un homme.

Il y eut un long moment de silence durant lequel ils se laissèrent peu à peu submerger par une révélation intérieure ; Tilney partit soudain dans un grand éclat de rire semblant défier la terre entière.

— Eh bien, ne voyez-vous donc pas ?

— Je ne vois pas plus que si cette brume était en moi ! gémit-elle.

— Ne comprenez-vous pas que Magraw et Miss Bixby doivent y être assis ensemble et que, dans ce cas, il ne nous reste plus qu'à trouver un autre banc pour nous deux ?

Titre original : *The Introducers* (Ainslee's 16, décembre 1905 et janvier 1906)

Giboulées de mars

« Mais le cœur de Guy reposait sous les violettes qui fleurissaient la tombe de Muriel. »

Quelle fin sublime ! Theodora connaissait des jeunes filles qui avaient pleuré en lisant des épilogues bien moins pathétiques que celui-là. Elle posa son stylo et relut ces mots. Sa voix s'attarda sur la chute de la phrase puis, inspirant profondément, elle écrivit, en bas de la page, le nom par lequel elle avait décidé de se faire connaître en littérature : Gladys Glyn.

À l'étage inférieur, l'horloge de la bibliothèque sonna deux heures. Elle eut l'impression que l'on frappait contre le plancher de sa chambre ; ces coups sourds retentirent comme des coups de semonce. Deux heures ! Et dire qu'elle avait promis à sa mère de se lever suffisamment tôt pour recoudre les boutons du caban de Johnny et s'assurer que Kate ne parte pas à l'école avant d'avoir pris sa cuillerée d'huile de foie de morue !

Lentement, tendrement, elle rassembla les pages de son roman – il y en avait cinq cents – et les noua d'un ruban de satin bleu que sa tante Julia lui avait offert. Elle avait eu l'intention de porter ce ruban le dimanche avec sa nouvelle robe de mousseline à pois, mais ainsi elle pensait le réserver à un usage plus noble. Elle le passa autour de son manuscrit et fit avec les extrémités une belle boucle. Theodora faisait bien les nœuds et aurait su garnir les chapeaux très joliment si seulement elle n'avait pas consacré à la littérature ses moindres moments de liberté. Puis après un dernier regard sur ces précieuses pages, elle scella l'enveloppe et y inscrivit l'adresse. Elle comptait l'envoyer le lendemain matin au *Home Circle*. Elle savait qu'il lui serait difficile d'obtenir ses entrées dans une revue à laquelle tant d'auteurs en vogue contribuaient, mais ce qu'oncle James avait dit la dernière fois qu'il était venu de Boston l'encourageait à s'y risquer.

Il avait parlé de sa nouvelle maison à Brookline avec son frère, le docteur Dace. L'oncle James était fortuné et il déménageait régulièrement, toujours en quête d'une maison mieux équipée. L'hygiène le passionnait et ses migrations successives suivaient le sillage de la plomberie sanitaire.

— Rien que pour les salles de bains, cela vaut la dépense, avait-il dit gaiement, même si le loyer n'est pas donné. Et puis, quand on n'a pas besoin d'économiser pour ses enfants… Il jeta un regard compatissant sur la grande tablée du docteur Dace :

— Ce n'est pas rien d'être dans un quartier où le système d'égouts est extra ! C'est justement ce que je disais à notre voisine. Tiens d'ailleurs, vous ne devinerez jamais qui c'est ! Il sourit à Theodora. Je ne serais pas étonné que cette demoiselle la connaisse. Vous avez déjà entendu parler de Kathleen Kyd ?

Kathleen Kyd ! La célèbre romancière mondaine qui avait inventé plus d'« héroïnes préférées » que tous ses prédécesseurs réunis, l'auteur d'*Amour et Vogue*, de *La Duchesse américaine*, et de *La Révolte de Rhona*. Du Maine à la Californie, la mention de ce nom n'aurait manqué de faire battre le cœur d'aucune jeune fille intelligente !

— Mais oui, disait l'oncle James, Kathleen Kyd habite à côté. Frances G. Wallop de son vrai nom ; son mari est dentiste. C'est une personne très agréable et sociable, on n'aurait jamais cru qu'elle était écrivain. Vous savez comment elle a commencé à écrire ? Elle m'a tout raconté. Apparemment elle était vendeuse dans une boutique, pour un salaire de misère avec sa mère et une sœur phtisique à charge. Eh bien, un jour, elle a écrit un livre, comme ça pour s'amuser, et elle l'a envoyé à *Home Circle*. Bien sûr, ils n'avaient jamais entendu parler d'elle et elle pensait qu'ils ne donneraient pas suite. Mais, bien au contraire, ils ont accepté son roman et en ont redemandé. Elle leur a régulièrement envoyé des textes et l'Amérique entière a fini par la connaître. Elle m'a dit qu'à présent ses livres lui rapportaient environ dix mille dollars par an. Nous ne pouvons pas en dire autant, hein John ? Eh bien, j'espère que, dans cette maison, personne ne contribue à l'enrichir. Il jeta un regard sévère à Theodora et ajouta : Il n'est pas bon que la jeunesse se repaisse de cette camelote sentimentale, c'est comme le gaz d'égout ; ça n'a pas d'odeur mais ça contamine l'organisme sans qu'on s'en rende compte.

Theodora retenait son souffle et écoutait. *Home Circle* avait accepté le premier roman de Kathleen Kyd et en avait même redemandé ! Pourquoi Gladys Glyn aurait-elle moins de chance ? Theodora avait lu beaucoup de romans, à l'insu de ses parents pour la plupart, et se sentait en conséquence capable de juger de la qualité de son propre travail. *Giboulées de mars* était un chef-d'œuvre, elle en était presque sûre. Si la légèreté caractéristique de Kathleen Kyd lui faisait défaut, il y avait dans son livre une intensité émotionnelle que cet auteur brillant n'avait encore jamais atteinte. Theodora ne cherchait pas à distraire ses lecteurs, elle laissait cela aux talents plus frivoles. Elle avait voulu explorer les profondeurs de la nature humaine et elle sentait qu'elle y était parvenue. C'était extraordinaire qu'une jeune fille pût avoir une telle impression sur son premier roman. Theodora n'avait que dix-sept ans, et elle se souvint, non sans éprouver un peu de commisération rétrospective, que George Eliot n'était devenue célèbre que vers quarante ans.

Non, la valeur de *Giboulées de mars* ne faisait aucun doute. Mais une œuvre de moindre qualité n'aurait-elle pas de plus grandes chances de succès ? Theodora se rappela les débuts difficiles des écrivains célèbres, l'hostilité bien connue des éditeurs et des rédacteurs à l'égard des jeunes auteurs à l'avenir prometteur. Ne serait-il pas plus sage de mettre le livre à la portée du lecteur moyen, réservant pour quelque prochain ouvrage les grands effets dans lesquels elle avait jeté toute la ferveur de son imagination ? Cette pensée était sacrilège ! Jamais elle ne porterait la main sur l'édifice sacré qu'elle avait élevé, jamais elle n'aurait recours à cet expédient grossier qui consiste à conformer son œuvre au goût du public. Plutôt un échec obscur qu'un triomphe vulgaire ! Les grands auteurs ne s'abaissaient jamais à de telles concessions et Theodora sentait que la fermeté avec laquelle elle rejetait la pensée même de se concilier un public indifférent la rangeait dans cette catégorie. Il fallait envoyer le manuscrit tel qu'il était.

Elle se réveilla en sursaut, saisie d'une lourde appréhension. *Home Circle* avait refusé *Giboulées de mars* ! Non, ce n'était pas cela, le précieux manuscrit était bien là et attendait d'être posté. Mais alors de quoi s'agissait-il ? Ah ! Ces coups sinistres qui retentissaient au pied de l'escalier ! Neuf heures ! Les boutons de Johnny ! Affolée, elle bondit hors de son lit. Et dire qu'elle s'était promis de ne pas décevoir sa mère avec les boutons de Johnny. Mrs Dace, percluse de rhumatismes chroniques, avait dû abandonner à sa fille aînée la responsabilité de la maisonnée. Theodora avait honnêtement eu l'intention de s'assurer que Johnny avait un jeu de boutons complet et que Kate et Bertha feraient leur toilette avant de partir à l'école. Malheureusement, la rédaction d'un grand roman ne laissait guère le temps et le loisir de se souvenir des obligations mesquines de la vie quotidienne ; et Theodora s'était aperçue qu'en général, ses bonnes intentions mûrissaient si tardivement qu'on n'en voyait pas les fruits. Ses regrets s'adoucirent à la pensée que son succès littéraire lui permettrait de se faire pardonner les petites négligences dont elle se rendait coupable. Elle avait l'intention de consacrer tout son argent à sa famille ; elle se voyait déjà acheter un fauteuil roulant pour sa mère, du papier peint neuf pour le cabinet miteux du docteur, des bicyclettes pour ses sœurs et inscrire Johnny à un internat où le raccommodage des boutons ferait partie de la formation. Si ses parents s'étaient doutés de ses intentions, ils lui auraient fait moins de reproches et, ce matin-là, le docteur Dace, qui avait l'air éreinté, n'aurait pas levé les yeux pour dire ironiquement :

— Je suppose que tu n'es rentrée du bal que ce matin ?

Theodora sentait qu'elle était dans son bon droit et elle put donc recevoir cette attaque avec une dignité qui, dans un roman, lui eût valu tout le respect d'un père sans cœur.

— Je suis désolée d'être en retard, père.

Il ne fallait pas compter sur le docteur Dace pour se comporter comme un père de roman, il haussa les épaules d'un air impatient.

— Tes excuses te font honneur, mais elles n'ont pas empêché le plateau de ta mère de refroidir.

— Son plateau n'est pas monté ?

— Je me demande bien qui était censé le faire. Les filles sont descendues si tard que j'ai dû les expédier à l'école avant qu'elles aient fini leur petit déjeuner, et Johnny avait les mains si sales que j'ai dû le renvoyer dans sa chambre pour qu'il soit présentable. C'est du joli : les enfants du docteur sont les petits sauvages les plus sales de Norton !

À la hâte, Theodora prépara le plateau de sa mère, sans même toucher à son propre petit déjeuner. Quand elle entra dans la chambre à l'étage, Mrs Dace tourna vers elle un visage patient et lui adressa un sourire bien plus difficile à endurer que les reproches de son père.

— Mère, je suis vraiment désolée.

— C'est sans importance, ma chérie. Je suppose que les boutons de Johnny t'ont retenue. Je n'arrive pas à comprendre ce que ce garçon fabrique avec ses vêtements !

Theodora posa le plateau sans dire un mot. Il lui était impossible d'admettre qu'elle avait oublié les boutons de Johnny sans révéler la raison de sa négligence. Pour quelques semaines encore il lui faudrait rester incomprise, puis… Ah, si son roman était accepté, avec quelle joie elle oublierait et leur pardonnerait ! Et s'il était refusé ? Elle se détourna pour cacher la déception qui la faisait rougir. Eh bien, alors elle dirait la vérité… elle implorerait le pardon de ses parents puis elle se résignerait, sans un soupir, à l'existence obscure des femmes qui raccommodent et qui coiffent.

Elle s'était dit qu'une fois le manuscrit envoyé, elle aurait du temps à consacrer aux enfants et aux travaux de couture en retard, mais c'était compter sans le postier. Il passait trois fois par jour ; durant l'heure qui précédait son passage, elle était très excitée et se demandait si, cette fois, il lui apporterait enfin une réponse et, pendant l'heure qui suivait, elle allait et venait dans un état de stupeur, anéantie par la déception. Les enfants n'avaient jamais été aussi pénibles. Ils semblaient partir en morceaux comme de misérables meubles ; on en aurait conclu qu'ils avaient été assemblés avec de la mauvaise colle. Les guenilles de Johnny, les mauvaises notes de Bertha, et Kate qui se privait ouvertement d'huile de foie de morue, rendaient Mrs Dace malade d'inquiétude. Après une longue tournée de visites, entrant dans un bureau où il n'y avait pas de feu et où la lampe fumait, le docteur Dace s'écriait, furieux, qu'il se demandait si Theodora aurait la gentillesse de descendre pour enlever le « Heureux chez soi » suspendu devant l'âtre vide.

Pour couronner le tout Miss Sophy Brill leur rendit visite. C'était très aimable à elle de venir car il n'y avait personne à Norton qui fût plus occupé qu'elle. Elle s'était fait un devoir moral de s'occuper des affaires des autres ; et l'on ne trouvait pas un seul foyer en ville qu'elle ne supervisât personnellement. En général, elle arrivait quand les choses se gâtaient et la vue de son chapeau sur le perron annonçait une calamité bien plus certainement qu'un ruban de crêpe noir sur le heurtoir d'une porte. Quand elle fut partie, Mrs Dace eut l'air très triste et le docteur punit Johnny qui avait chantonné « quand

Miss Sophy Brill nous rase, ça brille » dans l'entrée, tandis que Theodora, en larmes, s'enfermait dans sa chambre, bien résolue à ne plus jamais écrire de roman.

La semaine suivante ne fut qu'un long cauchemar. Theodora ne pouvait manger ni dormir. Elle se levait à l'heure, mais au lieu de s'occuper des enfants et de s'assurer que le petit déjeuner était prêt, elle se rendait d'un pas indécis au-devant du postier et revenait le visage blême et les mains vides, oublieuse de ses obligations matinales. Combien de temps lui faudrait-il encore patienter ? Elle n'en avait pas la moindre idée ; et elle ne voyait pas comment les écrivains pouvaient survivre à plus d'une semaine d'attente.

Puis soudain, un après-midi, sans qu'elle comprît très bien comment cela était arrivé, elle se retrouva avec une enveloppe du *Home Circle* entre les mains, et ses yeux éblouis se posèrent sur une folle sarabande de mots qui refusaient de s'aligner pour former un ensemble cohérent.

« Madame », lut-elle. Ils l'appelaient Madame ! Voilà, enfin les mots commençaient à s'ordonner. « Nous avons bien reçu votre roman *Giboulées de mars*, et sommes heureux de l'accepter selon les termes habituels. Le feuilleton que nous comptions publier incessamment a pris du retard en raison de l'état de santé de l'auteur, c'est pourquoi les premiers chapitres de *Giboulées de mars* paraîtront dans notre numéro d'été. En vous remerciant de nous avoir fait l'honneur de nous envoyer votre manuscrit, nous demeurons, etc. »

Theodora se retrouva dans le bois derrière l'école. Elle s'agenouilla sur le sol, balaya d'un geste les feuilles mortes et posa ses lèvres sur les petites choses vertes qui s'épanouissaient et dont les pointes impatientes perçaient à travers les débris en décomposition de l'année passée. Le printemps ! C'était le printemps ! Tout se bousculait vers la lumière et dans son propre cœur, de centaines d'espoirs en germe avait éclos une feuille inespérée. Elle se demanda si l'éclosion de ces petits doigts verts blessait la surface de la terre tout comme son extase transperçait littéralement sa poitrine brûlante et oppressée ! À travers les branches entrelacées, elle vit un ciel bleu opaque et tendre qui annonçait déjà une lune opaline. Elle se sentait plongée dans une atmosphère d'aimante compréhension. Sa joie faisait palpiter la terre brune et trembler le faîte des arbres ; une étoile apparut tout à coup entre les branches comme pour lui souffler « je comprends ».

La conduite de Theodora fut, pour l'essentiel, admirable. Sa mère pleura, son père émit un sifflement et dit qu'à présent il supporterait de trouver des grains dans son café et qu'à l'avenir il se montrerait reconnaissant qu'on lui servît encore un repas chaud. Pendant ce temps, les enfants profitèrent de ce qui leur sembla être une soudaine suspension des lois de la nature pour chahuter le plus bruyamment possible.

En moins d'une semaine, tout le monde à Norton sut que Theodora avait écrit un roman et qu'il paraîtrait dans *Home Circle*. Le dimanche, à l'église, quand elle remontait l'allée centrale, ses amies laissaient tomber leur missel et dans son émoi, la soprano se mettait à chanter faux. Certaines jeunes filles, dont les étrennes dépassaient tout ce que Theodora pouvait imaginer, se faisaient faire des chapeaux comme les siens et imitaient sa façon de parler. Le journal local lui commanda un poème ; ses anciennes institutrices s'arrêtaient pour lui serrer la main et la féliciter timidement ; et enfin Miss Sophy Brill vint leur rendre visite. Elle portait son chapeau du dimanche et son attitude fut presque obséquieuse. Embarrassée, elle osa cependant demander à sa jeune amie comment elle écrivait, si cela « lui venait tout simplement », si elle trouvait que le stylo qu'elle utilisait changeait quelque chose et finit par la supplier de lui écrire une dédicace dans son carnet.

Même l'oncle James fit le déplacement depuis Boston pour discuter de cette merveille. Il la traita de « petite cachottière » et lui suggéra de lui confier ses gains qu'il investirait dans une entreprise qui venait de faire breveter un filtre à eaux grasses... D'après ce que Kathleen Kyd lui avait dit, il pensait que Theodora obtiendrait environ un millier de dollars pour son roman. Pour conclure, il lui conseilla de traiter d'une question d'hygiène publique dans son prochain roman sentimental : son héroïne manquerait de mourir empoisonnée au gaz méphitique parce que ses parents auraient refusé d'écouter le jeune et beau docteur de la maison d'en face lorsqu'il les mettrait en garde contre leur système de plomberie défectueux. Voilà un sujet qui intéresserait tout le monde et qui serait bien plus utile que la camelote sentimentale qu'écrivaient la plupart des femmes.

Enfin le grand jour arriva. Theodora avait commandé au libraire un exemplaire du numéro d'été de *Home Circle* ; et la boutique n'était pas encore ouverte qu'elle attendait déjà sur le trottoir. Elle s'empara de la précieuse revue et, sans même l'ouvrir, rentra chez elle en courant. Son émoi était presque insoutenable ! Ignorant son père qui l'appelait pour le petit déjeuner, elle se précipita à l'étage et s'enferma dans sa chambre. Ses mains tremblaient tant qu'elle parvenait à peine à tourner les pages. Enfin *Giboulées de mars* était là, sous ses yeux ! La revue lui échappa des mains. Quel nom avait-elle lu sous le titre ? L'émotion l'avait-elle aveuglée ? *Giboulées de mars* de Kathleen Kyd !

Kathleen Kyd ! Oh ! Cruelle faute d'impression ! Oh ! Satané typographe ! Au travers de larmes de rage et de découragement, le regard de Theodora se posa de nouveau sur la revue. Non, il n'y avait pas d'erreur possible, on ne pouvait se méprendre sur l'odieux nom. Elle continua de lire. Elle se mit alors à parcourir un paragraphe qu'elle n'avait jamais lu auparavant. Elle poursuivit sa lecture. Rien ne lui était familier. Tout à coup, l'horrible vérité lui sauta aux yeux : ce n'était pas son roman !

Elle ne sut jamais comment elle avait regagné la gare. Sur le quai, elle se fraya un chemin à travers la foule et ce fut le bras galonné d'or d'un agent qui la poussa dans le train à destination de Norton. Il ferait nuit quand elle rentrerait chez elle mais cela n'avait aucune importance ; plus rien n'avait d'importance maintenant. Elle s'effondra sur son siège, fermant les yeux dans l'espoir vain de chasser le souvenir des événements de ces dernières heures, mais sa mémoire la força à tout revivre, minute par minute ; elle eut l'impression d'être un cancre que l'on pousse sur l'estrade pour réciter le poème haï.

Bien qu'elle connût mal Boston, elle avait réussi à trouver son chemin jusqu'à l'immeuble du *Home Circle,* du moins elle le supposait, puisqu'elle n'avait aucun souvenir de ce qui s'était produit avant qu'elle n'ait gravi les marches de la rédaction avec la même aisance que lorsqu'en rêve on fait des choses incroyables. Elle avait dû marcher très vite car son cœur battait furieusement et elle eut tout juste assez de souffle pour murmurer le nom du rédacteur au jeune homme qui, tel un spécimen zoologique dans sa cage de verre, la dévisageait. Elle suivit le jeune homme et passa devant d'autres cages de verre qui contenaient des espèces similaires puis arriva dans un enclos intérieur qu'une présence énorme semblait emplir. Theodora se sentit enveloppée, submergée, étouffée tandis que cette présence déferlait sur elle et l'engloutissait.

Peu à peu des fragments de la discussion lui revinrent en mémoire. « *Giboulées de mars,* le nouveau feuilleton de Kathleen Kyd ? Votre manuscrit, dites-vous ? Vous avez reçu une lettre de ma main ? À quel nom, s'il vous plaît ? Bien entendu, quelque regrettable malentendu. Un instant. »

Puis une cloche sonna, un spécimen zoologique fut sommé d'ouvrir un coffre-fort; on lui redemanda son nom, puis on déposa sur la table le manuscrit, son précieux manuscrit, entouré du ruban de tante Julia, puis il y eut ses cris, ses protestations, ses questions noyées dans un flot continu d'excuses fades : le manuscrit de Kathleen Kyd reçu le même jour... une coïncidence extraordinaire dans le choix du titre... des réponses identiques envoyées par erreur... le roman de Miss Dace... pas du tout dans leur ligne éditoriale... aurait bien sûr dû être retourné... un oubli regrettable... il y avait parfois des erreurs... elle comprendrait certainement.

La voix continuait, comme la main du chirurgien qui appuie sans relâche sur le nerf écorché. Quand enfin elle se tut, Theodora était dans la rue. Un fiacre faillit la renverser et un klaxon retentit furieusement dans ses oreilles. Elle serrait le manuscrit contre elle, comme un être vivant blessé. Elle ne supportait pas d'en voir la tranche salie et les taches d'encre sur le ruban de tante Julia.

Le train s'arrêta brusquement; elle rouvrit les yeux. Il faisait nuit et, à la lueur vacillante de l'éclairage au gaz, elle vit les voyageurs descendre à Norton. Un souffle chaud lui caressa le visage, apportant le parfum estival des bois; et elle se rappela de quelle manière, trois mois plus tôt, elle s'était agenouillée sur le tapis de feuilles mortes et avait posé ses lèvres sur les premières pousses de verdure. Puis pour la première fois elle repensa aux siens. Elle s'était enfuie le matin sans un mot; quand elle pensa à l'inquiétude de sa mère, elle eut le cœur serré. Et son père, comme il serait fâché ! Elle courbait l'échine sous l'imminente tempête de sa dérision.

Le ciel était couvert et comme elle s'éloignait de la gare dans l'obscurité, elle sentit une main s'emparer de la sienne. Elle s'immobilisa, trop épuisée pour s'en effrayer, et elle entendit une voix lui dire tout bas :

— Ne marche pas si vite, petite, tu as l'air fatiguée.

— Père !

Elle dégagea sa main de la sienne, mais il la lui reprit et la glissa sous son bras. Quand elle retrouva l'usage de la parole ce fut pour murmurer :

— Vous étiez à la gare ?

— La nuit est si belle que j'ai pensé venir tranquillement à ta rencontre.

Son bras tremblait contre le sien. Elle ne pouvait voir son visage dans l'obscurité, mais il lui sembla que la pointe de son cigare lui adressait un regard bienveillant, et elle trouva le courage de murmurer :

— Alors vous saviez ?

— Que tu étais allée à Boston ? Eh bien, c'est ce que je me suis dit.

Ils continuèrent à marcher lentement, puis il ajouta :

— Tu avais laissé traîner *Home Circle* dans ta chambre.

Comme elle bénit l'obscurité et le ciel voilé ! L'œil scrutateur de la plus petite étoile lui aurait été insupportable.

— Alors, Mère ne s'est pas trop inquiétée ?

— Mais non, elle n'en avait pas l'air, elle s'est occupée des affaires de Bertha toute la journée.

Theodora étouffait :

— Père, je... À tâtons elle cherchait ses mots, mais ils la fuyaient. Je ferai les choses... différemment... je ne voulais pas... Soudain elle s'entendit s'écrier : En fait c'était une erreur, vous savez, mon roman, ils n'en ont pas voulu !

Elle eut un mouvement de recul involontaire à la pensée de l'hilarité imminente de son père. Elle sentit qu'il lui serrait le bras mais il ne dit rien et elle imaginait son rire silencieux. Ils s'avancèrent en silence. Puis il dit :

— Ça fait juste un peu mal au début, non ?

— Oh, Père !

Il se tut et elle vit sur son visage faiblement éclairé par la lueur du cigare une expression inattendue de compassion.

— Tu sais, moi aussi j'ai connu cela.

— Vous Père, vous ?

— Oui. Je ne te l'ai jamais raconté ? Un jour, j'ai écrit un roman. Je sortais tout juste de l'université et je ne voulais pas devenir médecin. Non, je voulais être un génie, alors j'ai écrit un roman.

Le docteur s'arrêta et Theodora s'agrippa à son bras dans un élan de commisération passionnée et muette, comme une créature qui se noie et qui, dans la folie meurtrière des vagues, s'accroche à une main tendue.

— Père, ah Père !

— J'y ai passé un an, une année entière de dur labeur mais une fois qu'il fut terminé, les éditeurs n'en ont pas voulu, à aucun prix. C'est pour cela que je suis venu à ta rencontre, parce que je me rappelle encore de mon retour à la maison ce jour-là.

Titre original : *April showers* (*The Youth's Companion*, 18 janvier 1900)

[illegible]
[illegible]
[illegible]

[illegible]

Au moment où [illegible] Central Park et s'engageait [illegible] Cinquième Avenue pour la conduire chez elle, [illegible] dans la pénombre la haute silhouette de son fils qui la précédait. Il marchait d'une allure plus rapide qu'à l'accoutumée, et elle eut [illegible] à cette heure [illegible]

Bien qu'[illegible] Mrs Quentin [illegible] sédait [illegible] jusqu'au [illegible] Elle était trop [illegible] étant la seule [illegible] mais elle [illegible] cancer [illegible] elle ne pouvait [illegible] pensées [illegible] tenir [illegible] de leur conversation [illegible]

Sables mouvants

I

Au moment où sa victoria sortait de Central Park et s'engageait dans la Cinquième Avenue pour la conduire chez elle, Mrs Quentin devina dans la pénombre la haute silhouette de son fils qui la précédait. Il marchait d'une allure plus rapide qu'à l'accoutumée, et elle eut le sentiment que s'il rentrait à la maison à cette heure-là, c'est qu'il désirait la voir.

Bien que n'étant pas du genre fantasque, Mrs Quentin se rendait parfois compte qu'elle possédait un sixième sens la rendant capable de détecter jusqu'au moindre mouvement instinctif de son fils. Elle était trop fine pour s'abandonner à l'idée qu'elle était la seule mère en possession de cette faculté, mais elle s'autorisait à penser que peu d'entre elles étaient capables de l'exercer aussi discrètement. Si elle ne pouvait s'empêcher d'entendre malgré elle les pensées d'Alan, elle avait le courage de garder ses découvertes pour elle-même, et le tact de ne jamais tenir pour certain ce qu'elle devinait sous la surface de leur conversation ; elle savait que la plupart des gens préféreraient qu'on lise leur courrier plutôt que leurs pensées. Alan la remerciait de cette discrétion féminine en étant tout simplement... lui-même. Il ne pouvait y avoir de récompense plus parfaite. Grâce à lui, la vie prenait sens ; il était la justification d'une existence qui, sans lui, aurait été aussi incompréhensible qu'odieuse. Il était le fils parfait, et Mrs Quentin avait toujours eu soif de perfection.

Sa maison, dans une moindre mesure, témoignait de ce désir insatiable. On sentait que la décoration résultait d'une série d'éliminations : l'alliance des lignes et des couleurs n'était en rien due au hasard. La finition, si parfaite qu'elle en était presque morbide, de chaque détail matériel de sa vie laissait penser que des énergies diverses avaient été, sous la pression de mystérieuses circonstances, dirigées de force dans le canal étroit du dilettantisme. Malheureusement, le côté tatillon de Mrs Quentin se limitait exclusivement à son intérieur ; ses amis n'étaient pas toujours dignes des chaises sur lesquelles ils s'asseyaient, et elle fermait les yeux sur les imperfections de ses relations, imperfections qu'elle n'aurait pas tolérées dans son bric-à-brac. En fait, sa maison n'était jamais aussi distinguée que lorsqu'elle était vide. Elle atteignait ainsi le sommet de la perfection dans le silence chaud du feu de cheminée qui l'accueillait à présent.

Son fils, qui l'avait devancée sur le pas de la porte, la suivit dans le salon, et se laissa tomber dans un fauteuil au coin du feu, alors qu'elle ôtait ses fourrures et s'activait autour de la table dressée pour le thé. Ils restèrent silencieux pendant un moment. Lui jetant un coup d'œil par-dessus la bouilloire, Mrs Quentin remarqua que son fils était assis à regarder fixement les braises; il avait sur le visage un air qu'elle ne lui connaissait pas; pourtant, les traits juvéniles et pleins d'arrogance d'Alan lui étaient d'ordinaire aussi familiers que ses propres pensées. Cet air se retrouvait dans sa pose nonchalante : il laissait pendre ses longues mains délicates, et sa tête, lourde de soucis, reposait inclinée sur les coussins. C'était l'équivalent moral de la fatigue physique. Il avait l'air, comme il l'aurait dit lui-même, claqué, vanné. Cela lui ressemblait tellement peu, lui d'habitude si gai et enjoué, que Mrs Quentin eut l'impression d'être en présence d'un inconnu devant lequel elle devait se surveiller, présence étrangère contre laquelle elle devait dresser à la hâte des barrières. La moindre faille dans leur relation semblait un gouffre : c'était un des défauts de leur trop grande intimité.

Elle avait l'habitude de laisser les pensées de son fils l'encercler avant qu'elles ne se matérialisent en mots, et restait donc assise, immobile, comme si le moindre bruit risquait de les faire fuir.

Au bout d'un moment, les yeux toujours fixés sur le feu, il dit :

— Je suis tellement content que vous soyez une de ces femmes intuitives comme on n'en trouve plus. C'est pénible de les voir réfléchir.

Elle avait déjà compris ce qu'il voulait dire :

— Hope Fenno ? hasarda-t-elle.

Il approuva.

— Elle a réfléchi... beaucoup réfléchi. Ce fut très pénible... pour moi tout du moins, et je ne crois pas qu'elle ait apprécié non plus : c'est ce qu'elle a dit.

Il approcha ses pieds du feu.

— Le résultat de toutes ses cogitations, c'est qu'elle ne veut pas m'épouser... Elle a abouti à cette conclusion par pur raisonnement... Ce n'est pas une question de sentiment, comprenez-vous. Je suis le seul qu'elle ait jamais aimé... mais elle ne veut pas de moi comme mari. Ah ! quels romans avez-vous donc bien pu lire dans votre jeunesse, très chère ! Je suis sûr que tout vient de là. Si elle avait baigné dans Trollope et Whyte-Melville, plutôt que dans Tolstoï et Mrs Ward, nous serions maintenant comme tout le monde assis sur un canapé à essayer la bague de fiançailles.

Mrs Quentin, suffoquant sous la colère instinctive d'une mère dont le fils a été rejeté par une jeune fille qu'elle n'avait pas choisie ne put, dans un premier temps, prononcer un seul mot. Puis, elle dit :

— Raconte-moi, mon chéri.

— Chère mère, elle a des scrupules.

— Des scrupules ?

— En ce qui concerne le journal. Elle m'objecte mon titre officiel de propriétaire du *Radiator*.

Sa mère ne répondit pas à son rire.

— Elle avait proposé une solution, bien sûr : elle déborde d'expédients. J'étais censé lâcher le journal, et on aurait vécu de boîtes de conserve et de vertu, heureux jusqu'à la fin de nos jours. Elle avait même une idée de rechange toute prête : les femmes sont toujours pleines de ressources ! J'étais censé convertir *Le Radiator* en un organe indépendant, et le faire marcher à perte pour montrer au public ce qu'un journal exemplaire se doit d'être. Je crois même qu'elle préférait cette solution à l'autre : elle la trouvait plus désagréable et plus offensive. Ce n'est pas à la mode d'être bon sans le faire savoir de nos jours !

En son for intérieur, Mrs Quentin songea : « Je ne savais pas qu'il attachait autant d'importance à tout ça ! »

Elle murmura tout haut :

— Laisse-lui donc du temps.

— Du temps ?

— Pour évacuer les vieux préjugés et faire de la place aux nouveaux.

— Chère mère, ceux qu'elle possède sont flambant neufs. C'est tout le problème. Elle est extrêmement à jour. Elle reçoit toute la presse morale à la mode et porte les toutes dernières tenues en matière d'éthique.

Son ressentiment se perdit dans les dédales de sa métaphore :

— Elle est donc si bigote que ça ?

— Ma pauvre mère, que vous êtes naïve ! Elle est désespérément irréligieuse, c'est toute la difficulté. On peut faire croire à peu près n'importe quoi à une femme croyante en exploitant le fond de crédulité creusé par l'habitude. Mais lorsqu'une jeune fille ne croit plus au Déluge, il est très difficile de lui inspirer confiance. Avant de vous croire, elle vous fait sentir que c'est son devoir en tant qu'agnostique qui assume pleinement sa condition de décider si vous êtes à la page ou non, ou si ce que vous dites n'est pas corrompu, ou encore si quelqu'un n'a pas apporté la preuve irréfutable que vous n'avez de toute façon jamais existé.

Mrs Quentin s'était replongée dans le silence. Ils se déplaçaient tous deux dans cette atmosphère d'implications et de sous-entendus où le moindre mot avait la capacité de secouer la poussière d'innombrables impressions engrangées, et il leur était parfois d'autant plus difficile de se parler que leur relation était forte. Elle lança alors :

— Est-ce impossible ?

— Impossible ?

Elle semblait se servir des mots prudemment, comme d'armes qui risqueraient de glisser et de provoquer une coupure.

— Ce qu'elle suggère.

Son fils, se redressant, se tourna vers elle, et pour la première fois la regarda. Ils se comprirent en un regard. Il était avec elle contre la fille alors ! Un murmure de tendresse trahit sa satisfaction débordante :

— Bien sûr que non, mon chéri. On ne change pas… on ne change pas sa propre vie…

— On ne se change pas soi-même, corrigea-t-il. C'est ce que je lui ai dit. À quoi cela sert-il que j'abandonne le journal si je conserve les mêmes idées ?

Cette distinction psychologique lui plut.

— De quoi se soucie-t-elle le plus ?

— Oh, du journal, pour le moment. Elle a l'intention de modifier mes idées plus tard. Tout ce qu'elle demande, c'est que j'abjure mon hérésie. Le don de la grâce viendra après.

Mrs Quentin était toujours assise, un regard fixe posé sur la tasse de thé qu'elle n'avait pas encore touchée. Les premiers mots de son fils avaient provoqué chez elle l'impression affreuse de se débattre dans une foule compacte que lui ne voyait pas. Elle avait la sensation horrible d'être cernée par des forces que lui ne percevait pas. Pourtant si quelque chose eut été en mesure d'accroître sa misère, c'eût été de découvrir que ses fantômes étaient devenus visibles.

Comme pour détourner son attention, elle demanda précipitamment :

— Et toi ?

Sa réponse portait la marque d'un souvenir :

— Je lui ai seulement demandé ce qu'elle pensait de vous.

— De moi ?

— Elle éprouve une très grande admiration pour vous, vous savez.

Pendant un instant, les joues de Mrs Quentin se colorèrent des derniers feux d'une jeunesse toujours présente chez elle : des louanges rapportées par son fils revêtaient quelque chose du mérite de leur messager.

— Et donc… ? dit-elle en souriant.

— Donc… vous n'avez pas forcé mon père à abandonner *Le Radiator*, n'est-ce pas ?

Sa mère, se raidissant, détourna la question :

— Elle ne vient jamais ici. Comment peut-elle me connaître ?

— Elle n'a guère d'argent et elle sort très peu !

Il se leva et alla s'appuyer sur le manteau de cheminée ; ses doigts fébriles s'emparèrent d'un lutteur en bronze, à la silhouette élancée, en équilibre sur un socle en porphyre, qui était coincé entre deux ivoires espagnols aux teintes chaudes.

— Et puis sa mère… laissa-t-il échapper.

— Sa mère n'est jamais venue me rendre visite, dit Mrs Quentin, achevant la phrase de son fils.

Il haussa les épaules :

— Mrs Fenno a des vues aussi larges qu'une poupée de cire. Elle tire ses règles de conduite des dictons brodés par sa grand-mère.

— Mais sa fille est tellement moderne… et pourtant…

— Le résultat est le même ? Pas tout à fait. Elle au moins, elle vous admire énormément !

Il remit le bronze en place, et se tourna vers sa mère, un sourire aux lèvres :

— Ne seriez-vous pas toutes les deux membres d'un même comité d'hôpital ? Elle est particulièrement sensible à la façon dont vous faites le bien. Elle dit que la philanthropie n'est pas une façon de se conduire mais un état d'esprit… Et il semblerait que vous fassiez partie des élus.

De même que lorsque l'on souffre d'une douleur diffuse, l'apaisement semble survenir quand une douleur localisée se fait plus aiguë, Mrs Quentin se sentit soudain soulagée par un accès de colère contre la jeune fille.

— Si elle t'aimait... commença-t-elle.

Le geste de son fils l'arrêta :

— Je ne vous demande pas d'obtenir cela d'elle.

Ils s'étaient replongés dans le silence, et se retrouvaient l'un en face de l'autre au milieu du désordre que causait cette catastrophe commune, comme si leurs pensées, à l'appel pressant du danger, s'étaient jetées nues dans l'action. Mrs Quentin, à ce moment décisif, comprit qu'elle n'avait jusque-là saisi du caractère de son fils que ce qui lui était familier : de même que lorsqu'on lit dans une langue étrangère, on croit connaître le sens de certains mots, jusqu'à ce que le contexte se charge de nous corriger. Comme souvent dans une telle situation, son imagination de mère avait deviné son comportement, mais elle se trouvait maintenant dans l'incapacité totale de le prévoir. L'échec que subissait son intuition maternelle lui fit prendre conscience de la servilité avec laquelle elle avait prodigué des conseils qui n'étaient en fait rien d'autre que l'anticipation de la volonté filiale. Son désarroi perçait dans sa voix :

— Qu'attends-tu donc de moi ?

— Que vous lui parliez.

— Lui parler ?

— Lui montrer... lui dire... lui faire comprendre que le journal a toujours été en dehors de votre vie, qu'il ne vous a jamais affectée, qu'il n'y a pas de raison pour qu'il l'affecte, elle. Laissez-la tout simplement vous écouter... vous regarder... être en votre présence. Elle va se rendre compte par elle-même... Elle ne peut que se rendre compte.

— Mais si elle t'a déjà donné ses raisons personnelles ? prononça sa mère d'une voix hésitante.

— Qu'elle vous les donne ! Si elle le peut... une fois en face de vous. D'un geste impatient, il déplaça de nouveau la statuette du lutteur.

— Tout cela est tellement important pour moi, confessa-t-il.

II

Arrivée sur le seuil de la maison des Fenno, le sentiment soudain du caractère futile de sa tentative fit presque remonter Mrs Quentin dans sa voiture. Mais déjà on ouvrait la porte et la femme de chambre, qui pensait que Miss Fenno était présente, la mena au sinistre salon. Il s'agissait du genre de pièce dans laquelle on ne risquait pas de trouver des membres de la famille, si ce n'est après le dîner ou une fois décédés. Les chaises et les tables ressemblaient à des parents pauvres qui avaient payé leur pension par de longues années de service effectuées à contrecœur. Elles semblaient s'être liées contre les intrus dans une inquiétante conspiration de l'inconfort. Mrs Quentin, profondément sensible à ce genre d'influences, lisait l'échec dans chaque renfoncement du capitonnage. Elle était incapable de commettre la vulgaire erreur de penser que Hope Fenno pût être amenée à épouser Alan par intérêt pécuniaire ; mais entre cette supposition et l'idée que l'imagination de la jeune fille pût être séduite par les charmes d'une vie aisée, il y avait une distinction que le bon goût se devait de faire. Les meubles des Fenno, cependant, opposaient à ce raisonnement la grossièreté de leurs chanfreins en noyer noir et l'impression qui s'en dégageait laissait deviner que leurs propriétaires seraient tout aussi inflexibles. Rien dans la pièce n'allait dans le sens des tentatives modernes de compromis : rien ne venait arrondir les angles, ni dissimuler la réalité. Mrs Quentin, juchée provisoirement sur un canapé gothique de reps vert, avec lequel il était vraiment impossible d'établir une relation plus intime, en conclut que si Mrs Fenno avait eu besoin d'un autre siège de la même dimension, elle serait calmement allée en chercher un du même style que celui sur lequel son hôte languissait à présent.

Les opinions de Hope Fenno, dispensées pour l'heure d'une voix jeune et claire fusant de l'autre bout du sofa de style gothique, revêtaient, dans l'imagination de Mrs Quentin, quelque chose de ce décor. L'esprit de cette jeune fille était semblable à un lieu à la fois vaste, désert et lumineux, parcimonieusement meublé de quelques préjugés imposants, guère en mesure de procurer du confort à qui que ce soit, mais trop lourds pour qu'on puisse les ébranler facilement. L'esprit de Mrs Quentin, qui jusque-là avait baigné dans un demi-jour aux nuances artistiques et avait été le siège de sensations d'une délicate complexité parmi lesquelles son propriétaire s'était longtemps promené, semblait, par contraste, subitement confiné et encombré. Et en s'y réfugiant afin de se protéger de l'aura de cette jeune fille éclatante de sincérité, Mrs Quentin se retrouva cheminant d'un pas incertain sur les sentiers inhabituellement obscurs de son intériorité. Sa sensation de malaise céda la place à un sentiment d'irritation envers son interlocutrice. Mrs Quentin savait que la valeur momentanée d'un argument était liée aux qualités de l'esprit qui le recevait, et, comme ses tentatives de persuasion se heurtaient douloureusement au mur sans faille de l'inflexibilité de Miss Fenno, elle se dit que, comme la conduite de chacun était davantage déterminée par les émotions que par les idées, les gens les moins vulnérables étaient ceux qui prenaient leurs sensations pour des opinions. Vue sous cet angle, Miss Fenno apparaissait certainement comme quelqu'un de solide : le ton avec lequel elle déclara « C'est impossible » était, à n'en pas douter, sans appel. La réponse de Mrs Quentin ne laissa percer aucune trace de ressentiment féminin :

— J'ai dit à Alan qu'il n'y avait aucune raison pour que je fasse une quelconque impression là où lui avait échoué.

Hope Fenno tendit une main presque révérencieuse à sa visiteuse :

— Chère Mrs Quentin, c'est justement l'impression que vous dégagez qui me renforce dans mon refus.

Mrs Quentin attendit un moment; elle savait très bien que, lorsqu'il en allait de ses sentiments, il ne fallait pas compter sur son sens de l'humour.

— Je fais donc si mauvaise impression ? demanda-t-elle au bout d'un moment, un sourire ambigu aux lèvres qui laissait à la jeune fille le choix entre deux interprétations possibles.

— Vous faites si belle impression ! Une impression trop parfaite, et qui m'obscurcit l'esprit.

Mrs Quentin la regarda d'un air pensif :

— Permettrez-vous, je me le demande, qu'une femme plus mûre vous suggère qu'à votre âge, il n'est pas toujours mauvais d'avoir ce que l'on appelle le jugement, temporairement obscurci ?

Miss Fenno se mit à rougir :

— J'essaie de ne pas juger les autres…

— Vous jugez Alan.

— Oh ! lui, ce n'est pas « les autres », murmura-t-elle, d'une voix touchante.

— Vous jugez sa mère.

— Mais non, absolument pas !

Mrs Quentin insista :

— Vous vous jugez vous-même, dans ce cas, en vous demandant comment vous seriez à ma place, et votre verdict me condamne.

— Comment pouvez-vous penser une chose pareille ? C'est justement parce que j'apprécie la divergence de nos points de vue qu'il m'est si difficile de me défendre.

— Vous défendre contre quoi ?

— Contre l'idée séduisante que je puisse devenir comme vous, vu ce que j'éprouve actuellement.

Mrs Quentin se leva et poussa un soupir :

— Chère enfant, de mon temps, l'amour était moins subtil.

Puis elle ajouta :

— Alan est un fils admirable.

— On y revient ! C'est ce qui rend tout cela encore plus insupportable !

— Ah bon ?

— Tout comme le font votre bonté, votre douceur et votre immense indulgence en me permettant de discuter avec vous d'une façon qui frise l'impertinence.

Mrs Quentin afficha un sourire non dénué d'ironie :

— N'oubliez pas que je fais tout ça pour Alan.

— C'est pour cela que je vous aime, répondit sur-le-champ la jeune fille, d'un ton qui, à nouveau, émut son interlocutrice.

— Et pourtant vous allez le sacrifier, et de plus pour une idée !

— N'est-ce pas toujours pour des idées que tous les sacrifices dignes de ce nom furent accomplis ?

— Il arrive parfois que l'on en vienne à se sacrifier soi-même.

Miss Fenno rougit un peu plus :

— C'est ce que je fais, dit-elle d'une voix douce.

Mrs Quentin lui prit la main :

— Je sais que vous le faites, répondit-elle. Et je mentais lorsque je disais que je parlais seulement au nom d'Alan. Peut-être était-ce le cas au début de notre conversation, mais je veux désormais également vous défendre… contre vous-même !

Elle fit une pause, puis continua d'un ton plus grave :

— Je vous ai laissé, comme vous le dites, exprimer vos opinions dans des termes que d'autres femmes auraient pu mal prendre, car je voulais vous montrer combien le poids des théories, des idées et des conceptions abstraites de la vie est faible à mesure que le temps passe, comparé à la vie telle qu'elle se présente à nous dans toute sa réalité, et surtout à nous les femmes. Décider d'avance la façon exacte dont on devrait se comporter dans des circonstances données, c'est comme si l'on décidait de suivre une direction donnée pour traverser un pays inconnu. Par la suite, on se rend compte que l'on doit contourner des obstacles : traverser les rivières à leur niveau le plus bas, emprunter des sentiers que d'autres ont déjà foulés, faire toutes sortes de concessions que l'on n'avait pas prévues. La vie est faite de compromis : c'est ce que la jeunesse se refuse à entendre. J'ai vécu assez longtemps pour douter qu'on puisse jamais obtenir un bien quelconque en sacrifiant une belle réalité au nom de théories plus belles encore. Ai-je l'air d'être casuiste avec mes idées ? Je ne sais qu'en penser. Il doit y avoir des pertes dans les deux cas. Mais l'amour de l'homme que l'on aime... de l'enfant que l'on chérit... cela rachète tout.

L'intensité vibrante avec laquelle elle avait prononcé ces mots semblait se propager jusque dans la main que son interlocutrice avait conservée dans la sienne. Ses yeux s'embuèrent subitement, mais à travers ce voile, elle vit les lèvres de la jeune fille formuler un ultime refus :

— Ne comprenez-vous pas que c'est parce que je ressens tout cela que je ne dois pas… que je ne peux pas ?

III

Mrs Quentin, en cette fin d'après-midi printanier, s'était rendue au musée Métropolitain. Elle s'était promenée en solitaire dans Central Park, accablée par les problèmes de son fils plus que présents à son esprit, puis s'était soudain souvenue qu'on avait doté la collection d'un nouveau Beltraffio. Mrs Quentin avait la vieille habitude de rechercher dans la jouissance du sentiment esthétique la distraction que la plupart de ses connaissances semblaient trouver dans les relations humaines. Elle avait peu d'amis, et elle n'appréciait leur compagnie que lorsqu'elle était de l'humeur la plus légère ; en revanche, un tableau avait le pouvoir de dissiper son anxiété, tout comme l'achat de chapeaux apaisait celle de certaines femmes.

Pendant les six mois qui s'étaient écoulés depuis sa visite chez Miss Fenno, elle avait ressenti une peine qu'elle ne se croyait plus capable d'éprouver, de même qu'un homme amputé continue de ressentir la douleur de son bras absent. Elle avait cru qu'Alan était l'unique source de toutes ses émotions, mais elle se retrouvait à présent sujette à une sorte de souffrance double où ses propres tiraillements étaient d'autant plus forts qu'ils la séparaient de son fils. Alan l'avait prise par surprise : elle n'avait pas prévu qu'il prendrait tant à cœur un échec sentimental. Sa déception prit la forme peu communicative d'une plus grande assiduité au travail. Il s'impliqua dans les affaires du *Radiator* avec une agressivité qui transparaissait presque dans le journal. Mrs Quentin ne lisait jamais *Le Radiator*, mais par les échos qu'elle en avait dans les autres journaux, elle en déduisit qu'il n'était du moins pas soumis à la reconstruction morale que Miss Fenno avait proposée comme alternative possible.

Mrs Quentin ne raconta jamais à Alan ce qui s'était passé. Elle était au-dessus de ce genre de comportement gratuit qui consistait à venger les blessures de son fils en en dénigrant la cause. Elle savait qu'en matière de chagrins sentimentaux, de telles consolations ne sont rien d'autre qu'un couteau qu'on remue dans la plaie. L'intimité de leur relation souffrait du silence entourant un sujet si vivement présent à leur esprit. Une présence invisible entravait le cours de leurs paroles et de leurs pensées. La jeune fille se trouvait toujours entre eux, et pour masquer ce sentiment d'intrusion, ils se mirent à se voir moins souvent. Ce fut à ce moment-là que Mrs Quentin mesura à quel point elle était seule. Si elle avait pu imaginer qu'une telle situation puisse se produire, elle se serait conformée à la théorie bien répandue selon laquelle les souffrances de son fils devraient la rapprocher de lui; c'était précisément le soulagement qui lui était refusé. Le mutisme d'Alan s'étendait bien au-delà du langage, et sa mère, impuissante et réduite à naviguer à vue, n'avait même pas la possibilité consolatrice d'adapter sa compassion aux besoins de son fils. Elle ne savait pas ce qu'il ressentait. Elle ne percevait absolument rien de son cheminement intérieur et se demandait parfois si elle était devenue aussi impénétrable aux yeux de son fils. C'était pour trouver un répit à la douleur accablante que provoquaient de telles suppositions qu'elle se trouvait maintenant au musée.

Le long alignement de toiles aux teintes douces semblait l'envelopper dans le calme profond d'un crépuscule d'automne. C'était comme si elle marchait dans une forêt enchantée où l'on n'entendait jamais résonner les bruits de pas de l'inquiétude. Son sentiment de solitude était si fort, que lorsqu'elle rompit sa communion prolongée avec le nouveau Beltraffio, elle fut surprise de voir qu'elle n'était pas seule. Une jeune femme qui venait de se lever de l'ottomane située au centre de la salle se tenait immobile, comme coupée dans son élan, au moment où Mrs Quentin se retrouva en face d'elle. La plus âgée des deux fut la première à retrouver ses esprits.

— Miss Fenno ! dit-elle.

La jeune fille s'avança en rougissant. Alors qu'elle regagnait déjà ses couleurs habituelles, Mrs Quentin remarqua que quelque chose avait changé dans son apparence. D'ordinaire, la jeune fille était radieuse et avait toujours aussi fière allure qu'un drapeau flottant au vent ; mais, pour l'heure, le drapeau, en berne, semblait plutôt pendre lamentablement le long du mât. Mrs Quentin, embarrassée de surprendre un secret que la détentrice était sans aucun doute inconsciente de trahir, se retourna précipitamment vers le Beltraffio.

— Je suis venue admirer ce tableau, dit-elle. Il est très beau !

Miss Fenno promena négligemment son regard sur les aplats au bleu mystique du paysage.

— Je n'en doute pas, consentit-elle, ajoutant au bout d'un moment d'hésitation : Vous venez ici souvent, n'est-ce pas ?

— Très souvent, répondit Mrs Quentin. Je trouve les tableaux d'un grand secours.

— D'un grand secours ?

— Un apaisement, je veux dire... lorsque l'on est fatigué ou découragé.

— Ah, murmura Miss Fenno, en baissant les yeux.

— Ce Beltraffio vient d'arriver, savez-vous, continua Mrs Quentin. Regardez ce magnifique arrière-plan ! Vous intéressez-vous à ce peintre ?

La jeune fille lança de nouveau un regard en direction de la toile sombre, comme dans une ultime tentative pour saisir le détail qui lui ferait comprendre en quoi l'art était réconfortant.

— Je ne sais pas, dit-elle finalement, j'ai bien peur de ne pas comprendre la peinture. Elle se rapprocha de Mrs Quentin et lui tendit la main.

— Vous partez ?

— En effet.

Mrs Quentin la regarda.

— Laissez-moi vous reconduire, dit-elle, sous le coup de l'impulsion.

Elle sentait, ce qui la surprenait elle-même, qu'elle n'avait finalement aucun plaisir à voir combien la jeune fille avait souffert. Miss Fenno se raidit de manière perceptible.

— Merci, mais cela me fera du bien de rentrer à pied.

Dans un mouvement de recul, Mrs Quentin lui lâcha la main et une brève vague d'antagonisme sembla séparer les deux femmes. Puis Mrs Quentin s'inclina légèrement et comme elle se tournait de nouveau vers le tableau, elle sentit soudain qu'on lui touchait légèrement le bras.

— Mrs Quentin, hésita la jeune fille, en fait je suis venue ici parce que j'ai vu votre voiture. Ses yeux se baissèrent puis revinrent, hésitants, se poser sur le visage de son interlocutrice. J'ai été terriblement malheureuse ! s'exclama-t-elle.

Mrs Quentin était silencieuse. Si Hope Fenno s'était attendue à ce que son appel reçoive une réponse immédiate, elle fut déçue ; son interlocutrice dissimulait ses pensées derrière un visage de marbre.

— J'ai tellement réfléchi à tout ce que vous avez dit le jour où vous êtes venue me voir, l'automne dernier, continua la jeune fille d'un ton précipité. Je crois que maintenant je comprends ce que vous vouliez dire, ce que vous avez essayé de me faire comprendre... Oh, Mrs Quentin, lâcha-t-elle, je n'avais pas l'intention de vous dire tout cela ; je n'y avais pas songé jusqu'à maintenant. Mais vous vous rappelez bien ce que vous avez dit, n'est-ce pas ? Il faut absolument que vous vous en souveniez ! Et maintenant que je vous ai rencontrée, je ne peux m'empêcher de vous dire que je crois, que je commence à croire, que finalement vous aviez raison.

Mrs Quentin avait écouté sans esquisser le moindre geste ; mais à présent elle relevait les yeux, un léger sourire aux lèvres.

— Est-ce que vous aimeriez que je dise tout cela à Alan ? demanda-t-elle.

La jeune fille rougit, mais son regard brava le sourire :

— Se soucie-t-il encore de l'entendre ? dit-elle avec audace.

Mrs Quentin se réfugia momentanément dans une contemplation accrue du Beltraffio ; puis se retournant, elle dit, avec un certain regret :

— Oui, il s'en soucie.

— Ah, lâcha la jeune fille.

Au cours de cette discussion, les deux interlocutrices avaient dérivé sans s'en rendre compte vers l'un des bancs. Mrs Quentin jeta un regard autour d'elle : un gardien qui jusque-là faisait des allers et retours dans l'embrasure de la porte, se rendit d'un pas nonchalant dans la galerie voisine, et elles se retrouvèrent seules parmi les Van Dyck aux couleurs argentées et les tableaux aux teintes brunes et rouges de Hals. Mrs Quentin se laissa glisser sur le banc et tendit la main à la jeune fille.

— Venez vous asseoir près de moi, dit-elle.

Miss Fenno prit place à ses côtés. L'émotion était trop forte pour que l'une ou l'autre puisse parler. La jeune fille était toujours tremblante ; Mrs Quentin fut la première à reprendre contenance.

— Vous dites que vous avez souffert, dit-elle enfin. Pensez-vous que ça n'a pas été mon cas ?

— Je savais que si. C'est ce qui me rendait la chose encore plus horrible... savoir que j'étais la cause de vos souffrances liées à Alan.

Mrs Quentin poussa un profond soupir :

— Pas seulement liées à Alan, dit-elle.

Miss Fenno lui lança un regard interrogateur.

— Non, pas seulement en raison d'Alan. Toutes les femmes s'attendent à ce genre de souffrances... et savent comment y faire face. Nous savons toutes que nos enfants doivent subir des déceptions de ce genre, et souffrir avec eux n'est pas ce qu'il y a de plus cruel. Ce qui l'est, c'est de souffrir de son côté... d'une manière qu'ils ne comprennent pas. Elle respira profondément. Je veux que vous sachiez de quoi je parle. Vous aviez raison... l'autre jour... et j'avais tort.

— Oh, bredouilla la jeune fille.

Mrs Quentin continua, d'une voix chargée d'une lucidité passionnée :

— Je savais que vous aviez raison... Je le savais alors même que j'essayais de débattre avec vous... Je l'ai toujours su ! Je ne voulais pas que mon fils vous épouse jusqu'à ce que j'entende les motifs de votre refus ; et alors... alors je n'ai plus souhaité qu'une chose : vous voir devenir sa femme !

— Oh, Mrs Quentin !

— J'en mourais d'envie, mais je savais que cela ne devait pas se faire.

— Vraiment ?

Mrs Quentin secoua tristement la tête, et la jeune fille, tirant son courage de cette désapprobation muette, laissa s'échapper dans un cri le flot incontrôlable de ses sentiments :

— C'est parce que vous me trouvez dure, obstinément bornée ? Je vois ça d'ici ! Mon autosatisfaction a dû sembler si minable ! Une fille capable de sacrifier l'avenir d'un homme à sa propre vanité morale – car il s'agissait bien d'une forme de vanité, vous me l'avez bien fait comprendre. Comme vous avez dû me mépriser ! Mais j'ai changé à présent... Oui, bien changé. Je ne suis pas quelqu'un d'irréfléchi : je songe sérieusement aux choses, et j'ai examiné ce problème. Je suis consciente qu'Alan m'aime et je sais à quel point. Je crois être en mesure de l'aider... oh, pas de la manière que j'avais imaginée au départ... mais en l'aimant, tout simplement.

Elle s'arrêta, mais Mrs Quentin restait impassible.

— Je vois les choses différemment maintenant. Je comprends combien l'amour en lui-même peut avoir de l'influence et comment ma confiance en lui, mon amour et mon acceptation de lui tel qu'il est pourraient l'aider plus que n'importe quelles théories ou arguments. J'aurais dû m'en rendre compte bien plus tôt en vous regardant vous – comme il me l'a souvent dit – en observant de quelle manière vous vous êtes tenue à l'écart de... du travail de Mr Quentin et de son... tout en continuant de représenter pour eux le beau côté de la vie, en gardant leur foi vivante malgré eux, non pas en intervenant, en prêchant ou en réformant, mais juste par votre simple présence aimante.

Elle regarda Mrs Quentin d'un air généreux.

— Ce n'est pas comme si je me souciais de l'argent, vous savez; si je m'en souciais, j'aurais peur.

— Un jour viendra où vous vous en soucierez, répondit brusquement Mrs Quentin.

Miss Fenno eut un mouvement de recul et se libéra la main :

— Comment ça ?

— Oui, quand il ne reste plus rien. Son regard se perdit un instant sur les tableaux. Ma pauvre enfant, lâcha-t-elle, j'ai si souvent entendu tout ce que vous dites.

— Ah bon ?

— Oui... de ma propre bouche. Je ressentais la même chose que vous, je débattais comme vous le faites, quand j'ai épousé le père d'Alan. Ce que j'ai fait, j'entends bien vous empêcher de le faire aujourd'hui.

La galerie interminable et déserte parut renvoyer l'écho des cris d'exclamation de la jeune fille abasourdie :

— Oh ! Mrs Quentin...

— Chut, laissez-moi parler. Pensez-vous que je ferais cela si vous étiez une de ces jeunes filles mièvres comme celle qu'il aurait dû épouser ? C'est parce que je vois que vous êtes débordante de vitalité, comme je l'étais, pleine de convictions, d'ambition et d'énergie, tout comme moi, que je ne peux pas vous laisser emmurer vivante, comme je le fus, sans vous tendre une main secourable.

Elle était assise, les yeux fixes, posés sur les toiles, parlant du ton bas et précipité de ceux qui essaient de faire tenir le sens de la vie en quelques phrases haletantes.

— Lorsque j'ai rencontré le père d'Alan, continua-t-elle, je ne savais rien de… son travail. Nous nous sommes rencontrés à l'étranger, où je vivais avec ma mère. Il y a vingt-six ans de cela, quand *Le Radiator* était moins… moins tristement célèbre qu'il ne l'est maintenant. Je savais que mon mari possédait un journal… un grand journal… et c'était tout. Je n'en avais jamais eu un exemplaire entre les mains. Je n'avais aucune idée de ce qu'il représentait, en matière de politique… ou autre. Nous nous sommes mariés en Europe, et sommes venus nous installer ici quelques mois après. Les gens commençaient déjà à parler du *Radiator*. Mon mari, ses diplômes en poche, l'avait acheté avec l'argent hérité d'un vieil oncle, et le public était dans un premier temps simplement curieux de voir ce qu'un jeune homme ambitieux et enthousiaste, sans aucune pratique du journalisme allait tirer de son expérience. Tout d'abord, il découvrit qu'il allait en tirer beaucoup d'argent. C'est aussi ce que je découvris. Mais il y avait tellement d'autres choses qui me rendaient heureuse que cela ne changea pas grand-chose au début; sans compter le fait qu'il était agréable d'aider financièrement ma mère, de pouvoir être généreuse et charitable, habiter dans une maison splendide, et porter les jolies robes dans lesquelles il aimait me voir. Mais l'argent n'était pas vraiment important; il était même si accessoire que le jour où j'ai appris la vraie nature du *Radiator*, j'aurais été capable de sortir dans la rue sans rien aux pieds plutôt que de vivre une heure de plus sur l'argent qu'il rapportait...

Sa voix se brisa et elle fit une pause le temps de se remettre. La jeune fille à ses côtés demeurait immobile et silencieuse.

— Je n'oublierai jamais ce jour-là, reprit-elle. Le journal avait étalé au grand jour un scandale familial, de maudits secrets de famille bien douloureux qu'une poignée de gens malheureux avaient essayé tant bien que mal de cacher à la presse ; on n'en aurait rien su si mon mari n'avait pas... Oh, je vous laisse imaginer la suite... Je n'ai pas la force de le raconter !

Elle sentit une main se poser sur les siennes :

— Ne continuez pas Mrs Quentin, je vous en prie, murmura la jeune fille.

— Si, je dois... il le faut absolument ! Il faut que quelqu'un vous fasse comprendre.

Elle prit une profonde inspiration.

— Mon mari n'était pas comme Alan. Quand il a découvert ce que je ressentais, il a d'abord été surpris, puis peu à peu il a commencé à se rendre compte, ou du moins j'imaginais que c'était le cas, du caractère ignoble du journal. Quoi qu'il en soit, il réalisa à quel point j'en souffrais, et il proposa de tout abandonner, de vendre le journal. Il me fit comprendre que ce serait un processus de longue haleine, car il y avait investi tout son argent et n'avait pas vraiment d'aptitude professionnelle en dehors de celle-ci. C'était un journaliste né, comme Alan. Abandonner le journal représentait pour lui un gros sacrifice, mais il promit de le faire au moment opportun, quand une bonne occasion se présenterait. En attendant, bien sûr, il voulait le développer, augmenter le tirage – et pour cela, il devait continuer à agir de la même manière –, il me le fit clairement comprendre. Je me rendis compte que nous étions dans un cercle vicieux. Le journal, pour bien se vendre, devait devenir de plus en plus détestable et scandaleux. Au début, je me suis rebellée – mais je ne sais pourquoi, je ne peux pas vous expliquer comment cela s'est déroulé –, mais après cette première concession, ce fut comme si le sol se dérobait sous mes pieds : chaque fois que je résistais, je m'enfonçais un peu plus. Et puis, il y eut la naissance d'Alan. Il était si fragile étant bébé, qu'on avait peu d'espoir de le garder. Mais nous le pûmes grâce à l'argent… celui du journal. Je l'ai emmené à l'étranger voir les meilleurs médecins, puis dans des pays chauds chaque hiver. Sous les climats chauds, les docteurs conseillaient l'air de la mer, et nous partions donc en croisière sur un yacht tous les étés. Je devais sa vie au *Radiator*. Et quand sa santé fut meilleure, l'habitude était prise : celle d'une vie luxueuse. Il ne pouvait plus vivre sans les choses auxquelles il avait toujours été habitué. Il se languissait dans les climats malsains ; la monotonie et l'inconfort le faisaient dépérir ; il ne s'épanouissait que dans le changement permanent, les distractions, les voyages, toutes sortes de nouveautés et de choses excitantes. Et tout ce que je voulais pour lui, sa nourrice inépuisable était là pour le lui donner !

« Mon mari ne dit rien mais il devait bien voir comment les choses se passaient. On ne parla plus d'abandonner *Le Radiator*. Il ne me reprocha jamais mon inconsistance, mais je pensais qu'il devait me mépriser, et cette pensée me rendait téméraire. Je décidai d'ignorer le journal et tout ce qu'il représentait, de profiter de ses fruits comme si j'en ignorais la provenance. Et j'excusai une telle attitude en inventant la théorie que l'on peut, si j'ose dire, purifier l'argent en en faisant un bon usage. J'en distribuais une bonne part aux œuvres de charité… je n'en gardais guère pour moi-même au début. Tout l'argent qui n'était pas dépensé pour Alan servait à des fins charitables. Mais peu à peu, comme mon fils grandissait, tout devint plus compliqué. Comment allais-je empêcher Alan d'être contaminé par le milieu dans lequel jusque-là je l'avais laissé vivre ? Je ne pouvais me proposer en exemple… ne pouvais me servir de son père comme d'un avertissement, ou dénoncer l'argent sur lequel on vivait. La seule chose qu'il me restait à faire était de dissimuler l'ignominie de la vie réelle sous de belles apparences : construire un mur de beauté entre lui et la réalité, orienter ses goûts et intérêts dans une autre direction, lui cacher *Le Radiator*, comme une femme à un bal cacherait derrière son sourire le cancer qu'elle porte en son sein. Alan rentrait à peine au collège quand son père mourut. Je vis enfin clair. J'avais chéri mon mari, et pourtant, pour la première fois depuis des années, je respirais librement. Comme *Le Radiator* avait été légué directement à Alan, il n'y avait absolument rien qui pût l'empêcher de le vendre à l'âge de sa majorité. Et il n'y avait aucune excuse pour ne pas le vendre. L'éducation que je lui avais prodiguée l'avait rendu dépendant de l'argent, mais le journal en avait procuré assez pour combler toutes ses aspirations. Enfin, nous pouvions nous retourner contre le monstre qui nous avait nourris. J'éprouvai une joie violente à cette idée : j'attendais avec la plus grande impatience la majorité d'Alan. Mais je ne lui avais jamais parlé du journal, et je n'osai pas le faire à ce moment-là. Une fausse honte me retenait, une vague croyance en son ignorance. J'avais résolu d'attendre ses vingt et un ans, et là nous serions libres.

« J'attendis… le jour arriva, et je lui parlai. Vous pouvez imaginer sa réponse, je suppose ; il n'avait aucunement l'intention de vendre *Le Radiator*. Ce n'était pas l'argent qui l'intéressait, c'était la carrière. Il était journaliste dans l'âme et son ambition, aussi loin qu'il s'en rappelait, avait été de perpétuer l'œuvre de son père, de la développer, de la surpasser. Il n'y avait rien de plus intéressant au monde que le journalisme moderne. Il n'imaginait aucune autre façon de vivre qui ne l'aurait pas ennuyé à mourir… Un journal comme *Le Radiator* avait pour vocation de devenir l'un des organes les plus puissants du monde, et il avait soif de pouvoir, et avait bien l'intention d'en obtenir le maximum. Je l'écoutai dans une sorte de transe. Je ne trouvais rien à lui répondre. Son père avait eu des scrupules, lui n'en avait aucun. Je compris toute suite que les arguments ne serviraient à rien. Je ne crois même pas avoir essayé de l'implorer : il était si intelligent, si exigeant et inaccessible ! Je me suis alors rendu compte qu'il était tout simplement le produit de mes concessions, de mes connivences, de mes fuites... C'était le prix que j'avais payé pour lui... Ce que cela m'avait coûté de le garder !

« Mais je l'avais gardé après tout. Seul ce sentiment demeurait. Il était mon garçon, mon fils, la prunelle de mes yeux, jusqu'au jour où une femme me le prendrait. En attendant, l'ancienne vie devait suivre son cours le mieux possible. J'avais abandonné le combat. Si ce sujet nous séparait, en revanche d'autres choses nous rapprochaient. Il a toujours été un fils admirable. Nos goûts s'étaient forgés en même temps : nous appréciions les mêmes livres, les mêmes tableaux, les mêmes gens. Tout ce que j'avais à faire était de le regarder de profil pour ne voir de lui que ce qui m'appartenait vraiment. Au début, je n'arrêtais pas de penser à l'autre face horrible, mais ce sentiment s'atténua peu à peu, et j'en détournai consciemment mon esprit, comme on ferme les yeux sur la difformité d'un visage aimé. Je pensais avoir fait le dernier compromis de mon existence, m'être établie dans un *modus vivendi* qui durerait toute ma vie.

« Et puis il vous a rencontrée. Je m'étais toujours préparée à l'idée qu'il se marierait, mais pas avec quelqu'un comme vous. Je croyais qu'il allait choisir une fille mièvre qui n'irait jamais fouiller dans ses affaires; il détestait les femmes qui réfléchissaient ! Mais dès que je vous ai vue, j'ai su que le combat allait reprendre. Il est tellement plus résistant que son père, il déborde de convictions plus monstrueuses les unes que les autres. Et il a le courage de ses idées, en plus. Vous avez pu vous rendre compte l'année dernière que son amour pour vous ne l'a jamais fait vaciller. Il a foi en ce qu'il fait ; il adore son travail ; pour lui, c'est une sorte d'idole monstrueuse pour qui il est prêt à faire des sacrifices humains. Et pourtant il vous aime, je vous parle en toute honnêteté, mais son amour ne le changera pas. C'est vous qui aurez à changer… à mourir à petit feu, comme moi je me suis consumée au point qu'il ne reste plus en moi qu'une faible étincelle de vie. Ah, si l'on mourait une fois pour toutes, ce serait plus simple ! Mais non, quelque chose persiste, souvenez-vous-en, une toute petite parcelle, un dernier nerf de vérité, à vif. De temps en temps, on peut endormir cette douleur, mais un simple contact la réveille, comme l'a fait votre visage pour moi. Il reste toujours assez de notre être profond pour souffrir…

Elle se leva et se tourna brusquement vers la jeune fille :

— Que suis-je censée dire à Alan ? dit-elle.

Miss Fenno était assise immobile, les yeux tournés vers le sol. Le crépuscule tombait sur la galerie, un crépuscule qui n'émanait pas tant du dôme de verre au-dessus d'elles que des profondeurs sombres dans lesquelles se retiraient les visages peints des tableaux. Dans la galerie, les pas du gardien qui s'approchaient annonçaient la fermeture. Lorsque la jeune fille leva les yeux, elle était seule.

Titre original : *The Quicksand* (*Harper's Monthly*, juin 1902)

L'art d'écrire un récit de guerre

Avant la guerre, Miss Ivy Spang, née à Cornwall-on-Hudson, avait publié un petit recueil de vers.

Il s'intitulait *Vibrations* et, dans l'avant-propos, l'auteur déclarait qu'elle avait cédé à la pressante requête d'« amis » et offrait ainsi son premier-né à la contemplation du public, qui s'était avérée plutôt courte et distraite. Toutefois, dans la *Gazette* de Cornwall-on-Hudson, il y eut un entrefilet flatteur écrit par la femme du pasteur de Saint Dunstan et signé Astérisque. Si l'on y dénigrait poliment le sentiment quelque peu non conventionnel des poèmes, l'on rendait un hommage empreint de noble délicatesse et de grâce à la « brillante héritière de l'un des plus célèbres et des plus influents de nos citoyens, qui a volontairement délaissé "les sentiers fleuris de la facilité et du plaisir" pour parcourir "les monts escarpés du Parnasse" ».

Miss Ivy Spang se vit également honorée d'un article par le rédacteur de *Zig-Zag*, la nouvelle *Revue hebdomadaire de la Rébellion*, après avoir dîné à ses côtés lors d'un dîner bohème à New York. Ce monsieur avait insinué que les poèmes d'Ivy Spang en disaient plus long qu'elle ne le pensait elle-même, et que leur signification ésotérique montrait bien qu'elle était vers-libriste aussi bien en pensée qu'en technique. Il avait ajouté que leur sens s'enrichirait incommensurablement le jour où elle abandonnerait l'habitude surannée de commencer chaque vers par une majuscule.

Le rédacteur envoya un exemplaire abondamment annoté à Miss Spang qui s'en trouva grandement flattée et sentit qu'on l'avait enfin comprise. Mais aucune de ses connaissances ne lisait *Zig-Zag* et aucun des lecteurs de *Zig-Zag* ne semblait se soucier de la connaître. Aussi cet hommage à son génie n'eut-il aucune conséquence particulière.

Puis vint la guerre, et elle ne pensa plus à écrire le moindre vers.

La guerre avait deux ans et, pendant tout un hiver, Ivy Spang avait servi le thé, une fois par semaine, dans un grand hôpital anglo-américain à Paris, quand un jour, comme elle traversait une cour entourée de fleurs pour se rendre dans sa salle, elle entendit un des médecins dire à un civil à lunettes et au teint pâle :

— Mais tiens, il me semble que la jolie Miss Spang écrit. Si vous avez besoin de la contribution d'un Américain, pourquoi ne pas lui demander ?

Une minute plus tard, on lui avait présenté le monsieur au teint pâle qui, après avoir observé de derrière ses lunettes son air heureux et anxieux, la pressait de lui rédiger un bon récit de guerre pour *Frères d'Armes*, la publication mensuelle qui apporterait un peu de joie aux blessés et aux infirmes dans les hôpitaux anglais.

— Une histoire bien poignante, Miss Spang, un soupçon d'émotion bien sûr, mais rien qui puisse déprimer ou décourager. Je suis sûr que vous voyez ce que je veux dire. Une tragédie qui finirait bien, enfin, quelque chose comme ça. Mais je vous laisse faire, grâce à votre grande expérience des hôpitaux, vous savez bien ce qui plaît à nos braves garçons. Croyez-vous que votre histoire pourrait être prête pour la sortie de notre premier numéro ? Et auriez-vous un portrait de vous, en tenue d'infirmière de préférence, à publier avec le récit ? La reine de Noroumanie nous a promis un poème et une photo d'elle en train de donner le bain du matin au prince héritier. Nous voulons que le premier numéro soit « d'actualité », comme on dit en France, que tous les articles soient écrits par des gens qui ont eux-mêmes été au feu ou qui l'ont vu de près. Je suppose que vous êtes allée sur le front ? Et même une fois jusqu'à Reims ? C'est essentiel ! Racontez-nous une histoire de tranchée bien bouleversante, qui se terminerait par le retour à la maison, une scène de Noël si vous y arrivez, puisqu'on espère publier en novembre. Voilà, c'est exactement ça, et je vais voir si Sargent ne pourrait pas nous dessiner le retour à la maison, la veille de Noël, du blessé de guerre décoré de la Victoria Cross, le tout sur fond de paysage enneigé…

Par bonheur, Ivy Spang devait se trouver en permission à peu près à ce moment-là, car, toute dévouée qu'elle fût à ses malades, le thé qu'elle leur versait aurait sans doute pâti de son entier dévouement à cette nouvelle tâche.

Comment s'étonner qu'elle la prît au sérieux ?

On lui avait demandé, à elle, Ivy Spang, de Cornwall-on-Hudson, d'écrire un récit de guerre pour le premier numéro de *Frères d'Armes*, auquel des reines, des archevêques et des maréchaux collaboreraient en envoyant de la poésie, des photos et des dédicaces à la gloire de la patrie. Son portrait en pied, en tenue d'infirmière, précéderait sa prose et la table des matières mentionnerait « Ivy Spang, auteur de *Vibrations*, recueil de vers ».

Le triomphe lui tournait la tête et elle s'en fut cacher sa jubilation dans un coin tranquille de Bretagne où habitait sa vieille gouvernante qui la reçut chez elle et promit de défendre, envers et contre tout, la sacralité de ses matinées – car Ivy savait bien que, pour les grands écrivains, les premières heures de la journée étaient toujours « sacrées ».

Elle s'enferma dans sa chambre avec une rame de papier mauve et se mit à réfléchir.

Tout d'abord, ce travail de création s'avéra moins exaltant qu'elle ne l'avait espéré. Elle en avait tant appris sur la guerre qu'elle ne savait par où commencer ; elle se vit assaillie par une pléthore d'impressions.

De surcroît, plus elle réfléchissait, moins elle comprenait comment on écrivait un récit de guerre, ou d'ailleurs n'importe quel genre de récit. Pourquoi donc un récit commençait-il ? Et pourquoi donc finissait-il ? La vie, elle, ne se passait pas comme cela ; elle passait tout simplement...

Ce problème, qu'elle n'avait pas envisagé, la troubla extrêmement ; au matin du deuxième jour, elle mit discrètement fin à sa réclusion et s'échappa pour aller se promener sur la plage. De honte, elle avait gardé pour elle ce projet d'escapade et s'en fut seule, laissant sa fidèle gouvernante monter la garde devant sa chambre, pendant qu'elle s'esquivait par la porte de derrière.

Sur la plage, il y avait beaucoup de monde, dont quelques personnes qu'elle connaissait, mais elle n'osa pas se joindre à elles de crainte qu'elles ne fassent fuir son « Inspiration ». Elle savait que les « Inspirations » étaient capricieuses et indomptables, mais elle avait plutôt l'impression de traîner en laisse un chien récalcitrant.

— Si tu voulais rester à l'intérieur, pourquoi ne pas l'avoir dit ? lui grommela-t-elle.

Mais l'Inspiration continua de bouder.

Elle flâna sous la falaise jusqu'à ce qu'elle trouvât un banc libre, où elle s'assit et contempla la mer. Au bout d'un moment, éblouie par la lumière, elle tourna les yeux vers le banc et y vit une revue froissée : c'était le numéro de l'été de *Récits et Réalités* qui titrait « Spécial Nouvelles ». Ivy se jeta dessus.

Elle avait souvent entendu dire qu'il ne fallait pas se laisser « influencer », qu'il fallait défendre son originalité âprement et ainsi de suite. Le rédacteur de

Zig-Zag avait particulièrement insisté sur ce sujet. Pourtant il fallait bien qu'elle écrive cette histoire, et elle ne savait par où commencer ! Elle décida donc de jeter un coup d'œil au hasard sur le début de quelques nouvelles.

La première nouvelle de la revue avait été écrite par un des grands noms de la littérature, l'un des auteurs les plus connus de la dernière génération de romanciers. Il commençait par ces mots : « En octobre 1914… » Ivy tourna la page avec un geste d'impatience. Elle n'en savait peut-être pas très long sur l'art d'écrire des histoires, mais elle était certaine qu'on en avait fini avec des introductions de ce genre-là. Elle passa à la suivante.

« "Parbleu !" hurla l'ingénieur, qui appuya plus fort encore sur le levier, tandis que, sous la lampe rougeoyante, le visage blanc et grimaçant… »

Non ! Cela aussi commençait à dater.

« Assis là, ils regardaient l'objet fixement, en silence. Ils ne disaient rien, mais le cœur de la femme battait, comme le tic-tac d'une montre. »

C'était mieux, mais voici ce qu'elle préféra : « Lee Lorimer se pencha vers lui, par-dessus les fleurs. Elle avait toujours su que cela arriverait… » Cette fois, Ivy se sentit capable d'imaginer la suite de l'histoire.

Mais elle avait promis d'écrire un récit de guerre et, dans un récit de guerre, les fleurs devaient arriver à la fin et non au début.

Quoi qu'il en soit, elle pouvait tirer une conclusion évidente de la lecture de toutes ces premières phrases : il faut commencer en plein milieu et se dire que le lecteur sait de quoi on parle.

Soit ! Mais comment trouver le milieu ? Et comment le lecteur peut-il savoir de quoi l'on parle quand soi-même l'on n'en sait rien ?

Après un moment de réflexion et de nouveaux coups d'œil minutieux dans *Réalités et Récits*, l'auteur, perplexe, se dit que si elle arrivait à se faire croire à elle-même qu'elle savait de quoi parlait son récit, elle finirait bien par le découvrir vers la dernière page. Après tout, si le lecteur peut faire semblant, l'auteur aussi devrait en être capable, pensa-t-elle. Puis elle décida, non sans avoir jeté un regard circonspect derrière elle, de dérober la revue et de l'emporter à la maison pour la disséquer en privé.

Sur le pas de la porte, elle trouva sa gouvernante, qui la couva d'un regard affectueux :

— Chérie, je vous ai vue vous éclipser, mais je ne vous ai pas suivie. Je savais que vous vouliez être en tête à tête avec votre inspiration.

*Mademoiselle** ajouta un ton plus bas :

— Avez-vous trouvé l'intrigue ?

Ivy tapota affectueusement sa joue ridée :

— Bien chère Madsy, de nos jours, on ne se donne plus la peine de trouver des intrigues.

— Ah oui, vraiment, ma chérie ? Alors ça doit être beaucoup plus facile, dit Mademoiselle.

Mais Ivy n'en était pas si sûre…

Après s'être penchée sur *Récits et Réalités* une journée entière, elle opta pour la méthode empirique. « Cela me viendra sûrement au fur et à mesure », pensa-t-elle. Elle s'assit alors devant la feuille de papier mauve et écrivit : « Un coup de feu retentit. »

Mais, au moment même où elle faisait appel à son Inspiration pour qu'elle lui soufflât la phrase suivante, un doute affreux l'assaillit ; elle se leva et prit *Récits et Réalités*. Oui, c'était exactement ce qu'elle craignait : le dernier récit de la revue commençait par : « Un coup de feu retentit. »

Que cette nouvelle fût la dernière de la liste montrait ce que l'éditeur et le public pensaient d'une telle phrase d'introduction. Le mépris d'Ivy s'accrut quand elle lut le nom de l'auteur : le récit avait été écrit par Edda Clubber Hump. Oh ! La pauvre !

Ivy s'assit et contempla la page qu'elle avait souillée de cette phrase stupide.

C'est à ce moment-là (on lisait souvent cela dans *Récits et Réalités*) qu'une chose étrange se produisit. La phrase était là... Elle l'avait écrite... C'était la première phrase écrite sur la première page de son récit, c'était la première phrase de son récit. Elle était là. Elle s'était extraite d'elle, elle lui avait échappé. Ivy avait désormais l'impression de ne plus avoir d'emprise sur elle. Elle ne pouvait imaginer d'autre début, maintenant qu'elle avait fait l'effort de commencer de cette manière.

Elle se dit que c'était peut-être ce que les écrivains voulaient dire quand ils avouaient qu'ils étaient « assujettis à leur Muse »... Dès lors, elle se mit à haïr son Inspiration.

Le cinquième jour, Ivy, humiliée et découragée, confia à sa vieille gouvernante qu'elle ne pensait pas être capable d'écrire une nouvelle.

— Si seulement on m'avait demandé d'écrire de la poésie... gémit-elle.

Elle écrivit au rédacteur de *Frères d'Armes*, le supplia de la laisser plutôt envoyer un sonnet. Mais, d'un ton ferme bien que flatteur, il lui répondit qu'on comptait sur un récit, qu'on avait prévu la mise en page en conséquence et ajouta qu'on avait déjà plus de poésie que ne pouvait en contenir le premier numéro. Il termina sa lettre en lui rappelant que sa contribution devait arriver au plus tard le 1er septembre ; et l'on était déjà le 10 août...

— C'est tellement inattendu, murmura-t-elle à Mademoiselle, comme si elle lui annonçait ses fiançailles.

— Mais bien sûr, ma chérie, bien sûr ! Je comprends très bien. Comment le rédacteur peut-il vous imposer une échéance ? Hélas ! Il y a si peu de gens qui comprennent l'âme des artistes. Ils ont tous l'air de croire que l'on peut expédier un récit en un tour de main, comme on fait une omelette !

Ivy sourit malgré elle.

— Chère Madsy, votre comparaison n'est pas très heureuse ! Il y a si peu de gens qui savent faire de bonnes omelettes.

— Sauf en France, répondit Mademoiselle avec fermeté.

Son ancienne élève réfléchit :

— En France, il y a aussi bien des gens qui ont écrit de belles nouvelles, mais je suis sûre qu'on leur a laissé plus de trois semaines pour apprendre à le faire... Mon Dieu, que faire ? soupira-t-elle.

Inquiètes, elles méditèrent toutes deux un long moment ; puis, enfin, la gouvernante suggéra modestement :

— Et si vous commenciez par trouver un sujet ?

— Mais non, voyons, ma chère, le sujet n'a aucune importance, s'écria Ivy en se remémorant quelque commentaire méprisant que le rédacteur de *Zig-Zag* avait fait là-dessus.

— Pourtant... quand on écrit un récit, on doit avoir un sujet. Bien sûr, je sais que seule compte la manière de traiter le sujet, mais naturellement la manière serait la vôtre, bien la vôtre...

L'écrivain leva les yeux vers son Mentor, l'air préoccupé :

— Où voulez-vous en venir, Madsy ?

— En fait, pendant l'année où j'ai travaillé ici, à l'hôpital, j'ai entendu bon nombre d'histoires, les histoires tristes, exaltantes ou émouvantes de nos pauvres poilus, et parfois, le soir, je les griffonnais telles que les soldats me les avaient racontées, oh, sans aucun art... juste pour moi, voyez-vous...

Ivy se leva d'un bond. Puisque même Mademoiselle reconnaissait que « seule comptait la manière de traiter le sujet », pourquoi ne prendrait-elle pas un de ces récits sans style pour en faire de la Littérature. Plus elle y pensait, plus cette idée lui plaisait ; elle repensa à Molière et à Shakespeare et dit gaiement à sa gouvernante :

— Très chère Madsy ! Je vous en prie, prêtez-moi votre cahier que je le parcoure et nous ferons équipe !

— Oh non... pas une équipe ! dit la gouvernante, bouleversée, en rougissant.

Mais elle finit par céder aux supplications affectueuses de sa protégée et lui apporta son vieux carnet. Les premières pages étaient recouvertes de notes prises au cours de Mr Bergson à la Sorbonne en 1913, puis soudain on y lisait : « Hôpital militaire n° 13, novembre 1914. Longue conversation avec le chasseur alpin Émile Durand, blessé au genou et au poumon gauche aux Hautes-Chaumes. J'ai décidé d'écrire son histoire... »

Ivy alla se coucher en emportant avec elle le petit cahier, souriant intérieurement devant le récit, rédigé d'une écriture serrée et tremblante, qui couvrait chaque page recto verso, et se déversait d'un flot continu sans marquer de paragraphes, exactement comme la vie. Décidément, pauvre Mademoiselle n'avait pas la moindre notion de littérature.

Le récit, non sans effort, se développa, peu à peu, autour des aventures d'Emile Durand. Après une ou deux journées, Mademoiselle, en dépit de ses protestations, fut nommée conseillère technique, puis enfin collaboratrice. Elle donnait au récit une certaine continuité et s'assurait qu'Ivy s'en tînt au sujet quand son élève tendait à s'égarer ; elle retoucha et polit le parler rude dans lequel elle avait, au départ, transcrit l'histoire, afin qu'au bout du compte son récit ait le style d'une composition sur la bataille d'Hastings écrite par une jeune fille, à l'époque où Mademoiselle était élève.

Ivy décida d'ajouter à l'anecdote, qui était purement militaire, une touche d'émotion sentimentale, à la fois parce qu'elle pensait que le lecteur avait droit à une certaine proportion « d'histoires de cœur » et parce qu'elle souhaitait s'approprier le sujet en procédant à cet ajout original. Les changements et les adaptations que ces modifications imposèrent rendirent ce travail incroyablement ardu et, un jour, dans un accès de découragement, Ivy prit en son for intérieur la décision d'avertir le rédacteur de *Frères d'Armes* que, souffrante, elle ne pourrait tenir sa promesse.

Or cet après-midi-là, Ivy reçut les clichés pris par le photographe d'art; elle s'y vit mince, élancée à l'extrême, vêtue de blanc et religieusement voilée, offrant à un blessé qu'on ne voyait pas un rafraîchissement d'un geste qui tenait à la fois de celui de Mélisande laissant tomber ses cheveux tressés du balcon et de Florence Nightingale marchant au milieu des blessés, la lanterne à la main.

La photographie était vraiment trop ravissante pour être perdue, aussi Ivy, se sentant poussée par un inexorable destin, reprit sa place dans la bataille qu'elle livrait à l'art d'écrire. Sa ténacité fut récompensée car, un peu plus tard, les deux collaboratrices – encore que Mademoiselle déclinât tous les honneurs qui lui revenaient au titre de sa collaboration littéraire – arrivèrent à un résultat qui leur parut honorable.

— Vous avez écrit un très beau récit, ma chérie, soupira Mademoiselle, les larmes aux yeux. Ivy en convint, modestement.

Sa mission fut accomplie le dernier jour de sa permission et, le lendemain matin, elle retourna à Paris, serrant le manuscrit contre son cœur ; elle était si terrorisée à l'idée que l'on puisse lui voler ces précieuses pages qu'elle en oubliait de surveiller le sac qui contenait ses papiers et son argent.

Aussitôt que son récit fut tapé à la machine, elle le mit dans une enveloppe bien cachetée (elle savait que seules les jeunes filles sottes se servaient d'un ruban bleu pour attacher les feuilles de leur manuscrit), elle y joignit la photographie d'elle en Mélisande-Nightingale et l'expédia au pâle monsieur à lunettes. Il accusa bonne réception de l'un et de l'autre par un petit mot courtois. Secrètement, Ivy avait espéré davantage d'enthousiasme et, désormais, sa vie ne fut plus que le désert aride de l'expectative. Tant qu'elle attendit la parution de *Frères d'Armes*, la terre elle-même semblait s'être arrêtée de tourner.

Un jour enfin, on lui apporta un colis volumineux portant le cachet d'un éditeur anglais ; elle l'ouvrit les mains tremblantes, et elle vit son récit, là devant elle, joliment imprimé sur de grandes feuilles épaisses.

Au premier abord, son récit, un texte dense sur des pages denses, lui sembla bien peu de chose, désespérément insignifiant et, pourtant, impitoyablement ostentatoire. C'était comme si les mots écrits pour être murmurés à des amis bien disposés se trouvaient déclamés au porte-voix à l'oreille d'un univers indifférent.

Puis, elle se mit à tourner les pages de la revue ; elle lut, dans le détail, les poèmes et les confidences intimes de la reine de Noroumanie, elle regarda les portraits des auteurs. Cette expérience fut particulièrement réconfortante. La reine était plutôt belle, du moins pour une reine, mais ses cheveux étaient tirés vers l'arrière, à partir de ses tempes, comme pour aller s'enrouler autour d'un treuil et ils se dressaient au-dessus de son front, en bon vieux toupet d'altesse royale. Sa prose était un curieux mélange d'expressions de salons londoniens greffées sur des génitifs et des datifs allemands. Le portrait et le récit d'Ivy soutiendraient sans aucun doute la comparaison avec la contribution de la reine.

Mais la lecture des poèmes finit de la réconforter. Ils étaient presque tous écrits à la manière des vers de Kipling et finissaient par s'effondrer au bout de deux ou trois tentatives poussives ; leur adroit mélange d'argot et de pathos semblait singulièrement démodé à l'auteur de *Vibrations*. Finalement, il lui sembla que *Frères d'Armes* était composé, à parts égales, d'œuvres défraîchies d'auteurs qui savaient écrire, et de bavardages sans style, écrits par des personnes qui n'y connaissaient rien. Ainsi entourée, *Lettre à sa famille* commençait à occuper une place de premier plan.

Toujours est-il que cela lui accapara tant l'esprit pendant les jours suivants, qu'elle fut ébahie de découvrir qu'autour d'elle personne ne semblait en avoir entendu parler. *Frères d'Armes* trônait, bien en évidence, dans les devantures de toutes les grandes librairies anglaises et américaines, mais elle ne vit jamais la revue sur les tables de ses amis. Quand arriva enfin le jour où elle devait aller servir le thé, elle en acheta une douzaine d'exemplaires et les monta au quartier des Anglais de l'hôpital, qui s'avérait complet à ce moment-là.

Noël approchait; les soldats et les officiers étaient assez occupés à écrire à leur famille, à déballer et à emballer des colis pour l'occasion; mais ils reçurent tous *Frères d'Armes* avec un sourire de reconnaissance et furent absolument ravis d'apprendre que Miss Spang y avait écrit quelque chose. Après avoir distribué son récit, Miss Spang fut soudain prise d'un accès de timidité, rougit et s'éclipsa avant qu'ils ne commencent à la lire.

Dans l'intervalle, la semaine lui parut longue et le seul événement marquant fut la parution d'une critique de *Frères d'Armes*, un article long et élogieux du *Times*, dans lequel, par un étrange hasard, *Lettre à sa famille* et son auteur n'étaient même pas évoqués. Des versions abrégées de cet article furent reprises dans des journaux anglais paraissant à Paris et, dans un journal français, un article, anecdotique et discret, célébrait les grâces maternelles et le talent littéraire de la reine de Noroumanie. Il était signé *Fleur de Lys* et contenait la description d'une réception à la cour de Noroumanie, à laquelle l'auteur laissait entendre qu'elle avait assisté.

La semaine suivante, le cœur d'Ivy battait fort quand elle pénétra dans sa salle. Sur le pas de la porte, une infirmière lui sourit et la retint.

— Vous seriez bonne d'être particulièrement gentille avec le nouvel officier de la chambre 5, cela ne fait que deux jours qu'il est là ; la chance n'est vraiment pas de son côté. Tiens, d'ailleurs, il est romancier, c'est Harold Harbard, vous savez, celui qui a écrit le livre dont on a fait toute une histoire.

Harold Harbard ! Le livre dont on a fait toute une histoire ! Cette femme devait vraiment être une imbécile pour ne pas se souvenir du titre des *Ailes brisées* ! Le cœur d'Ivy cessa de battre sous le choc de la découverte : elle se souvint qu'elle avait laissé un exemplaire de *Frères d'Armes* dans la chambre 5, les battements de son cœur s'accélérèrent et le sang afflua à ses tempes à l'idée que Harold Harbard pourrait être, en ce moment même, en train de lire *Lettre à sa famille*.

Afin de se ressaisir, elle décida de rester un instant dans la salle, à servir le thé aux soldats et aux sous-officiers, avant de s'aventurer dans la chambre 5, qui la semaine précédente n'avait été occupée que par un joueur de polo somnolant à cause du chloroforme et qui ne s'intéressait qu'à sa passion. Et dire que Harold Harbard était étendu dans un lit à côté d'un tel homme !

Ivy entra dans la salle et, en jetant un coup d'œil sur la longue rangée de lits, elle vit que plusieurs exemplaires de *Frères d'Armes* y étaient posés et que l'un de ses soldats préférés, un jeune caporal, était plongé dans la lecture d'une de ses pages.

Elle traversa la salle, distribuant au passage du thé et des mots gentils ; elle vit que ses patients étaient tous très heureux de la voir. Ils l'étaient toujours, mais, cette fois-ci, il y avait dans leur joie une emphase incontestable et elle se plut à imaginer qu'ils voulaient qu'elle le remarquât.

— Eh bien ! s'écria-t-elle gaiement, vous avez tous l'air d'une humeur exceptionnelle aujourd'hui !

Elle tendit une tasse de thé au jeune caporal, qui, pour les grandes occasions, servait souvent de porte-parole aux autres pensionnaires. Quand il leva les yeux, interrompant sa lecture attentive de *Frères d'Armes*, elle vit que la revue était ouverte à la page de son récit.

— Dites, vous savez, lança-t-il, c'est absolument du tonnerre et nous vous sommes vraiment reconnaissants de nous montrer cela.

Elle rit, mais ne fit pas celle qui ne comprenait pas.

— Cela ? elle posa délicatement le doigt sur la revue. Oh ! Je suis ravie... Je suis drôlement contente, bien sûr... C'est vrai que cela vous plaît ? bafouilla-t-elle.

— Plutôt, oui ! À nous tous ! Énormément ! s'écrièrent-ils en chœur.

Ivy savoura ce moment où elle touchait au faîte de sa gloire. Elle inspira profondément et tourna vers eux un visage rayonnant.

— C'est le plus beau compliment... Vous êtes les meilleurs juges... Vous trouvez que c'est vraiment fidèle ?

— Vraiment fidèle ? Plutôt oui ! C'est tout simplement du tonnerre ! retentit la réponse, unanime.

L'émotion l'étouffait :

Venant de vous... de vous tous... Cela me touche extrêmement...

Ils étaient un peu embarrassés et rirent tous ensemble, puis le caporal prit la parole :

— Nous l'admirons tant que nous voudrions vous demander de nous faire une grande faveur.

— Oh oui ! acquiescèrent les autres.

— Une faveur… ?

Le caporal se fit plus éloquent :

— Oui, si ce n'est pas trop vous demander, pour garder un souvenir de vous et de votre gentillesse, nous voudrions savoir si vous ne pourriez pas nous en donner un exemplaire à chacun…

Mais, bien sûr, bien sûr, pensa Ivy, rayonnante.

— … à encadrer et à emporter, poursuivit le caporal avec émotion, il y a ici un gars qui fait de jolis cadres en bouchons de bouteille d'eau de Vichy.

— Oh ! dit Ivy, qui en eut un moment le souffle coupé.

— Vous savez, dans votre tenue d'infirmière, ce sera une rudement bonne manière de ne pas vous oublier, dit le caporal pour conclure son discours.

— Je n'ai jamais vu d'aussi beau portrait, osa une âme courageuse.

— Oh, s'il vous plaît, mademoiselle l'infirmière, dites oui… murmura tout bas le plus timide des patients.

Ivy, abasourdie, oscillant entre le rire et les larmes, dit :

— Oui.

Une chose était sûre : pas un seul d'entre eux n'avait lu son récit.

Elle s'arrêta sur le seuil de la n° 5, mal à l'aise, le cœur battant. Elle s'était déjà remise de sa mortification passagère ; il avait été absurde d'imaginer que les pensionnaires de la salle, ces chers garçons, pleins de bravoure, goûteraient le sens subtil de *Lettre à sa famille*. Mais avec Harold Harbard, ce serait différent, elle serait confrontée à un véritable critique.

Immobile devant la porte, elle entendit à l'intérieur un éclat de rire franc et sain. Ce n'était pas la voix du joueur de polo ; serait-ce celle du romancier ?

Elle tourna résolument la poignée et entra dans la chambre, le plateau à la main. Le lit du joueur de polo était vide et, sur l'oreiller de l'autre lit de camp, elle aperçut la tête basanée et laide, les cheveux bouclés et ébouriffés de Harold Harbard, qu'elle connaissait bien pour avoir souvent vu sa photographie dans les hebdomadaires. Il leva les yeux quand elle entra et, d'une voix encore secouée par le rire dit :

— Du thé. Voilà une riche idée.

Et il se remit à rire.

Il suivait certainement le fil de sa plaisanterie, et comme elle s'approchait avec le thé, elle vit que se trouvait sur son lit, à côté de lui, un exemplaire ouvert de *Frères d'Armes* sur lequel sa main reposait.

L'appréhension lui serrait le cœur, mais elle décida de garder la haute main sur la situation.

— Comment allez-vous, capitaine Harbard ? Je suppose que c'est la coiffure de la reine de Noroumanie qui vous fait rire ?

Il la regarda d'un air amusé, mais hocha la tête, tandis que le rire lui chatouillait encore la gorge.

— Non, non. J'en ai fini avec ça. C'est la suite, comment ça s'appelle ? *Lettre à sa famille,* de… La revue lui tomba soudain des mains, sa joue basanée pâlit et il la dévisagea, le regard fixe.

— Bon Dieu, balbutia-t-il, mais c'est vous !

Elle s'empourpra et s'effondra dans un fauteuil à ses côtés.

— Après tout, bredouilla-t-elle, riant, elle aussi, à moitié, au moins vous avez lu le récit, vous ne vous êtes pas contenté de regarder mon portrait.

Il l'observait toujours avec attention mais son regard s'anima de nouveau :

— Comment ?... Vous voulez dire que tous les autres ?...

— Toute la salle là-bas, confirma-t-elle désignant la porte d'un signe de tête.

— La contemplation de l'auteur leur en a fait oublier de lire son récit ?

— Oui, apparemment.

Suivit un silence pénible. La revue lui échappa de la main.

— Votre thé ? proposa-t-elle sèchement.

— Oui, avec plaisir... merci.

Tandis qu'elle versait le lait et laissait tomber un sucre dans la tasse, le silence donna à ses gestes une ampleur immense et de l'écho au moindre bruit. Finalement, Ivy dit, en s'efforçant de prendre un ton léger :

— Puisque je sais qui vous êtes monsieur Harbard... pourriez-vous me dire ce qui, dans mon récit, vous faisait tant rire, si cela ne vous ennuie pas ?

Il s'appuya sur ses coussins et plissa le front, l'air inquiet.

— Ma chère Miss Spang, mais pas le moins du monde… Si seulement je le pouvais.

— Si vous le pouviez ?

— Oui, c'est-à-dire, si je pouvais le dire de manière intelligible.

— En d'autres termes, vous le trouvez si stupide que vous n'osez rien dire de plus ?

Il hocha la tête :

— Non ; mais c'est étrange… c'est incompréhensible. Vous tenez là un excellent sujet et c'est l'essentiel, bien sûr.

Ivy l'interrompit avec enthousiasme :

— Le sujet est essentiel ?

— Voyons, mais naturellement, il n'y a que les personnes sans imagination qui vous diront le contraire.

— Oh, dit-elle le souffle coupé, en essayant de rectifier la théorie esthétique qu'elle avait soigneusement acquise.

— Vous tenez là un sujet qui est rudement bon, continua Harvard, mais vous l'avez plutôt maltraité, non ?

Elle s'assit devant lui, la tête basse et les joues exsangues. Deux larmes s'étaient formées entre ses cils.

— Et voilà, s'écria le romancier, irrité. Je savais que dès que je serais franc, vous m'en voudriez. À quoi bon me l'avoir demandé ?

Elle ne répondit pas et il ajouta un peu plus bas :

— Êtes-vous vraiment très fâchée contre moi ?

— Mais non, bien sûr que non, déclara-t-elle avec une gaieté de marbre.

— Je suis bien content que vous ne soyez pas fâchée parce que j'ai drôlement envie de vous demander un de ces portraits, conclut-il.

Elle se leva brusquement de son fauteuil. Sa déception, pour rien au monde, elle n'aurait pu la dissimuler. Elle ramassa le plateau d'un geste fébrile.

— Un portrait ? Bien sûr, avec plaisir... Et maintenant, si vous avez terminé. J'ai bien peur que ma théière ne m'appelle.

Harold Harbard, allongé sur le lit, la regardait. Quand elle eut atteint la porte, il dit :

— Miss Spang !

— Oui, répondit-elle, s'arrêtant à regret.

— Vous étiez fâchée à l'instant parce que je n'admirais pas votre récit ; et vous êtes, à présent, plus fâchée encore parce que j'admire votre portrait. Êtes-vous étonnée que la femme soit, pour nous autres romanciers, un sujet aussi inépuisable ?

Titre original : *Writing a War Story* (*Woman's Home Companion*, septembre 1919)

La guérison

I

« Connaissez-vous les œuvres de Keniston ? », demandait-on d'emblée à tous ceux qui visitaient Hillbridge pour la première fois. Mr Keniston avait la préséance sur la Maison gouvernementale d'époque coloniale, le portrait de Washington peint par Gilbert Stuart et le Musée ethnologique ; il était néanmoins sur un pied d'égalité avec le président de l'université, un vestige préhistorique qui avait connu Emerson et qu'on envoyait encore parcourir tout le pays, enveloppé de ouate, afin d'ouvrir des établissements scolaires et prononcer des discours édentés sur Brook Farm. Keniston, lui aussi, était envoyé dans tout le pays ; il inaugurait des expositions et des académies, et on lui avait confié le rôle de porte-parole et défenseur de l'art. Hillbridge était fier de lui et de ses pérégrinations, mais ses concitoyens ne manquaient cependant pas de rappeler que pour connaître Keniston il fallait venir à Hillbridge. La ville était le lieu privilégié de Keniston et il y avait même une dame, une admiratrice, qui avait dit un jour, lors d'une exposition à New York, qu'elle était passée devant un tableau de Keniston sans le reconnaître. « C'était comme s'il refusait qu'on le voie dans un tel lieu ; il semblait se cacher, incognito », avait-elle déclaré.

La ville était particulièrement fière d'être le dépositaire des meilleures productions de l'artiste. On disait aux étrangers que c'était Hillbridge qui l'avait révélé au monde. Cette révélation s'était faite de la manière la plus simple. Le professeur Driffert, qui avait une réputation de « collectionneur », avait un jour accroché une esquisse au mur de son salon. Après quoi, les hôtes de Mrs Driffert, légèrement intimidés à l'idée qu'ils se trouvaient dans une maison où on risquait de leur demander de faire la différence entre une gravure à la pointe sèche et une eau-forte, ou bien entre Raphael Mengs et Raphael Sanzio, couraient désormais le risque de se voir brusquement interrogés par le professeur : « Au fait, avez-vous vu mon Keniston ? » Ses visiteurs, visiblement troublés, se plaçaient alors à une distance critique et murmuraient les prudentes généralités d'usage tout en tâchant de garder le nom en mémoire assez longtemps pour pouvoir le chercher plus tard dans l'encyclopédie. Le nom ne s'y trouvait pas, mais, en revanche, ils apprirent que l'artiste, lui, se trouvait à Hillbridge. Ainsi, dans cette ville, il était de bon ton de considérer la renommée de cet artiste comme une évidence !

Une autre personne encore, que cette idée avait enhardie, acheta un Keniston ; et l'année suivante, c'est un Keniston que les membres de la faculté offrirent au président à l'occasion de son jubilé d'or. Deux ans plus tard eut lieu une exposition de Keniston à laquelle se rendirent des critiques de New York et de Boston ; et peu après, un célèbre collectionneur de Chicago tenta en vain d'acheter l'esquisse du professeur Driffert que les journaux d'art avaient qualifiée de rare exemple de sa première période, dite « période argentée ». C'est ainsi que se forma un petit cénacle d'amateurs connus dans les milieux artistiques en leur qualité de collectionneurs de Keniston.

Le professeur Wildmarsh, titulaire de la chaire des beaux-arts et d'archéologie, fut le premier critique à publier une analyse détaillée des méthodes et des vues du maître. L'article était illustré de gravures qui, bien qu'elles eussent coûté une fortune au magazine, ne donnaient, selon le professeur Wildmarsh, qu'une idée imparfaite de la signification ésotérique des originaux. Le professeur, qui avait assez de tact pour faire en sorte que chaque lecteur eût l'impression de faire partie des exceptions, écrivait encore que l'œuvre de Keniston ne pouvait toucher que les natures exceptionnelles ; et il terminait avec la conclusion d'usage : pour comprendre pleinement le sens du « message » du maître, il fallait le voir dans son environnement, c'est-à-dire chez lui, à Hillbridge.

Un après-midi de printemps, une jeune femme, en route vers la côte Est, et qui se rendait à Hillbridge pour la première fois, lisait l'article du professeur Wildmarsh, déjà grisée à la pensée de toutes les opportunités intellectuelles qui l'attendaient là-bas.

Dans l'Onondaigua, où elle vivait, Hillbridge était l'équivalent d'Oxford. Dans les magazines, les journalistes qui avaient cette tendance à l'exagération typiquement américaine, avaient baptisé la ville de « vénérable Alma Mater », et de « siège antique du savoir »; Claudia avait ainsi appris à voir en ce lieu la source du savoir et celle d'un raffinement d'esprit bien plus rare que la connaissance en soi. Une passion innée pour tout ce qui était distingué et exceptionnel l'avait amenée à considérer cette ville comme la patrie de ce charme intellectuel qui se développait avec tant de peine dans l'air raréfié de l'Onondaigua. À la première mention d'Hillbridge, où elle se rendait à l'invitation d'une amie qui – glorification suprême – avait épousé un professeur de l'université, l'esprit de Claudia s'était échauffé à l'idée des nouvelles possibilités qui s'offraient à elle. Elle se voyait déambulant sous les ormes centenaires, en chemin vers la bibliothèque commémorative, ou se pâmant devant le Washington peint par Stuart et s'imaginait dans le coin sombre d'un salon universitaire, en train de boire les récits du président sur le groupe de la Concorde... Sa capacité à se projeter et à imaginer les émotions qui l'attendaient la faisait se réjouir de tout retard qui prolongerait un moment si exquis.

C'était dans cet état d'esprit qu'elle commença à lire l'article sur Keniston. Elle avait déjà entendu parler de lui, bien sûr; elle était merveilleusement « à la page ». Elle avait lu des articles à son sujet dans les magazines; à New York, elle avait rencontré un de ses collectionneurs, et elle possédait une photogravure d'une de ses œuvres encadrée artistement et accrochée au-dessus de sa table de travail. Mais à la lecture de l'article du professeur Wildmarsh, elle réalisa qu'elle en savait bien peu sur le maître ; et elle tremblait en imaginant l'état d'ignorance relative dans lequel elle serait arrivée à Hillbridge si elle n'avait acheté cette revue au moment opportun. Par exemple, elle ignorait totalement que Keniston avait déjà eu trois « périodes », et montrait les symptômes d'une quatrième. Elle ne savait pas non plus qu'il avait fondé une école et « inventé une formule ». Enfin, elle apprit avec émotion qu'il était impossible de comprendre l'homme si l'on ne l'avait pas vu dans son atelier d'Hillbridge, entouré de ses œuvres. « L'homme et l'art s'interprètent mutuellement », affirmaient ses thuriféraires ; et Claudia Day, le regard pétillant tourné vers l'avenir, se demandait si un jour elle aurait droit au privilège de cette double initiation.

Keniston ajoutait à ces traits de distinction celui d'être difficile à connaître. Ses amis s'empressaient toujours d'en informer les nouveaux venus… ajoutant après quelques instants de suspense qu'ils « verraient ce qu'ils pourraient faire ». On prévenait alors les visiteurs en faveur desquels il avait été invité à faire une exception que Mr Keniston ne prononcerait pas un mot à moins que l'on ne stimule vivement son intérêt… Et qu'il ne fallait donc pas se vexer s'il gardait le silence. C'était dans ces conditions rassurantes que, dix jours après son arrivée à Hillbridge, Miss Day fut introduite dans l'atelier du maître. Elle trouva l'homme grand, d'allure molle et, comparé à elle, d'âge plutôt mûr ; il regardait ses œuvres d'un œil vaguement interrogateur, laissant à la dame qui avait courageusement entrepris de lui rendre visite la tâche de les interpréter. Au grand étonnement de Claudia, l'atelier était dépouillé et misérable. Il était accolé tant bien que mal à la maison morne où l'artiste vivait avec sa mère et sa sœur veuve. Keniston acquit une ultime touche de distinction dans l'esprit de Claudia lorsqu'elle apprit qu'il était pauvre et qu'il consacrait tout son gain à subvenir aux besoins des deux faibles femmes qui constituaient une sorte d'arrière-plan neutre sur lequel se détachait son imposante silhouette. Ses tableaux atteignaient évidemment des sommes considérables ; mais il travaillait lentement, « douloureusement » selon la formule de ses admirateurs, et des périodes d'inactivité dues à la maladie venaient fréquemment interrompre le cours de son travail ; le cénacle des connaisseurs de Keniston restait par conséquent toujours aussi restreint qu'il était distingué. L'imagination de la jeune fille avait tout de suite reconnu en lui cette image que la jeunesse pleine de chimères préférait entre toutes : celle de l'artiste qui aimait mieux mourir de faim que de s'abaisser à peindre quelque chose dans le seul but de faire bouillir la marmite. On ignore trop souvent que la production d'œuvres alimentaires est un art en soi, et si Keniston s'abstenait d'en peindre, ce n'était peut-être pas seulement du fait de sa volonté.

Lors de sa première visite, l'artiste fut si peu loquace que Claudia s'en trouva mortifiée et se laissa aller à la douloureuse contemplation de sa propre insuffisance. Rien d'étonnant à ce qu'elle ne fît pas partie des quelques privilégiés à qui Keniston avait daigné adresser la parole : chaque mot qu'elle avait prononcé l'en avait sûrement dissuadé ! Elle avait été minable, banale et conventionnelle, à la fois volubile et inexpressive, enthousiaste et réservée. Elle l'avait entendu compter les minutes qui les séparaient de la fin de leur entrevue et lorsque la porte s'était enfin fermée sur le spectacle de sa déconvenue, elle partageait presque l'espoir qu'elle lui attribuait avec certitude : celui que plus jamais ils ne se rencontreraient à nouveau.

II

Mrs Davant regardait les tableaux d'un air révérencieux.

— J'ai toujours dit qu'il fallait les montrer à l'Europe.

Mrs Davant était jeune, crédule et débordait d'émotions extravagantes. Elle rappelait à Claudia la jeune fille qu'elle avait été... La jeune fille qui, dix ans auparavant, avait craintivement posé le pied sur ce même seuil.

— Non pas pour lui, continua Mrs Davant, mais pour l'Europe.

Claudia sourit. Elle se réjouissait que les tableaux de son mari fussent sur le point d'être exposés à Paris, et partageait les vues de Mrs Davant quant à l'importance de cet événement ; néanmoins, elle trouvait que son hôte en faisait un peu trop. Les dix années passées dans l'atmosphère d'adulation qui entourait Keniston avaient insensiblement développé chez Claudia une préférence pour le langage modéré. Elle croyait en son mari bien sûr. Croire en lui avec toujours plus de confiance et d'ardeur était devenu une des lois nécessaires de son existence ; mais elle ne croyait pas en ceux qui l'admiraient. La foi qu'ils lui vouaient était probablement tout aussi authentique que la sienne mais ne se justifiait pas aussi facilement. Quelques-uns des admirateurs de Keniston le jugeaient selon leurs propres normes, et dans ce cas, comment ne pas avoir l'impression qu'à Hillbridge, où l'admiration était à son comble, les jugements manquaient d'objectivité ? Et parfois elle était prise d'un doute terrible à l'idée que ses propres convictions étaient sans doute tout aussi relatives. Ce sens inné de la relativité que même l'Onondaigua n'avait été en mesure d'enrayer chez Claudia, s'était renforcé chez Mrs Keniston sous l'influence de l'absolutisme artistique qui régnait à Hillbridge, et, souvent, elle s'étonnait que son mari remette si peu en cause la qualité de l'admiration qu'on lui vouait. L'absence d'esprit critique de son époux à l'égard de lui-même et de ses admirateurs fut un des enseignements plutôt surprenant de son mariage. Que l'artiste crût en sa propre capacité créatrice lui avait tout de suite semblé être le signe et le gage de l'excellence. Elle savait qu'un talent hésitant n'avait pas d'avenir. Mais Keniston tirait de sa réussite une satisfaction qui la rendait perplexe. Elle s'était toujours imaginé que l'artiste authentique était celui qui se considérait comme le véhicule imparfait de l'émotion cosmique... Que derrière chaque difficulté surmontée s'en cachait une autre, et que la vision de l'artiste gagnait en ampleur à mesure que son horizon s'élargissait. Depuis son mariage, elle jouissait de deux privilèges : celui d'être initiée aux luttes génératrices de création, et celui de dispenser les rayons consolateurs de la foi sur le sentier de l'homme laborieux. Mais croire en un homme qui se rendait déjà à lui-même ce service avait quelque chose d'inutile, et à force de se heurter au mur sans faille de la suffisance de son époux, l'ardeur de Claudia commençait à s'épuiser. Elle souriait maintenant de la naïveté qui lui avait fait croire qu'une communion intellectuelle avec son époux lui donnerait accès aux confins de son inspiration artistique. Elle s'était rendu compte que les processus créatifs généraient rarement leur propre explication, et les difficultés que rencontrait Keniston lorsqu'il s'exprimait ne la décourageaient plus. Cependant, elle n'arrivait pas à réconcilier l'idée qu'elle se faisait du degré de persévérance qu'exigeait tout effort soutenu avec l'air serein qu'il prenait à chaque fois qu'il achevait un tableau : celui d'un homme qui vient de produire une œuvre pour la postérité.

Dans le premier élan de cette désillusion, elle avait même remarqué que s'il travaillait lentement, ce n'était pas parce qu'il doutait de ses qualités d'expression mais parce qu'il avait si peu de choses à dire.

— Il faut les montrer à l'Europe, répéta Mrs Davant d'un air timide, et Claudia la vit rougir tandis qu'elle traçait d'un air attentif un motif sur le tapis miteux à l'aide de la pointe de son ombrelle élégante. Il s'agira d'une véritable révélation pour eux, continua-t-elle d'un ton légèrement hésitant, comme si Claudia avait raté une réplique et qu'il lui fallait combler un vide gênant.

En fait, Claudia eut brusquement l'impression que son sens de l'intuition lui faisait défaut. Elle sentait que son hôte voulait lui dire quelque chose qui nécessiterait une coopération intelligente de sa part, mais quant à savoir laquelle, elle l'ignorait. À vrai dire, elle était un peu lasse de Mrs Davant, la dernière adoratrice en date de Keniston, qui commandait des tableaux à tout bout de champ, payait royalement d'avance, et dont le salon débordait, en quelque sorte, de chefs-d'œuvre que l'artiste n'avait pas encore peints. L'impatience de Claudia se doublait sans doute de l'impression désagréable que Mrs Davant était trop jeune, trop riche, trop inexpérimentée et qu'il fallait d'une façon ou d'une autre la mettre en garde... Mais contre quoi ?.... L'avertir que certains des tableaux ne seraient peut-être jamais peints ? Non ce n'était sans doute pas cela, car on pouvait faire confiance à Keniston, si scrupuleux en affaires : il ne tirerait aucun avantage matériel de la foi qu'elle lui accordait. L'élan qui animait Claudia restait vague. Elle sentait simplement qu'elle aurait aimé aider Mrs Davant et qu'elle ne savait comment s'y prendre.

— Vous irez les voir là-bas ? demanda-t-elle à la visiteuse qui s'attardait.

— À Paris ? Mrs Davant rougit un peu plus. Il faut que nous y soyons tous ensemble.

Claudia sourit :

— Mon mari et moi-même avons l'intention de partir en voyage un jour ou l'autre... Mais je ne pense pas que cela soit pour tout de suite.

— Oh, mais il faut qu'il y aille... Vous devriez y aller tous les deux cet été ! insista Mrs Davant. Le professeur Wildmarsh et le professeur Driffert ainsi que tous les autres critiques pensent que c'est justement parce que Mr Keniston n'est jamais allé en Europe que son œuvre est si originale et si savoureuse. Mais maintenant que son talent est formé et qu'il touche à la perfection de son art (Claudia reconnut là l'une des formules favorites du professeur Driffert), ils s'accordent tous pour dire qu'il devrait aller voir les œuvres des autres grands maîtres et visiter la demeure de ses ancêtres, comme le dit le professeur Wildmarsh !

Elle tendit une main énergique à Claudia :

— Laissez-le y aller, Mrs Keniston !

Claudia accepta cette admonestation avec la philosophie d'une épouse habituée à recevoir des conseils sur la façon de diriger son mari.

— Je n'ai pas l'intention de l'en empêcher, déclara-t-elle.

Mrs Davant renchérit aussitôt d'une voix forte :

— Vous êtes trop bonne !

Sur ce, elle quitta Claudia, la laissant en proie à un nouvel accès d'étonnement silencieux.

Peu après, Keniston fit son apparition ; un esprit attentif aux combinaisons arbitraires aurait considéré que la probabilité qu'il ait croisé Mrs Davant sur le seuil était forte. Dans un sens, il aurait bien pu, pour peu que cela importât à son épouse, rencontrer cinquante Mrs Davant sur le seuil : l'époque était loin où elle lui faisait grief de telles coïncidences et ne trouvait de consolation que dans la rancœur que cela lui causait. À présent, elle se disait simplement que les premiers mots de son mari pourraient peut-être expliquer les derniers de Mrs Davant. Elle attendit donc qu'il prenne la parole.

Les mains enfoncées dans les poches, il marqua un arrêt devant la toile inachevée qui reposait sur le chevalet ; puis, comme il en avait l'habitude, il se mit à déambuler entre les tableaux d'un pas nonchalant, s'arrêtant devant chacun d'eux dans une extase contemplative durant laquelle il semblait que rien ne pourrait le faire changer de point de vue. Le regard de Claudia se joignit instinctivement au sien lors de cette inspection ; c'était l'unique endroit où convergeait leur nature. Grâce à Dieu, elle n'avait aucun doute sur la qualité des tableaux ! Elle était ce qu'elle avait toujours rêvé d'être : la femme d'un grand artiste. Keniston se laissa tomber dans un fauteuil et bourra sa pipe.

— Comment aimeriez-vous effectuer la traversée ? demanda-t-il.

Sa femme leva les yeux dans un mouvement rapide :

— Quand cela ?

— Maintenant… Enfin, ce printemps.

Il fit une pause afin d'allumer sa pipe.

— J'aimerais y être au moment de l'exposition.

Claudia ne répondit pas.

— Eh bien ? répéta-t-il au bout d'un moment.

— Comment allons-nous financer le voyage ? demanda-t-elle.

Keniston avait toujours rempli scrupuleusement ses devoirs envers sa mère et sa sœur délogées par son mariage. Et Claudia, qui avait un tempérament expiatoire – chaque joie devenant pour elle une source nouvelle d'obligations – avait accepté dès le début les engagements de son mari avec une dévotion excessive. S'il avait manqué à ce devoir, les plaisirs les plus raffinés de sa femme en auraient été gâchés ; et les scrupules de son mari dans ce domaine compensaient son manque de finesse dans le domaine artistique, que Claudia considérait comme un échec d'ordre moral. Sa loyauté à l'égard de ces pauvres femmes qui lui devaient tout était, après tout, un sentiment d'une tout autre étoffe que celui d'une banale sensibilité à des exigences idéales.

— Oh, je ne vois pas ce qui nous en empêche, renchérit-il, je pense que nous pourrions nous en tirer.

— Aux frais de Mrs Davant ? laissa échapper Claudia. Elle ne savait pas pourquoi elle l'avait dit ; une barrière intérieure semblait avoir cédé sous la pression confuse des émotions.

Il leva vers elle un regard franchement surpris :

— Eh bien, elle était en effet assez partante… Pourquoi pas ? Elle a une merveilleuse sensibilité artistique… la plus fine que j'aie jamais rencontrée chez une femme.

Claudia sourit imperceptiblement.

— Elle veut que je la laisse payer d'avance les quatre lambris qu'elle a commandés pour la bibliothèque commémorative. Ils nous procureraient largement assez d'argent pour le voyage, et puis c'est aussi parce que je dois peindre ces lambris qu'il faut partir à l'étranger maintenant.

— Que voulez-vous dire ?

— Eh bien, voyez-vous, je n'ai jamais entrepris un travail d'une telle ampleur. J'aimerais savoir comment ces bons vieux confrères s'y sont pris ; je veux me mesurer aux grands maîtres, une fois là-bas. Pour un artiste, il le faut au moins une fois dans sa vie.

Elle le regarda d'un air pensif. Les mots qu'il venait de prononcer laissaient entendre qu'il était en train de prendre conscience de ses limites ; mais son ton détaché semblait contredire ce que les mots concédaient. En réalité, il ne cherchait que de quoi nourrir sa suffisance. Il se comportait comme une armée qui reprend la route chaque fois qu'elle a épuisé les ressources du lieu.

Avec un tact tout féminin, elle quitta la sphère des idées générales pour s'attacher à un détail mineur.

— Êtes-vous sûr de pouvoir réaliser ce genre de choses ?

— Quelles choses ?

— Les lambris.

Il lui jeta un regard indulgent : il était trop sûr de lui pour ressentir la pique d'un doute de ce genre.

— J'en suis absolument certain, dit-il avec un sourire.

— Et vous n'êtes pas ennuyé de devoir accepter une telle avance ?

Il la dévisagea.

— Pourquoi le devrais-je ? Son argent lui sera rendu... Et avec des intérêts ! Il rit et tira sur sa pipe. Ce sera une expérience particulièrement intéressante. Je suis sûr que tout cela va me donner un nouvel élan.

Elle le regarda à nouveau. Cette seconde allusion à un quelconque manque de confiance en lui-même lui sembla être la preuve que sa sensibilité s'aiguisait. Que se passerait-il si, en fin de compte, son travail ne le satisfaisait plus ? En y songeant, elle réalisa une fois de plus à quel point son mari était suffisant.

III

Ils firent halte à Londres dans un seul et unique but : visiter la National Gallery. C'était tout du moins ce qu'ils avaient prévu ; mais en réalité chaque pavé de la rue, chaque nuance de l'atmosphère interpellaient leur sensibilité vierge et les surprenaient. Les tableaux n'étaient que la synthèse, l'interprétation finale de toutes les impressions accumulées au sein de cet univers insoupçonné ; et, bien avant d'entrer dans le musée, Claudia eut l'impression de deviner intuitivement ce qui les attendait à l'intérieur.

Ils passaient d'une salle à l'autre sans échanger un mot. Ce lieu vaste et silencieux semblait empli de sons, comme la rumeur d'une multitude au lointain que l'on entend seulement par l'oreille interne. S'ils avaient essayé de prononcer des paroles distinctes, leur langage eût été incompréhensible ; et le simple murmure que Claudia semblait entendre au loin l'oppressait de façon intolérable. Keniston essuyait l'attaque sans paraître troublé. De temps à autre, il s'arrêtait devant une toile, ou s'asseyait sur un banc pour prolonger sa communion silencieuse avec un prodige de lignes ou de couleurs ; mais, à sa femme, il ne jeta pas un regard et ne dit pas un mot. Il semblait avoir oublié sa présence.

Claudia était consciente que son mari ne s'apercevait pas qu'elle l'observait ; or les impressions qu'elle tirait de cette observation étaient négatives. Elle se souvenait que lors de leur première rencontre elle avait trouvé son visage inexpressif ; et qu'il avait cette habitude de se plonger silencieusement en lui-même.

Ce soir-là, à l'hôtel, ils parlèrent de Londres ; Claudia fut surprise de découvrir que son mari possédait un grand sens de l'observation ; en son for intérieur, elle lui avait en effet parfois reproché d'en manquer. Il semblait avoir tout vu, tout examiné, ressenti et comparé, avec une sensibilité aussi fine que la sienne ; mais il n'évoqua pas les tableaux. Le jour suivant, ils retournèrent à la National Gallery ; il se mit alors à examiner les peintures en détail, à noter les différences de technique, à analyser et à critiquer, mais se garda cependant d'en tirer des conclusions personnelles. Il semblait éprouver la peur provinciale de se montrer trop impressionné. Les sensations de Claudia étaient trop complexes et trop fortes pour être aisément qualifiées. La connaissance instinctive de l'artisan aurait pu la réconforter mais elle en était démunie, et se sentait comme arrachée du sol par une bouffée d'impressions incohérentes. Elle évitait sciemment de comparer l'œuvre de son mari avec ce qu'ils voyaient chaque jour. On ne peut émettre de jugement équitable en matière artistique, se disait-elle car la diversité des œuvres est trop grande et les impressions qu'elles suscitent dépendaient par trop des circonstances. Même les subtilités de la technique évoluaient au gré des visées changeantes de l'artiste, qui à leur tour subissaient des influences dont ce dernier n'était pas conscient. Comment, dans ce cas, une imagination sans expérience pouvait-elle faire la distinction entre tous ces points de vue et découvrir la signification cachée des choses ? Devant ce constat, Claudia se réfugia dans la contemplation douloureuse de sa propre ignorance et de ses limites.

Après une semaine à Londres, ils se rendirent à Paris. L'exposition des tableaux de Keniston avait débuté quelques jours plus tôt, et dans les rues qu'ils empruntaient pour aller à la gare une affiche « impressionniste » les invitait ici ou là à se rendre à l'exposition de l'artiste américain. Mrs Davant qui s'était trouvée à Paris pour l'inauguration, avait déjà écrit des lettres extatiques sur les réactions du public, y joignant les avis élogieux d'un ou deux journaux. Elle racontait qu'il y avait eu une foule immense le premier jour, et que les critiques avaient été « époustouflés ».

Les Keniston arrivèrent le soir, et le lendemain matin Claudia, demanda tout naturellement à son mari à quelle heure il pensait aller voir les tableaux. Il leva les yeux de son guide touristique, l'air distrait :

— Quels tableaux ?

— Eh bien… les vôtres, dit-elle, surprise.

— Oh, ils ne vont pas s'envoler, répondit-il, ajoutant avec un rire légèrement embarrassé :

— Allons d'abord voir ceux des autres. Il posa alors son livre et lui proposa d'aller au Louvre.

Ils y passèrent la matinée, déjeunèrent dans un restaurant des environs, et retournèrent au musée l'après-midi. Keniston, d'ordinaire assez taciturne, s'exprimait maintenant avec volubilité et enthousiasme. À l'évidence, il commençait à ordonner ses impressions et à trouver ses repères dans le grand univers de l'imagination. Il semblait tout à fait disposé à partager ce qu'il avait découvert ; et l'ignorance de Claudia lui permettait d'endurer le choc causé par ces nouvelles émotions.

En rentrant, elle lui demanda quand il aurait l'intention de voir Mrs Davant. Elle fut surprise de sa réponse.

— Sait-elle que nous sommes là ?

— Non, à moins que vous ne l'ayez prévenue, dit Claudia, une pointe d'ironie affectueuse dans la voix.

— C'est parfait dans ce cas, se contenta-t-il de répondre. J'aimerais profiter de l'endroit un jour ou deux encore. Elle va vouloir qu'on fasse des visites avec elle et je préférerais être seul pour me faire une impression.

Les deux jours suivants, la nécessité d'échapper à Mrs Davant entrava leur liberté de mouvement. Claudia, dans d'autres circonstances, aurait eu des scrupules à participer à cette conspiration quelque peu minable ; mais, pour l'heure, elle suspendait son jugement, et la façon dont son mari traitait Mrs Davant n'était pour le moment que le signe de quelque chose de plus significatif.

Cela faisait quatre jours qu'ils étaient à Paris lorsque Claudia, qui rentrait d'une courte escapade rue de la Paix, trouva sur le pas de sa porte la silhouette à l'air accusateur de leur bienfaitrice. Cependant, ce n'était pas à elle que les reproches de Mrs Davant s'adressaient. Keniston avait, semblait-il, subi le plus gros de l'attaque ; il se tenait en effet appuyé contre le manteau de cheminée de leur modeste salon dans cette attitude de négligence coupable qu'un homme adopte lorsque, quand les circonstances l'y obligent, il est content de trouver refuge derrière sa femme.

Pourtant, dans l'immédiat, Claudia n'avait nullement l'intention de lui offrir un tel refuge. Elle voulait observer et attendre.

— Il est vraiment impossible ! s'écria Mrs Davant, l'incluant d'emblée dans le flot de sa plainte. Claudia les regarda l'un et l'autre.

— Parce qu'il n'est pas venu vous voir ?

— Parce qu'il n'est pas venu voir ses tableaux ! se plaignit-elle d'un ton noble.

Claudia rougit, et Keniston, mal à l'aise, changea de position.

— Je n'arrive pas à lui faire comprendre, dit-il en se tournant vers sa femme.

— Je ne compte pas, apparemment ! répondit Mrs Davant.

— Si bien sûr ! Et tout cela compte énormément pour moi, s'empressa-t-il de protester. J'avais l'intention de venir immédiatement... d'écrire... Claudia le voulait mais je ne l'ai pas laissée.

Désemparé, il jeta un regard circulaire à la pièce agréable, ornée de rideaux rouges, qui, dans l'esprit de Claudia, représentait à cet instant l'incarnation visible des revendications de Mrs Davant.

— Je ne suis pas en mesure d'expliquer, lâcha-t-il.

Mrs Davant s'adressa cette fois à Claudia.

— Les gens trouvent cela très étrange, se plaignit-elle. Beaucoup d'artistes d'ici brûlent d'envie de vous rencontrer ; ils ont tous été si charmants à propos des tableaux, et plusieurs de nos amis américains sont venus exprès de Londres pour l'exposition. J'ai dit à tout le monde qu'il serait là pour le vernissage... On avait envoyé des invitations, vous savez... Ils ont été tellement déçus... Ils voulaient lui faire une ovation ; et je n'ai pas su quoi dire. D'ailleurs que suis-je censée dire ? demanda-t-elle abruptement.

— Il n'y a rien à dire, dit Keniston.

— La clôture de l'exposition a lieu après-demain.

— Eh bien, ce n'est pas moi qui vais la clôturer... Mais j'y serai, déclara-t-il en tâchant d'être enjoué. Cela dit si toutes ces personnes que vous avez la gentillesse de citer veulent me voir... N'y aurait-il pas d'autres occasions ?

— Mais j'aurais tellement voulu qu'ils vous voient entouré de vos tableaux... Qu'ils vous entendent en parler et les expliquer comme vous savez si bien le faire. Je voulais que vous vous interprétiez mutuellement, comme dit le professeur Wildmarsh !

— Au diable le professeur Wildmarsh ! rétorqua Keniston, tempérant l'ardeur de ses propos par un sourire. Si mes tableaux sont vraiment bons, ils ne devraient pas avoir besoin d'explications.

Mrs Davant le dévisagea :

— Mais je croyais que c'était justement ce qui les rendait si intéressants ! s'exclama-t-elle.

Keniston baissa les yeux.

— Peut-être était-ce le cas, murmura-t-il.

Il y eut un silence gêné que Claudia rompit en jetant un coup d'œil à son mari :

— Mais si l'exposition est encore ouverte demain, ne pourrions-nous pas nous y retrouver ? Et peut-être pourriez-vous passer le message à quelques-uns de nos amis.

Mrs Davant s'égaya comme un enfant à qui on vient de réparer un jouet brisé.

— Oh ! Faites en sorte qu'il vienne ! implora-t-elle. Et moi je leur demande de venir l'après-midi... Nous organiserons un petit thé... à cinq heures, comme en Angleterre ! Je préviens tout le monde immédiatement !

Elle récupéra son boa ébouriffé et son ombrelle, et arrangea son plumage comme un oiseau rassuré.

— Ce sera tout à fait charmant ! dit-elle comme pour se consoler. Mais dans l'embrasure de la porte, elle fut saisie d'un nouveau doute : Vous ne me ferez pas faux bond ? demanda-t-elle plaintivement en se tournant vers Keniston. Vous ferez en sorte qu'il vienne, Mrs Keniston ?

— Je vous le promets ! lui assura Claudia.

IV

Lorsque le matin suivant elle parut en tenue pour leur promenade habituelle, elle eut la surprise d'apprendre que son mari avait l'intention de rester à la maison.

— Je me sens un peu patraque, à vrai dire, dit-il en souriant. Je suppose que mon appétit n'est pas à la hauteur de tels excès alimentaires. Je crois que je vais faire mon courrier et vous rejoindrai plus tard.

Elle sentit qu'il voulait être seul et s'empressa comme toujours de satisfaire à son désir.

— Dans ce cas, je vais faire quelque chose à ma portée et aller acheter un chapeau, dit-elle. Ce genre d'envie ne m'est pas encore passé.

Ils s'accordèrent pour se retrouver à l'hôtel de Cluny à midi, puis elle partit seule, vaguement soulagée. Ni elle ni Keniston n'avaient fait d'allusion directe à la visite de Mrs Davant, mais ils en ressentaient implicitement les conséquences dans l'ardeur qu'ils mettaient à s'éviter.

Claudia fit ses emplettes avec si peu d'enthousiasme que même les chapeaux neufs perdirent leur attrait ; cette tâche expédiée, elle se promena sans but dans les rues, s'imprégnant de leur atmosphère gaie et attrayante. Elle ne s'était jamais sentie aussi isolée que devant cette beauté ordonnée qui conférait un air de fête jusqu'aux pierres et au mortier de Paris. Tout autour d'elle prouvait qu'une sensibilité artistique irriguait chaque forme de vie, innervant le corps gigantesque de la ville... Une sensibilité d'une si grande finesse, si vive et universelle qu'elle semblait ne laisser aucune place à la stupidité et à l'erreur. Dans un tel milieu, la faculté d'expression plastique devait se développer d'une façon tout aussi inconsciente que celle d'un organe dans son milieu naturel : dès lors, être « artiste » devait cesser d'être une attitude et devenir une disposition naturelle. Claudia comprit cette révélation capitale à la lumière qu'elle jeta sur un minuscule point de sa conscience : la valeur des œuvres de son mari. Il arrive en effet que la somme des expériences accumulées par l'humanité serve de pierres de gué à l'âme troublée qui traverse une mauvaise passe.

Arrivée au coin de la rue, elle hésita. Il était à peine onze heures, elle disposait donc d'une heure avant son rendez-vous à l'hôtel de Cluny. Elle se laissa d'abord porter au gré des impressions que faisait naître en elle le spectacle radieux et complexe qui l'entourait. Mais brusquement, obéissant à une impulsion dont elle ne prit conscience qu'au moment où elle y céda, elle appela un fiacre et se fit conduire au musée où étaient exposées les toiles de son mari.

Un employé pompeux, qui portait des galons dorés, lui vendit un ticket et lui indiqua les escaliers déserts couverts d'un tapis cramoisi. Sur le palier supérieur, son double, bien qu'il eût conscience de la futilité de son geste, lui tendit le catalogue; elle pénétra alors dans une pièce gigantesque et silencieuse, tout en longueur, où se trouvaient des plantes exotiques et plusieurs ottomanes couvertes de velours. Apparemment, l'ardeur du public que Mrs Davant avait évoquée avec tant de chaleur s'était manifestée plus tôt dans la semaine; car Claudia avait cette luxueuse pièce pour elle seule. La riche intimité de ce lieu, le sentiment de bienveillance qui s'en dégageait et que l'on ne trouvait jamais dans les salles d'exposition publiques des autres pays, accentuaient sa vacuité actuelle. C'était comme si les fleurs, le tapis, les salons accompagnaient la progression solitaire de leur visiteuse et l'assuraient en silence qu'ils avaient fait tout ce qui était en leur pouvoir pour que l'exposition soit un « succès » et que, s'ils avaient échoué, c'était uniquement dû à un manque de collaboration efficace. Immobile, elle regardait autour d'elle. Soudain, elle eut l'impression que les tableaux perturbaient l'harmonie générale. À l'évidence, ils n'avaient pas coopéré. Les peintures n'avaient rien d'arrogant, d'agressif ou de dissonant : elles s'étaient tout simplement effacées. Son regard interloqué passait d'un tableau familier à l'autre. Ils y étaient tous… dans leur cadre… mais le miracle, le mirage de vie et de sens s'était évanoui comme s'il s'était agi d'une quelconque illusion d'optique. Qu'y avait-il de changé ? Elle ou les tableaux ? Elle tenta de rassembler ses pensées effrayées, de les réunir, de les amener à un semblant de résistance ; mais son raisonnement fut balayé, emporté par l'émergence violente d'une unique conviction : les tableaux étaient mauvais. Elle ne pouvait rien y faire : elle était anéantie.

La peur sournoise qui l'avait poursuivie ces jours derniers l'avait saisie à la gorge. L'admirable vision de beauté qu'elle avait eue, se transforma comme par enchantement en une fantasmagorie de formes parodiant le mal. Elle haïssait le passé ; elle haïssait sa splendeur, son pouvoir, sa vitalité cruelle et magique. Elle s'effondra sur un siège et garda les yeux fixés sur le mur devant elle. Peu à peu, alors qu'elle les regardait fixement, un pâle écho de ce qu'elle y avait vu auparavant s'échappa des toiles humbles et ternies ; il semblait que, d'outre-tombe, les tableaux en appelaient à sa foi qui, seule, était capable de leur rendre vie. Quelle preuve avait-elle que son jugement actuel sur la qualité des œuvres fût plus objectif que celui qu'elle avait eu dans le passé ? Les impressions confuses des derniers jours pouvaient difficilement constituer une théorie de l'art tout à fait fiable. Après tout, comment savait-elle que les tableaux étaient mauvais ? Sur quels critères techniques soudainement acquis avait-elle ainsi porté son accusation ? C'était comme s'il s'agissait d'un critère extérieur à elle-même, comme si une intuition secrète lui avait fait prendre conscience de la présence, dans cette pièce vide, d'une intelligence critique dont émanait un parfum de désapprobation. Cette vision lui sembla si réelle que, pour s'en débarrasser, elle se leva et se remit à déambuler. Au milieu de la pièce se trouvait un divan imposant surmonté d'un massif de palmiers et d'azalées. Alors que ses pas silencieux la conduisaient près de l'angle du canapé, elle aperçut de l'autre côté la silhouette d'un homme assis, les mains posées sur sa canne, la tête penchée en avant. Elle poussa un léger cri, son mari se dressa devant elle.

Immédiatement, ses pensées basculèrent, et elle réalisa que la qualité des tableaux n'avait plus aucune importance. Seul importait ce que lui en pensait : la vie de Claudia était suspendue à son jugement. Ils se regardèrent un instant en silence ; un ébranlement de la sorte ne pouvait se traduire immédiatement en mots. Il finit par dire :

— Je ne savais pas que vous viendriez ici.

Elle rougit comme s'il l'avait accusée de sournoiserie.

— Je n'en avais pas l'intention, balbutia-t-elle, mais j'étais en avance pour notre rendez-vous...

Ses mots hésitants jetèrent une lumière révélatrice sur la situation. Ils ne regardaient pas les tableaux ; mais, pour Claudia, ces présences discrètes devenaient tout à coup insupportables et les séparaient l'un de l'autre. Keniston jeta un coup d'œil à sa montre :

— Il est midi, dit-il. Nous y allons ?

V

Une fois sur le seuil, il appela un fiacre et la fit monter à l'intérieur ; puis regardant de nouveau sa montre, il dit brusquement :

— Je crois que je vais vous laisser y aller toute seule. Je vous rejoins à l'hôtel pour le déjeuner.

Elle se demanda un instant s'il songeait à retourner à la galerie ; mais lorsqu'elle se retourna, elle vit qu'il se dirigeait d'un pas rapide dans la direction opposée.

Le conducteur l'avait déjà conduite à mi-chemin de l'hôtel de Cluny au moment où elle réalisa où elle allait et lui demanda à retourner chez elle. Il y avait quelque chose de cruellement ironique dans sa quête prolongée et presque mécanique de la beauté. Mais elle en avait trop vu ; la seule chose qu'elle désirait à présent était de s'enfuir et s'abriter de cette lumière implacable qui s'immisçait partout.

À l'hôtel, seule dans sa chambre, quelques larmes vinrent adoucir son regard apeuré ; mais elle était trop inquiète pour que ses pleurs puissent l'apaiser. Elle aurait tout donné pour connaître les pensées de son mari. Après tout, leur court entretien ne lui avait rien appris. Elle avait senti qu'il lui en avait légèrement voulu d'être arrivée à l'improviste et de l'avoir surpris, mais peut-être n'était-ce chez lui rien d'autre que le sentiment naissant d'être observé et jugé en douce.

Elle s'était parfois demandé s'il ne s'était jamais rendu compte qu'elle l'observait ; par moments, cela semblait émaner d'elle sous forme de vagues visibles. Après tout, il en était peut-être conscient, et se trouvait sur la défensive, tel un couteau dissimulé derrière le rideau épais de sa suffisance ; or, ce jour-là, il avait dû apercevoir le reflet de la lame.

Claudia n'était pas encore à l'âge où un échec faisait vibrer la corde de la pitié. Elle espérait uniquement que Keniston serait assez clairvoyant pour affronter la réalité. Quelle que fût cette vérité, Claudia voulait qu'il s'y mesure. Mais lorsqu'elle repensa à son mari, elle éprouva soudain le désir presque maternel de faire barrage entre lui et la catastrophe. Elle aurait aimé que les circonstances le mettent à l'épreuve, mais il lui semblait désormais qu'un tel souhait n'aurait été de sa part qu'une cruelle curiosité scientifique. Elle réalisa en un éclair de compassion qu'il aurait davantage besoin d'elle s'il n'était pas à la hauteur du destin qu'il s'était imaginé.

Finalement, il ne rentra pas déjeuner. Et lorsqu'elle monta à l'étage une fois qu'elle eut achevé son repas, le salon était toujours inoccupé. Elle ne s'autorisa pas à s'alarmer outre mesure car, même au plus fort de son appréhension, elle ne pouvait imaginer Keniston céder à une quelconque impulsion morbide. Mais les heures d'attente interminable lui causèrent une inquiétude telle que sa pitié à son égard s'en trouva attisée. Tout à coup, elle entendit cinq heures sonner. C'était l'heure à laquelle ils avaient promis de retrouver Mrs Davant à la galerie… l'heure de l'« ovation ». Claudia se leva et s'approcha de la fenêtre, s'efforçant d'apercevoir son mari dans la rue pleine de monde. Se pouvait-il qu'il l'eût oubliée et qu'il se fût rendu à la galerie sans elle ? Ou alors quelque chose s'était produit… cette « chose » vague et sinistre qui, une heure durant, avait flotté implacablement à la périphérie de sa conscience.

Elle entendit la poignée tourner et Keniston entra. Au moment où elle se retourna pour le regarder en face, elle se sentit saisie d'un grand élan de commisération : elle était persuadée qu'à présent il savait.

Pourtant, son regard trahissait une sorte de gaieté distraite. C'était la première fois qu'elle le voyait manifester sa satisfaction avec autant d'entrain. S'il avait besoin d'elle, ce n'était certainement pas pour panser ses plaies.

Il lui adressa un sourire qui reflétait clairement quelque lumière intérieure.

— Je n'avais pas l'intention d'être en retard, dit-il, en jetant de côté son chapeau et le petit volume rouge qui lui servait de guide lors de ses explorations, je suis rentré au Louvre une minute après vous avoir quittée ce matin, et je me suis laissé littéralement happer par le lieu... Je n'arrivais pas à partir. J'en viens à l'instant. Il se laissa tomber dans un fauteuil et chercha sa pipe des yeux. Il faut du temps, continua-t-il d'un ton rêveur, pour comprendre ce qu'ils disent... Je parle des grands. Ils ne sont pas du genre bavard. Au début, je n'ai pas compris grand-chose à leur jargon... Trop différent du mien ! Mais à force, en saisissant une allusion ici et là, et en faisant des rapprochements, j'ai commencé à comprendre ; et aujourd'hui, pardieu, j'ai pris un ou deux de ces gars par le collet et les ai étudiés de fond en comble... Je leur ai fait rendre gorge. Il posa sur elle un regard brillant. Ah ! Parbleu, c'était vraiment remarquable ! s'exclama-t-il.

Il avait retrouvé sa pipe et l'emplissait d'un air rêveur. Claudia attendait en silence.

— Au début, continua-t-il, j'ai eu peur que leur langage soit trop compliqué pour moi... que je ne comprenne jamais vraiment ce qu'ils voulaient dire. Ils avaient l'air de m'ignorer et de vouloir m'exclure. Mais j'étais sûr que je ne serais pas vaincu, et désormais, aujourd'hui... Il fit une pause et gratta une allumette. Lorsque je suis allé voir mes propres œuvres, tout m'est apparu en un éclair. Grands dieux ! C'était comme si je les avais réunies pour former un grand feu de joie capable d'éclairer ma route !

Sa femme tremblait sous l'emprise d'une sorte de terreur sacrée. Elle n'avait osé prier pour qu'il obtienne la lumière, et voilà qu'il brûlait son passé !

— Il ne reste plus rien ? demanda-t-elle d'une voix mal assurée.

— Plus rien ? Au contraire il reste tout ! dit-il en exultant. Eh bien, je n'ai guère plus de quarante ans et j'ai déjà tout découvert... déjà ! Il se leva et se mit à arpenter la pièce avec animation. Mon Dieu ! Et si je ne m'en étais jamais rendu compte ! Si j'avais continué à peindre des choses comme ça pendant des années ! Vous voyez, je me sens comme ces gens qui participent aux réunions des revivalistes et qui se lèvent pour proclamer que Dieu les a sauvés ! Y a-t-il quelqu'un pour entonner un psaume ?

Claudia, tremblante de joie, se laissa porter par le courant puissant de l'émotion de son mari; mais il n'avait pas réussi à la mener au-delà de sa propre profondeur, et elle sentit brusquement qu'elle avait pied.

— Mrs Davant ! s'exclama-t-elle.

Son regard s'immobilisa, comme s'il revenait de très loin.

— Mrs Davant ?

— Nous devions la rejoindre... cet après-midi... en ce moment même.

— À la galerie ? Oh, c'est arrangé, j'ai annulé ; je suis allé la voir après vous avoir quittée ; je lui ai tout expliqué.

— Tout ?

— Je lui ai dit que j'allais tout reprendre depuis le début.

Le cœur de Claudia tressaillit puis s'effondra, désemparé.

— Et les lambris... ?

— C'est également arrangé. Je l'ai prévenue pour les lambris, la rassura-t-il.

— Vous l'avez prévenue de quoi... ?

— Que je ne peux pas les peindre pour le moment. Elle ne comprend pas, évidemment ; mais c'est un bon petit brin de femme et elle me fait confiance.

La stupidité exquise de son mari l'aurait fait pleurer de joie.

— Peu importe que vous lui ayez expliqué quoi que ce soit, gémit-elle. Il n'en demeure pas moins que nous vivons sur l'argent des lambris !

— Comment cela ?

— Nous vivons de l'argent qu'elle vous a donné pour les peindre. N'est-ce pas grâce à cela que nous sommes ici ? Et... si vous avez l'intention de faire ce que vous dites... Tout reprendre depuis le début… Comment donc pourrons-nous un jour la rembourser ?

Son mari lui adressa un regard inspiré.

— Je ne vois qu'une façon de s'en sortir, déclara-t-il d'un ton imperturbable ; il nous faut rester ici jusqu'à ce que j'apprenne à peindre.

Titre original : *The Recovery* (*Harper's Monthly*, 1901)

La mission de Jane

I

Lethbury regardait distraitement son épouse dînant à l'autre extrémité de la table, quand une transformation indéfinissable dans son apparence retint son attention.

— Comme vous êtes élégante ! Est-ce une nouvelle robe ? demanda-t-il.

Le regard qu'elle lui jeta répondit à son accusation. Comment osait-il penser qu'elle eût l'audace d'acheter une nouvelle robe pour lui faire plaisir ? Il comprit alors que ce changement était plus profond qu'un simple hasard de toilette. Elle devait en être consciente car un délicat rougissement semblait trahir sa frayeur. Qu'elle rougît avec autant de fraîcheur qu'à dix-huit ans compensait la puérilité dont Mrs Lethbury ne s'était jamais défaite. Son apparence physique avait reçu le privilège de ne jamais devancer son esprit et Lethbury pensait que l'une et l'autre étaient destinés à voyager ensemble dans un état d'enfance éternelle.

— Je ne comprends pas ce que vous voulez dire, lança-t-elle.

Puisqu'elle ne comprenait jamais, il se demandait toujours pourquoi elle lui resservait cette phrase comme si le grief était nouveau ; il s'en étonnait mais n'éprouvait pas de ressentiment, et il lui dit avec bonhomie :

— Vous êtes si rayonnante que j'ai cru que vous portiez vos diamants.

Elle soupira et rougit de nouveau.

— C'est certainement parce que vous êtes allée à l'inauguration de la nouvelle collection d'une couturière, poursuivit-il. Décidément, vous débordez d'une joie illicite.

À nouveau son regard s'immobilisa, mais cette fois, c'était l'adjectif qu'elle fixait. Les adjectifs qu'il utilisait l'indisposaient toujours : inintelligibles, ils avaient un parfum d'impropriété.

— En somme, récapitula-t-il, vous avez fait quelque chose dont vous avez vraiment honte.

À son étonnement, elle rétorqua :

— Je ne vois pas pourquoi je devrais en avoir honte !

Lethbury s'appuya sur le dossier de sa chaise en souriant d'aise. Quand il n'y avait rien de mieux à faire, il aimait écouter ses explications.

— Eh bien ? dit-il.

Elle avait le souffle court et elle haussa le ton :

— Bien sûr, vous allez vous moquer… vous vous moquez de tout !

— Mes railleries n'en sont que moins acérées, non ? lança-t-il, mais elle ne releva pas, se hâtant de continuer :

— C'est tellement facile de se moquer.

— Ah… murmura Lethbury avec délectation, n'est-ce pas une formule de tante Sophronie ?

La plupart des idées de son épouse lui avaient été léguées par sa famille et, curieusement, il prenait plaisir à en retrouver l'origine. Elle était fière de leur ancienneté et ne voyait aucune raison de s'en débarrasser tant qu'elles pouvaient encore servir. Certaines étaient si belles qu'elle les gardait pour les grandes occasions, tout comme la précieuse porcelaine de Derby de son arrière-grand-mère. Mais cette dame, que l'on appelait tante Sophronie, lui avait légué une bonne série d'idées toutes faites, destinées à un usage courant et qui étaient comme neuves ; elle avait remarqué que les idées de son mari, en revanche, devaient sans cesse être remplacées. Au début de leur mariage, elle s'était plu à imaginer qu'elle tirerait une certaine satisfaction de l'en accuser, mais il l'avait réduite au silence par ces mots : « Ma chère, je ne suis pas un homme riche, mais je n'utilise jamais deux fois la même idée si je puis l'éviter. »

Elle se contentait donc de méditer sur les défaillances morales de son époux, et son refus de prendre les choses au sérieux n'était pas la moindre d'entre elles. Cette fois, cependant, quelque motif profond l'empêcha de relever son sarcasme.

— Non, je n'ai pas du tout honte, répéta-t-elle comme si elle brandissait un étendard au vent, mais l'atmosphère conjugale était calme et la bannière pendillait sans panache.

Lethbury déclara sentencieusement :

— J'en conclus donc que vous devriez en éprouver ! J'ai l'impression qu'exceptionnellement vous vous êtes accordé un plaisir que je n'approuverais pas.

Elle répondit avec une franchise presque solennelle :

— Non, dit-elle, j'y ai pensé, vous ne l'approuverez pas.

— Ah ! s'exclama-t-il, en posant son verre à liqueur. Alors, comme ça vous avez pensé à tout ?

— Je le crois, oui.

— C'est extrêmement intéressant. Et de quoi s'agit-il ?

Elle le regarda calmement :

— Un bébé.

Il était rare qu'elle le surprît, mais cette fois-ci elle avait accompli cet exploit.

— Un bébé ?

— Oui.

— Un bébé... homme ?

— Bien sûr ! s'écria-t-elle sur le ton piqué et moralisateur de la femme qui, jamais, n'a laissé entrer les chiens dans la maison.

Le regard perplexe de Lethbury céda la place à un sourire impertinent :

— Un bébé que je n'approuverai pas ? À vrai dire, dans l'abstrait je ne pense pas grand-chose d'eux. Serait-ce un bébé abstrait ?

L'adjectif lui fit encore une fois froncer les sourcils, mais elle avait atteint un tel degré d'exaltation que ce genre d'obstacle ne pouvait l'arrêter.

— C'est le plus adorable des bébés, murmura-t-elle.

— Ah, alors il est concret. Il existe et respire à regret dans cet âpre monde...

— Jamais je n'ai vu enfant en meilleure santé, corrigea-t-elle, indignée.

— Alors vous l'avez vu ?

Un rougissement traître l'envahit de nouveau :

— Oui... en effet, je l'ai vu.

— Et à qui appartient ce parangon ?

C'est alors qu'elle le confondit :

— À moi... j'espère, déclara-t-elle.

Il repoussa son fauteuil et murmura en bafouillant :

— À vous ?

— À nous, corrigea-t-elle.

— Diantre ! s'écria-t-il.

Si seulement il y avait eu dans son regard limpide la plus petite lueur d'hallucination... mais non : il était aussi clair, aussi superficiel, aussi facile à sonder que le jour où, pour la première fois, Lethbury avait enduré la cuisante surprise d'en toucher le fond.

Peut-être essayait-elle d'être drôle, se dit-il, et il savait qu'il n'existe rien de plus mystérieux que l'humour des gens qui n'en ont pas.

— Est-ce une plaisanterie ? bredouilla-t-il.

— Oh ! j'espère que non. J'aimerais tant que cela devienne une réalité.

Il se tut un instant et sourit à l'idée qu'un monde pût être si étroitement borné que les plaisanteries n'y fussent pas des réalités, puis continua doucement :

— Mais puisque c'est déjà le cas…

— Pour nous, j'entends : pour vous et moi. Je voudrais… Sa voix chevrotait et son regard vacillait. J'en ai toujours eu tellement envie… j'ai été tellement déçue de… de ne pas…

— Je vois, dit Lethbury doucement.

Mais c'était la première fois qu'il voyait. Il lui semblait curieux, à présent, qu'il n'ait jamais pensé qu'elle pût le prendre ainsi, ni soupçonné de profondeurs cachées, sous la simplicité limpide qu'elle déployait. Il eut l'impression d'avoir fait jouer un ressort secret dans l'esprit de son épouse.

Il y eut un moment de silence, tout de frémissements et de larmes contenues chez elle, tout de malaise et d'agacement chez lui.

— Je suppose que vous vous êtes sentie seule ces derniers temps ? commença-t-il. Comme c'était étrange d'avoir soudain à compter avec cette inconnue qui l'observait derrière les yeux insignifiants de sa femme !

— Parfois, dit-elle.

— J'en suis désolé.

— Cela n'était pas votre faute. Les hommes ont toujours tellement de choses à faire ; de même que les femmes intelligentes, ou celles qui sont très belles, je suppose que cela les occupe, elles aussi. J'ai parfois eu l'impression qu'après avoir donné les ordres pour le dîner, je n'avais plus rien à faire jusqu'au lendemain.

— Ah… soupira-t-il.

— Ce n'était pas votre faute, insista-t-elle. Je ne vous l'ai jamais dit… mais quand j'avais choisi ce papier peint avec les boutons de roses pour la chambre du haut… j'avais toujours pensé que…

— Oui ?

— Ce serait un joli papier pour une chambre d'enfant. C'était il y a des années, bien sûr, mais le papier était assez coûteux… et il n'est pas du tout défraîchi… s'interrompit-elle sans raison apparente.

— Il n'est pas défraîchi ?

— Non, et je me suis dit que… comme la chambre ne servait plus… depuis que tante Sophronie est morte… que je pourrais… que vous pourriez… Oh ! Julian, si seulement vous l'aviez vu se réveiller dans son berceau !

— Vu quoi ? Où ? Vous n'avez tout de même pas mis un bébé là-haut ?

— Oh non… non, pas encore, dit-elle, accompagnant ces mots de son rire précieux, de cet enfantin bouillonnement d'hilarité qui, jadis, avait été l'une de ses plus grandes grâces. Il réalisa qu'il ne lui avait pas donné assez d'occasions de rire ces derniers temps. Mais voilà, elle avait des besoins tellement élémentaires ; il était aussi difficile de la distraire qu'un sauvage. Lethbury en conclut qu'il n'était pas suffisamment simple d'esprit.

— Alice, dit-il, presque solennel, que voulez-vous dire exactement ?

Elle hésita un moment ; il la vit rassembler son courage pour un effort suprême. Puis elle dit lentement, avec gravité, comme pour prononcer une parole de consécration :

— Je me sens tellement seule sans bébé… et je me suis dit que vous me permettriez peut-être d'en adopter un… Il est à l'hôpital… sa mère est morte… je le cajolerai, je l'habillerai, je ferai des choses pour lui… c'est un bébé si gentil… vous pouvez demander aux infirmières… et jamais, jamais, il ne vous ennuiera en pleurant.

II

L'émerveillement de Lethbury s'était apaisé quand il accompagna son épouse à l'hôpital. L'idée de s'opposer à son désir ne lui traversa pas l'esprit. Il savait, bien sûr, que ce serait une situation pesante en raison des plaisanteries au club, des questions et des explications qu'elle susciterait. Il se vit dans le rôle comique du « père adopté » et l'accepta en pénitence. Car, après un rapide examen de sa vie passée, il se vit sous un jour moins glorieux que ce qu'il voulait bien admettre. Il n'avait jamais supporté les imbéciles et c'eût été le châtier que de l'accuser de stupidité. Lorsqu'il se remémora les années passées depuis son mariage jusqu'à cette dévolution inopinée de paternité, il vit, à la lumière de son imagination fébrile, bien des signes d'une muflerie dont il ne se connaissait pas l'habitude. Il continuait à penser que sa femme était stupide. Bornée, inflexible et stupide, elle l'était ; mais il y avait quelque chose de pathétique dans les luttes que son esprit aveugle, comme empêtré dans ses langes, livrait dans sa quête d'émotions primates. Il s'était toujours dit qu'elle aurait été plus heureuse avec un enfant, mais il l'avait pensé mécaniquement ; c'était une idée courante et il était dans la nature des choses de le penser de toute femme, or son épouse appartenait si indubitablement à cette espèce que toutes les généralités sur le sexe s'appliquaient parfaitement à son cas. Mais il avait considéré que cette généralisation relevait simplement du triomphe de la tradition sur l'expérience. La maternité était, sans aucun doute, la fonction suprême de la femme primitive, et tout son organisme tendait vers cette fin unique ; la loi de la complexité croissante avait agi sur les deux sexes et il n'avait jamais sérieusement pensé qu'au-delà de l'univers des contes de Noël et des anecdotes, de tels truismes eussent la moindre prise sur l'imagination des femmes. Il comprenait à présent que la vitalité même des sentiments suscités par ces formes artistiques assurait leur pérennité.

À vrai dire, Lethbury était entré dans une phase de réajustement accéléré. Son mariage avait été un échec, mais, en actes, il s'était toujours montré méticuleusement fidèle à sa femme, ce qui peut parfois excuser l'égarement des sentiments ; si bien que, pendant des années, leur union s'était étiolée, et il se contentait de ne pas courtiser les autres femmes. Il n'avait pas toujours été facile d'y parvenir, car le monde est étonnamment bien pourvu en femmes du genre de celles que l'on aurait dû, mais que l'on n'a pas épousées, et Lethbury n'avait pas manqué d'être tenté par de telles alternatives. Pour s'offrir cette immunité, il s'était réfugié dans l'atmosphère quelque peu raréfiée de ses émotions et, ayant ainsi délimité son univers, il avait accordé à ses détails une attention exceptionnelle et la finition minutieuse de ce qui composait son entourage immédiat le dédommageait de l'étroitesse de l'horizon qui s'offrait à lui. Dans ce monde, les nuances étaient subtiles et les proportions, très belles ; l'impétuosité ne venait que rarement poser son pied malhabile et les tumultes de l'âme ne troublaient point le festin de la raison. À pareil banquet, naturellement, son épouse n'était pas conviée. Les plats ne lui auraient pas convenu et elle aurait trouvé à redire des autres invités. Mais Lethbury mésestimait les besoins de sa femme et pensait jusqu'alors y avoir amplement pourvu et par conséquent se croyait libre de savourer les mets qu'il se servait, sans qu'à ses grilles des mendiants vinssent le lui reprocher. Voici qu'il la voyait à présent plaquer son visage émacié aux fenêtres de sa vie, et son imagination prêtait à son épouse les sentiments pathétiques qu'il tirait, en réalité, de la conscience de ses propres défaillances.

À l'hôpital, son imagination poursuivit son travail avec une ardeur croissante. Il regardait son épouse d'un œil nouveau. Jusqu'alors elle n'avait été pour lui qu'un faisceau de négations, un labyrinthe d'impasses et de portes verrouillées. Il n'y avait rien derrière les murs, et les portes ne menaient nulle part ; il avait frappé et tendu l'oreille assez souvent pour en être sûr. Il eut à ce moment-là l'impression d'être un voyageur qui, en explorant quelque ruine ancienne, arrive soudain dans une chambre secrète, seule intacte au milieu du délabrement général et couverte de peintures murales qui révèlent les fonctions oubliées du bâtiment.

Son épouse se tenait près d'un berceau blanc dans l'une des salles de l'hôpital. Un enfant y reposait ; d'après l'infirmière, il était âgé d'un an, mais aux yeux de Lethbury ce n'était qu'un fragment d'humanité, hors du temps, une ombre portée sur une toile de conjectures. Mrs Lethbury se penchait sur cette particule de vie anonyme, le visage rayonnant de la même clarté extatique que celle qui, dans *La Nuit* du Corrège, émanait du corps de l'enfant et illuminait l'expression de sa mère… Cette lumière l'irradiait et l'éblouissait. Elle leva les yeux à une question de Lethbury, mais quand leurs regards se croisèrent, il se rendit compte qu'elle ne le voyait plus, qu'il était devenu aussi invisible pour elle qu'elle l'avait été pour lui. Il dut poser la question à l'infirmière.

— Quel est le prénom de l'enfant ? demanda-t-il.

— Nous l'appelons Jane[1], dit l'infirmière.

III

Lethbury avait tout d'abord résisté à l'idée d'une adoption légale, mais quand il découvrit que l'imagination étrangement bornée de son épouse l'empêchait de considérer l'enfant comme le sien tant que la loi ne l'avait pas reconnu, il retira promptement son objection. Il demeura inflexible sur un point

1. Jane est un prénom utilisé en anglais pour décrire une femme au physique très ordinaire (« *she is a plain Jane* ») et l'expression « *Jane Doe* » désigne l'Anglaise moyenne (*NdT*).

seulement : le nourrisson ne changerait pas de nom. Presque aussitôt, Mrs Lethbury avait exprimé son désir de la rebaptiser ; elle hésitait entre Muriel et Gladys, repoussant à plus tard l'instant où elle prendrait sa décision, comme une femme balance entre deux chapeaux. Mais Lethbury fut intraitable. Au cœur de la reddition générale de toutes ses idées préconçues, seule celle-ci tint bon.

— Mais, Jane, c'est tellement commun, protesta Mrs Lethbury.

— Eh bien, qui nous dit qu'elle ne sera pas commune, après tout ? En grandissant, elle pourrait devenir une Jane.

Son épouse s'exclama sur un ton réprobateur :

— L'infirmière dit que c'est la plus ravissante...

— N'est-ce pas toujours ce qu'elles disent ? demanda Lethbury patiemment. Il était disposé à faire montre d'une patience inépuisable, maintenant qu'il avait atteint un point d'opposition ferme.

— C'est cruel de l'appeler Jane, supplia-t-elle.

— C'est ridicule de l'appeler Muriel.

— L'infirmière est absolument certaine que c'est la fille d'une grande dame.

Lethbury tressaillit ; il essayait, depuis le début, de ne pas penser à la question des origines de la petite.

— Eh bien, qu'elle le prouve, dit-il, de plus en plus exaspéré.

Il se demandait comment il avait pu se laisser entraîner dans une affaire aussi ridicule et, pour la première fois, il en sentait toute l'ironie. Il s'imaginait rentrer chez lui l'après-midi, arriver dans une maison sentant le lin et l'élixir parégorique, accueilli par des hurlements chroniques quand il monterait s'habiller pour le dîner. Il n'avait jusqu'alors jamais été un membre assidu de son club mais il sentait qu'il pourrait le devenir rapidement.

Ses pires craintes ne se réalisèrent pas. Le bébé, singulièrement calme, se portait étonnamment bien. Les remèdes pour enfant qu'on lui administrait n'étaient pas assez puissants pour qu'on en sentît l'odeur au-delà de la nursery et, quand on réussissait à persuader Lethbury d'entrer dans ce sanctuaire, rien n'était en mesure de heurter ses nerfs dans l'univers rose layette de sa fille adoptive. Des heurts, certes, il y en avait : ils étaient sans doute inévitables avec les bouleversements qu'avait connus la routine de la maisonnée. Ils avaient lieu entre Mrs Lethbury et les nurses, et Jane se contentait de les observer d'un œil fixe et placide, comme un reproche à l'adresse des combattantes.

Dans le sillage de son premier élan expiatoire, Lethbury remarquait, avec une perspicacité accrue, les effets du changement sur le caractère de son épouse. Il comprit alors qu'il s'était trompé en pensant que cela la transformerait. Cela ne fit qu'amplifier les qualités qu'elle possédait. Elle était comparable à une éponge desséchée que l'on met dans l'eau : elle gonflait mais ne changeait pas de forme. Du point de vue de l'observation scientifique, il était intéressant d'étudier comment ses réserves d'instinct réagissaient au pseudo-appel maternel. Elle se répandait en mesquines maximes de circonstance. On sentait qu'elle était la quintessence, l'aboutissement de siècles de maternité animale, si bien que cette petite femme qui hurlait à la vue d'une souris et avait peur des cambrioleurs en vint à incarner la mère préhistorique qui dépèce sa proie pour son petit.

Il était plus difficile de considérer avec philosophie les conséquences pratiques de cette maternité d'emprunt. Lethbury découvrit avec surprise que sa femme prenait de l'assurance et devenait catégorique. Elle ne représentait plus l'envers de sa vie et, fit dorénavant preuve d'une propension inhabituelle à s'affirmer. Ses prétentions à la maternité s'étaient peu à peu étendues au point de l'inclure lui aussi dans cette relation, et du jour au lendemain on le considéra comme le père de Jane. C'était une éventualité qu'il n'avait pas prévue et il dut faire appel à toute sa raison pour l'accepter. Cependant, il vécut des moments réconfortants, car Mrs Lethbury était sans aucun doute heureuse pour la première fois depuis des années, et l'idée qu'il avait tardivement pris part à ce dénouement le réconcilia avec l'ironie des moyens employés.

Au début, il s'en voulait de ne considérer la situation que de l'extérieur, d'en demeurer un spectateur plutôt que d'y participer. L'idée que des mains désunies se rejoindraient au-dessus d'un berceau, comme en témoigne toute la littérature domestique, l'avait un temps séduit, et si une telle symbiose faisait défaut c'était parce que le berceau était d'emprunt, se disait-il. La petite fille ne lui était pas antipathique. Elle restait pour lui une réalité hypothétique, un doute plutôt qu'une certitude ; mais sa proximité n'était pas déplaisante et quelquefois, son élocution balbutiante, ses pas hésitants étaient capables de venir à bout des concrétions sèches qui enveloppaient son être intime. Mais même dans ces moments-là, moments qu'il encourageait et chérissait, elle ne le rapprochait pas de son épouse. Il comprit alors que la place qu'il avait ménagée pour Mrs Lethbury dans sa vie était devenue trop exiguë. Il n'était plus temps d'élargir cet espace et, par conséquent, elle en débordait, elle l'envahissait. Lethbury se battait contre cette impression de submersion. Il fit tomber les barrières de son intimité les unes après les autres ; mais la personnalité de sa femme continuait de se dilater. Elle n'était plus seulement elle-même, elle était elle-même et Jane. Peu à peu, dans une monstrueuse fusion d'identité, elle devint elle-même, lui-même et Jane ; au lieu d'essayer de la glisser dans une anfractuosité de sa vie intérieure, c'est lui que l'on fit, négligemment, entrer de force dans la plus petite case de l'organisation domestique.

IV

Le bonheur de son épouse suffisait à son contentement et certes elle fut heureuse jusqu'au dixième anniversaire de l'enfant.

Jane s'était montrée d'une sagesse incroyable. Pendant les huit années qui suivirent son adoption, elle n'avait jamais causé d'inquiétude à ses parents, hormis celle que peut provoquer la banale succession des maladies infantiles. Ses parents inconnus l'avaient pourvue d'une constitution solide et, imperturbable, elle survécut à la rougeole, à la varicelle et à la coqueluche. Si souffrance il y eut, ce fut Mrs Lethbury qui l'éprouva, par procuration, elle dont la fièvre augmentait et diminuait au gré de celle de la malade et qui ne pouvait entendre Jane éternuer sans imaginer aussitôt un angelot de marbre pleurant sur une colonne brisée. Et bien que Jane se rétablît vite, démentant ainsi de telles prémonitions, et qu'elle menât une existence où bonne santé et bonne conduite naviguaient de conserve, la satisfaction de Mrs Lethbury n'augmentait pas d'autant. Au départ, Lethbury était disposé à ajouter la déception de son épouse à la longue liste des incohérences féminines que les observateurs sentencieux de la vie invoquaient lorsqu'ils échafaudaient leurs inductions préférées ; mais cette fois les circonstances le conduisirent à voir la situation avec plus d'indulgence.

Jusqu'alors son épouse l'avait considéré comme un facteur négligeable dans l'épanouissement de Jane. On n'attendait de lui aucune autre participation au bien-être de sa fille adoptive que celle de l'entretenir et de s'effacer pour la laisser passer. Mais, comme le temps passait, sa femme le vit sous un jour nouveau : ce serait à lui d'éduquer Jane. Dans le domaine des choses de l'esprit, Mrs Lethbury était la première à reconnaître ses insuffisances et même à les proclamer, se piquant d'une vertueuse supériorité. Elle affirmait qu'elle ne faisait jamais semblant d'être intelligente et, assurément, l'on ne pouvait nier la véracité de cette déclaration. Cependant elle semblait désormais moins encline, non pas à reconnaître ses propres limites, mais à s'en glorifier. Depuis qu'elle était confrontée au problème de l'instruction de Jane, la petite fille l'intimidait.

— Vous savez bien que j'ai toujours été stupide, dit-elle à Lethbury, dans un accès d'humilité, et j'ai bien peur de ne pas savoir ce qu'il y a de mieux pour Jane. Je suis sûre qu'elle a un esprit exceptionnellement vif et je me le reprocherais si je ne lui donnais pas toutes ses chances.

Elle le regarda d'un air désarmé.

— Vous devez me dire ce qu'il faut faire.

Lethbury était plutôt disposé à lui être agréable. Quelque part, remisée dans un débarras de son esprit, rouillait une théorie sur l'éducation, comme il en traîne souvent dans les impedimenta de ceux qui n'ont pas d'enfants. Il la ressortit, la remit à neuf et l'appliqua à Jane. D'abord, il crut que son épouse n'avait pas surestimé la qualité de l'esprit de l'enfant. Jane semblait extraordinairement intelligente. L'assurance de son esprit encouragea son précepteur novice. Elle n'avait aucune difficulté à se concentrer, et tout ce qu'il lui transmettait était comme gravé dans du métal. Il aida son épouse à engager les meilleurs professeurs et, pendant un temps, il continua de prêter une attention ès qualités aux études de sa fille adoptive. Mais peu à peu, l'intérêt de Lethbury s'émoussa. Les idées de Jane ne se développaient pas avec l'acquisition de connaissances. Son jeune esprit n'était que le réceptacle des faits historiques, une sorte de chambre froide, et tout ce que l'on y entreposait pouvait être ressorti sur-le-champ, intact mais figé. Elle devint démesurément fière de la capacité de son entrepôt cérébral et prit l'habitude d'en catapulter le contenu sur son public. On l'entendit railler une nurse parce qu'elle ne savait pas quand l'Heptarchie saxonne était tombée ; la profusion de ses allusions historiques, tour à tour, éblouissait et décourageait Mrs Lethbury. Elle n'éprouvait aucun intérêt quant à la signification des faits qu'elle amassait : elle se contentait de collectionner les dates, comme un autre enfant aurait collectionné les timbres ou les billes. Aux yeux de sa mère adoptive, elle était un prodige de sagesse, mais Lethbury remarquait, avec un secret élan de compassion, combien les dispositions qui faisaient la fierté de Mrs Lethbury l'aliénaient lentement de celle qui les possédait.

— Elle devient trop intelligente pour moi, lui dit son épouse après l'une des envolées historiques de Jane. Mais je suis tellement contente qu'elle puisse vous tenir compagnie.

Lethbury maugréa intérieurement. Il n'aspirait nullement à la compagnie de Jane. C'était encore une gentille petite fille ; mais il y avait quelque chose de mécanique et de formel dans sa gentillesse, comme s'il s'était agi d'un exercice de gymnastique morale qu'elle s'imposait dans le seul but de faire montre de son agilité. De surcroît, une conscience précoce de la vertu avait fait d'elle la tutrice et la conseillère naturelle de ses aînés. Elle n'avait pas encore quinze ans qu'elle avait déjà entrepris de réformer la maisonnée. Mrs Lethbury fut prise en main la première ; puis elle porta son effort sur les domestiques, ce qui eut des conséquences bien plus graves sur l'harmonie familiale ; enfin elle s'attaqua à Lethbury. Elle lui prouva, statistiques à l'appui, qu'il fumait trop et que lire dans son lit était préjudiciable au nerf optique. Elle le réprimanda parce qu'il n'allait pas à l'église assez régulièrement et le mit en garde contre la lecture décousue et ses méfaits. Elle lui souffla qu'un rythme constant de travail était bénéfique à la concentration et insinua qu'une pensée incohérente signalait le début du vieillissement.

Les recommandations qu'elle faisait à sa mère adoptive étaient tout aussi pertinentes. Elle lui apprit une meilleure recette pour préparer le jus de viande et lui signala que les tapis n'étaient pas sains. Elle les inondait d'informations désagréables sur les bacilles et les moisissures des légumes et leur prouva que les organismes vivants pullulaient dans les rideaux et les cadres. Elle apprit par cœur la composition des principaux aliments et révolutionna la cuisine en essayant d'établir une moyenne scientifique entre les quantités d'amidon et de phosphates contenues dans les plats. Cette expérience entraîna la démission de quatre cuisinières et Lethbury prit l'habitude de dîner au club.

Une fois ou deux, au début, il avait essayé de contenir l'ardeur de Jane, mais ses efforts n'avaient abouti qu'à peiner son épouse. Jane restait parfaitement sourde à la critique et Mrs Lethbury s'indignait si l'on essayait de la protéger de sa fille. Lethbury comprit qu'elle se consolait du sentiment de sa propre infériorité en songeant que Jane était certainement pour lui d'agréable compagnie ; il essaya d'entretenir l'illusion, endurant, avec toute la bonne grâce dont il était capable, le fléau des discours édifiants de Jane.

V

Alors que Jane grandissait, il prenait parfois sa revanche et se demandait si son épouse regrettait toujours qu'ils ne l'aient pas appelée Muriel. Elle n'était pas laide ; il lui vint, en effet, une sorte de beauté par addition, qui aurait bien pu être l'ombre portée de son esprit. Ses traits, pris un par un, étaient agréables, mais il fallait en faire l'inventaire pour découvrir qu'elle était belle. Le charme n'avait pas été inclus dans la combinaison.

Il était touchant de voir avec quelle fierté Mrs Lethbury avait suivi les premiers pas de sa fille dans le monde. Elle s'attendait à ce que l'apparence de Jane gagnât ceux qui n'auraient pas été séduits par son érudition. Toutefois, son teint rose et frais ne fit aucun ravage perceptible. Que les jeunes gens aient deviné les axiomes avant qu'elle ne les prononce, ou aient repéré au fond de ses yeux son savoir encyclopédique, ou simplement que ses traits n'aient présenté pour eux aucun intérêt intrinsèque, il n'en était pas moins certain que Jane, à la fin de sa première saison, n'était plus sur les rangs, et ce, en dépit des efforts héroïques de sa mère et des recours incessants au porte-monnaie de Lethbury. Quelques jeunes filles ennuyeuses la trouvaient intéressante et un ou deux jeunes gens vinrent chez eux dans l'intention d'y rencontrer d'autres jeunes filles, mais Jane fit bientôt partie de ces personnes superflues dans la société, reçues uniquement parce que leur nom figure sur les listes.

Pour Mrs Lethbury, le coup fut amer, mais elle se consola en se disant que Jane avait échoué parce qu'elle était trop intelligente. Jane devait partager cette conviction; en tout cas, elle ne laissa jamais paraître qu'elle avait conscience de son échec. Elle avait acquis un goût prononcé pour le monde et sortait, infatigable et obstinée, hiver après hiver, entraînant dans son sillage Mrs Lethbury qui s'échinait à dispenser ses attentions à des hôtesses indifférentes. Dès le début, Lethbury fut exaspéré à la vue de ces deux silhouettes tragiques, l'une conciliante, l'autre acharnée, mais toutes deux poussées par un zèle irréductible, en quête de l'inaccessible récompense de la faveur générale. Il commençait même à se sentir personnellement impliqué dans cette poursuite, non parce que Jane était concernée, mais parce qu'elle affectait son épouse. Il comprit que celle-ci était victime de la déception de Jane, qui cédait parfois à la grossière satisfaction de la lui reprocher. L'expérience empêcha Lethbury d'obéir à son premier élan qui voulait qu'il prît la défense de son épouse et, quand son ressentiment fut à son comble, Jane renonça au combat, le laissant désarmé.

Aucune déclaration ne signala la capitulation de Jane, mais Lethbury remarqua que les sorties avaient cessé et que les factures de la couturière diminuaient. Au même moment, Mrs Lethbury fit savoir que Jane se consacrait désormais aux activités caritatives et le contenu de sa conversation vint bientôt confirmer cette déclaration. Tout d'abord, Lethbury se félicita de ce changement, mais la vie familiale avec Jane ne tarda pas à lui peser. Pendant la journée, elle s'absentait parfois pour faire ses commissions de miséricorde, mais le soir elle était toujours là. Au début, elle se tenait avec Mrs Lethbury dans le salon tandis que Lethbury fumait dans la bibliothèque, mais ensuite Jane prit l'habitude de l'y rejoindre, et il commença à soupçonner que la philanthropie de Jane s'exerçait également sur lui. Mrs Lethbury confirma ce soupçon :

— Jane est devenue bien grave ces derniers temps, dit-elle, elle s'imagine qu'elle vous a négligé et elle essaie de se faire pardonner. Ne la découragez pas, ajouta-t-elle innocemment.

Cette supplication livra Lethbury sans défense aux soins de sa fille ; il se mit à compter les heures qu'il passait avec elle à l'aune du repos qu'elles devaient procurer à sa mère. Parfois, il lisait même dans les yeux de Mrs Lethbury une fugace lueur de reconnaissance.

Mais Lethbury n'avait rien d'un héros et il avait quasiment atteint les limites de ce qu'il pouvait endurer par procuration quand un événement merveilleux se produisit. Après coup, ils ne surent jamais comment cela était arrivé, ni qui s'en était aperçu le premier, mais un jour Mrs Lethbury évoqua, d'une voix émue, la conclusion à laquelle ils étaient (tous les deux) arrivés.

— Bien sûr, dit-elle, il vient à la maison pour voir Élise.

Cette jeune fille était une amie de Jane et elle possédait tous les charmes qui avaient déjà été évoqués pour expliquer la visite de jeunes gens.

Lethbury se risqua à la contredire :

— Je ne crois pas, déclara-t-il.

— Mais on dit qu'Élise est très jolie, insista Mrs Lethbury.

— Je ne dis pas le contraire, dit Lethbury avec obstination.

Il discerna une faible lueur dans les yeux de son épouse ; pourtant, l'air désinvolte, elle dit :

— Mr Budd ferait un très beau parti pour Élise.

Lethbury retint avec peine un petit rire : il se délectait de la voir adresser ainsi ses vœux propitiatoires aux dieux.

Pendant quelques semaines, ils n'en parlèrent plus, puis Mrs Lethbury aborda de nouveau le sujet :

— Cela fait un mois qu'Élise est partie à l'étranger, dit-elle.

— Ah oui ?

— On dirait que Mr Budd vient toujours aussi souvent.

— Ah, fit Lethbury avec une indifférence héroïque et sa femme changea brusquement de sujet.

Mr Winstanley Budd était un jeune homme qui souffrait d'un excès de bonnes manières. Des torrents de politesse lui échappaient, même pendant la saison sèche. Sans trêve, il exécutait les hauts faits d'un chevalier de salon ; à l'approche de la plus discrète des femmes, il prenait des poses qui mettaient le mobilier en péril. Ses traits de chérubin n'avaient rien d'aquilin, même s'il parvenait parfois à les dominer, à les modeler pour leur donner cette noblesse qui était son idéal. La bienveillance sociale de Mr Budd s'étendait sur une si large gamme qu'il était difficile d'en distinguer l'objet. Il déployait sa cape sans la moindre discrimination, si bien que l'on ne pouvait pas toujours interpréter son geste, et devant le comportement impassible de Jane ses démonstrations prenaient plus d'ampleur encore ; elle le jetait dans des paroxysmes de politesse.

Il commença par emplir la maison de ses aménités, puis, peu à peu, on s'aperçut qu'il réservait ses effets les plus éblouissants à Jane et à elle seule. Lethbury et son épouse retenaient leur souffle et s'évitaient du regard. Ils feignirent de ne pas remarquer la fréquence des visites de Mr Budd et luttèrent contre l'envie imprudente de laisser les jeunes gens trop souvent seuls. Ils tiraient leurs conclusions d'observations indirectes, car ni l'un ni l'autre ne prenaient le risque d'être surpris en train d'étudier Mr Budd : ils se comportaient comme des naturalistes à la poursuite d'un papillon rare.

Dans ses efforts pour ne pas remarquer Mr Budd, Lethbury reporta son attention sur Jane et, à cet instant crucial, elle lui arracha, bien malgré lui, un sentiment d'admiration. Tandis que ses parents vaquaient à leurs occupations, dissimulant leur émotion, elle semblait n'en avoir aucune à cacher. Elle ne laissait transparaître ni impatience ni surprise ; son indifférence était telle que parfois Lethbury craignait que ce fût de la stupidité et manquait de lui murmurer que le moment était peut-être venu de le prendre dans son filet.

Pendant ce temps, la vélocité des girations de Mr Budd augmentait au gré de l'ardeur de la cour qu'il faisait ; sa politesse se fit incandescente. Jane se retrouva au cœur d'un feu d'artifice et reçut une demande en mariage en guise de bouquet final.

Mrs Lethbury fit part de la nouvelle à son mari un soir, après que leur fille fut allée se coucher. Cette annonce fut émise et reçue avec le même air détaché, comme si tous deux craignaient de trahir une inconvenante jubilation, mais quand sa femme eut terminé, Lethbury ne put s'empêcher de demander :

— Ont-ils fixé une date ?

Comme elle contrôlait parfaitement l'expression de son visage, Mrs Lethbury parvint à prendre un air indigné et dit :

— Mais qu'allez-vous imaginer ? Il a fait sa demande à cinq heures !

— Bien sûr… Bien sûr, bredouilla Lethbury, mais de nos jours on se marie si rapidement après les fiançailles.

— Fiançailles ? dit Mrs Lethbury d'un air solennel, il n'est pas question de fiançailles.

Lethbury laissa tomber son cigare :

— Mais alors de quoi s'agit-il ?

— Jane y réfléchit.

— Comment cela, elle y réfléchit ?

— Elle lui a demandé un délai d'un mois pour se décider.

Lethbury s'effondra dans son fauteuil, le souffle coupé. Coup de génie ou coup de folie ? Il était incapable d'en juger et Mrs Lethbury devait éprouver la même difficulté, car elle dit :

— Je ne veux pas bousculer Jane, bien sûr...

— Non, bien sûr, acquiesça-t-il.

— Mais je lui ai fait remarquer qu'il se pourrait qu'un jeune homme avec un tempérament aussi impulsif que Mr Budd soit... soit facilement découragé...

— Ah ! et qu'a-t-elle répondu ?

— Elle a dit que si elle méritait d'être conquise, elle méritait d'être attendue.

VI

Cette période de mise à l'épreuve n'aurait guère pu valoir davantage d'angoisse nerveuse à Mr Budd qu'à ses futurs beaux-parents.

Par divers stratagèmes, Mrs Lethbury tenta de mettre fin à ce supplice, mais rien ne pouvait fléchir Jane ; tous les matins, Lethbury descendait prendre son petit déjeuner avec la certitude de trouver une lettre dans laquelle le prétendant découragé leur annonçait qu'il renonçait à Jane.

Enfin, le jour décisif vint. Alors que ce jour tant attendu touchait à sa fin, Mrs Lethbury entra dans la bibliothèque, le visage empreint d'une joie sereine et ils demeurèrent silencieux un moment, puis Mrs Lethbury rendit aux convenances l'hommage qui leur était dû :

— Ce sera terrible de ne plus la voir.

Lethbury ne put s'empêcher de la mettre en garde d'un geste de la main, mais, alors même que celui-ci lui échappait, il comprit que le chagrin de son épouse était sincère.

— Bien sûr, bien sûr, dit-il, sondant en vain les sentiments superficiels qu'il éprouvait, à la recherche d'une réponse pleine de regrets.

Pourtant c'était sa femme qui avait eu le plus à souffrir de Jane.

Il s'était plu à imaginer que l'atmosphère plus calme des dernières semaines qu'ils passeraient ensemble effacerait ces souffrances, mais la félicité n'adoucit pas Jane. À aucun moment, sa domination ne se relâcha ; elle avait simplement étendu son empire afin d'y inclure un sujet supplémentaire. Mr Budd se retrouva à ses ordres comme les autres et Lethbury fut de nouveau saisi de crainte quand il vit Jane prendre son fiancé sous sa coupe avant même qu'ils ne soient mariés. Lethbury n'avait jamais éprouvé grand intérêt pour Mr Budd, mais en tant que futur époux de Jane, il excitait sa compassion. À son étonnement, il découvrit que Mrs Lethbury partageait son sentiment.

— J'ai bien peur qu'il trouve Jane un peu exigeante, dit-elle après une soirée consacrée à d'orageuses discussions sur les préparatifs du mariage. Elle devrait accepter de faire quelques concessions. S'il tient absolument à se marier en redingote noire plutôt que gris foncé…

Elle s'arrêta et jeta un coup d'œil sceptique à Lethbury.

— Certes, mais qu'y puis-je ? dit-il.

— Vous pourriez lui expliquer… lui dire que Jane n'est pas toujours…

Lethbury eut un geste d'impatience :

— De quoi avez-vous peur ? Qu'il la voie ou qu'il ne la voie pas sous son vrai jour ?

Mrs Lethbury s'empourpra :

— Vu sous cet angle, c'est vraiment terrible.

Son époux resta songeur quelques instants puis dit d'un air hypocrite et gai :

— Après tout, Budd est assez grand, il n'a pas besoin qu'on s'occupe de lui.

Mais le lendemain, Mrs Lethbury l'étonna. En fin d'après-midi, elle entra dans la bibliothèque à bout de souffle, incapable de s'exprimer, si bien qu'il pressentit une catastrophe.

— Ça y est ! Je l'ai fait ! s'écria-t-elle.

— Fait quoi ?

— Je lui ai dit. Elle fit un signe de tête en direction de la porte. Il vient de partir. Jane était sortie et j'ai pu lui parler seule à seul.

Lethbury lui avança un fauteuil dans lequel elle se laissa tomber.

— Que lui avez-vous dit ? Qu'elle n'est pas toujours…

Mrs Lethbury leva les yeux, l'air tragique :

— Non, je lui ai dit qu'elle l'est toujours...

— Qu'elle l'est toujours... ?

— Oui.

Il y eut un silence. Lethbury en appela à toutes ses réserves de sagesse. Soudain, il imagina Jane reprenant, le soir, sa place près de la cheminée et pourtant, au fond de lui, il éprouvait un sentiment d'exaltation qui faisait écho à l'héroïsme de son épouse.

— Alors... qu'a-t-il dit ?

L'agitation de Mrs Lethbury s'accrut. Le coup était sûrement tombé.

— Il... a dit... que nous... n'avions jamais su comprendre Jane, ni l'estimer à sa juste valeur...

Les dernières syllabes se perdirent dans son mouchoir et elle l'abandonna ainsi à la contemplation émerveillée de la psychologie féminine.

Après cela, Lethbury affronta l'avenir d'un œil assuré. Ils avaient fait leur devoir, du moins sa femme avait accompli le sien et à présent ils faisaient l'ordinaire moisson de l'ingratitude, mais avec un entrain inhabituel pour/à ce genre de récolte. Mr Budd changea sensiblement d'attitude ; sa froideur augmentait et irradiait toute la personne de Lethbury d'un sentiment de réconfort. Il était facile de supporter Jane avec patience à la lumière de la désapprobation de Mr Budd.

Les derniers jours, bien des choses restaient encore à faire et Mrs Lethbury en porta le fardeau. Jane marqua son passage à l'état de femme mariée par une démonstration de nervosité appropriée mais néanmoins surprenante. Elle se montra larmoyante, surexcitée et réticente. Elle se disputa avec son fiancé et menaça de lui rendre la bague. Mrs Lethbury dut intervenir et Lethbury sentit que planait l'épée du destin. Mais elle suspendit son coup. La galanterie de Mr Budd était à l'épreuve de toutes les sautes d'humeur de sa fiancée et son dévouement s'épanouissait sur le terreau de sa cruauté. Lethbury craignait qu'il fût trop fidèle, trop patient et n'aspirait qu'à le presser d'adopter des tactiques plus variées. Jane réapparut un peu plus tard la bague au doigt et accepta d'essayer la robe de mariée, mais ses incertitudes, ses revirements se prolongèrent jusqu'au dernier jour.

Quand celui-ci finit par poindre, Lethbury éprouvait toujours autant d'inquiétude. Comme il se sentait assez sûr des acteurs principaux, il avait concentré ses craintes sur les incidents contingents. L'ecclésiastique pourrait avoir une attaque, l'église brûler ou le certificat de publication des bans ne pas convenir. Il fit tout ce qui était humainement possible pour empêcher de telles éventualités de se réaliser, mais il restait le facteur imprévisible que l'on appelle souvent la main de Dieu. Lethbury avait l'impression qu'elle était après lui.

À l'église, elle le tenait presque par le cou. Mr Budd était en retard et, pendant cinq incommensurables minutes, Lethbury et Jane furent face à une église emplie de conjectures. Puis le marié parut, empourpré mais galant, et expliqua à son beau-père, sous couvert du rituel, qu'il avait déchiré son gant et avait dû retourner en chercher un autre.

— Vous aurez certainement perdu l'anneau maintenant, marmonna Lethbury, mais Mr Budd produisit l'objet aussitôt et, quelques instants plus tard, il descendait l'allée de l'église entraînant, captive, celle qui l'avait au doigt.

Pendant le lunch de mariage, Lethbury surprit le regard légèrement désapprobateur de son épouse posé sur lui et comprit que son accès de gaieté dépassait les bornes de la correction. Il se ressaisit et essaya de contenir le ton de sa voix. Mais la coupe de sa jubilation était débordante, comme si on l'avait continuellement resservie de champagne. Plus il essayait de la vider, plus elle s'emplissait.

Elle allait déborder quand, dans le sillage des invités qui se dispersaient, Jane redescendit en tenue de voyage et se jeta au cou de sa mère.

— Je ne peux pas vous abandonner ! pleurnicha-t-elle et Lethbury se sentit dégrisé aussi brutalement que sous l'effet d'une douche.

Si la mariée n'était pas pressée, son ravisseur était empressé. Jamais Mr Budd, ne s'était montré plus dominateur, plus impérial. Les dernières craintes de Lethbury furent balayées quand le jeune homme arracha Jane au giron de sa mère et l'emporta vers le coupé de ville.

Le coupé s'en fut, la dernière modiste abandonna son poste sur le perron, on roula le tapis rouge et on referma la porte de la maison. Lethbury se tenait seul dans le hall d'entrée avec son épouse. Comme il se tournait vers elle, il remarqua que ses yeux étaient empreints d'un héroïsme las et que, sur son visage, les rides s'étaient creusées. Cela reflétait avec trop de justesse les symptômes que lui-même éprouvait pour ne pas le toucher. La tension nerveuse avait été terrible. Il s'approcha d'elle et elle lui répondit d'un même élan en posant la main sur son bras. Il l'y maintint un moment.

— Et si nous sortions pour un bon petit dîner au restaurant ? proposa-t-il.

S'il fut un temps où une telle suggestion l'aurait surprise au point qu'elle l'aurait presque désapprouvée, cette fois elle l'accepta sur-le-champ.

— Ah, quelle bonne idée, murmura-t-elle, dans un long soupir empreint de sérénité et de soulagement.

Au bout du compte, Jane avait accompli sa mission : elle les avait enfin réunis.

Titre original : *The Mission of Jane* (*Harper's Monthly,* 1902)

La descendance de l'homme[1]

I

Lorsque le professeur Linyard rentra de ses vacances passées dans les bois du Maine, ce n'était pas tant l'influence du climat qui l'avait régénéré que la compagnie agréable dont il avait bénéficié pendant ses pérégrinations. Mrs Linyard l'avait vu partir seul, mais en réalité un voyageur invisible l'avait accompagné. Et si son cœur battait fort, c'était simplement parce qu'il était au faîte de son aventure : en effet, le professeur s'était enfui en amoureux avec une idée !

Il faut avoir goûté à une telle expérience pour pouvoir imaginer l'ivresse qu'elle provoque. Linyard n'aurait pas même échangé sa place contre celle d'un héros romanesque qui a fait serment d'enlever

1. Le titre original de cette nouvelle (qui est aussi le titre d'un recueil de nouvelles d'Edith Wharton), *Descent of Man*, est la reprise du titre d'un ouvrage de Charles Darwin publié en 1871. Il fut traduit en français de deux manières différentes : *La Descendance de l'homme* et *La Lignée humaine*. Nous avons privilégié la première manière, qui évoquera davantage Darwin au lecteur français, même si cette traduction est impropre, *Descent of Man* signifiant en réalité « L'ascendance de l'homme » (*NdT*).

une jeune fille en chair et en os. Tandis que même la plus éblouissante des femmes tend à s'encombrer de bagages et de scrupules prenant ainsi une place considérable dans le présent et empiétant sur le futur du mieux qu'elle peut, une idée, au contraire, peut tenir tout entière dans une seule cellule du cerveau ou se dilater jusqu'à embrasser l'horizon. Celle qui accompagnait le professeur possédait au plus haut degré cette faculté d'adaptation. Alors que le train express l'éloignait à grande vitesse du cadre quelque peu rigide de l'affection de Mrs Linyard, il lui semblait que son idée était assise en face de lui, et qu'à tout moment ils échangeaient des regards joyeusement complices. Néanmoins, lorsqu'un peu plus tard un ami de la famille se joignit à lui et commença à parler de l'université, l'idée s'éclipsa en un éclair, et le professeur n'aurait eu aucune difficulté à prouver qu'il était seul.

Depuis le commencement, il avait trouvé que son idée était le plus agréable des compagnons de route, mais ce n'est que dans la solitude embaumée des bois qu'il savoura pleinement ce qui lui arrivait. Là-bas, durant les longues et fraîches journées d'août, étendu de tout son long sur les aiguilles de pin, les yeux tournés vers le ciel, il contemplait sa compagne imaginaire qui posait sur lui l'azur de son regard. Et quels yeux !.... Clairs mais insondables, pétillant d'un rire inépuisable, et tirant pourtant leur fraîcheur et leur éclat des profondeurs essentielles de la pensée ! Pour un homme qui, durant vingt ans s'était trouvé en face d'un oculaire de microscope qui lui avait renvoyé l'image du monde visible avec une parfaite exactitude, ces échappées dans l'impénétrable avaient toujours été particulièrement tentantes. Jusque-là, la vie de famille ininterrompue et implacable du professeur avait quelque peu bridé ses infidélités mentales. À présent, pour la première fois depuis son mariage, la chance lui avait accordé six semaines pour lui tout seul, et il rentrait à la maison les poumons emplis de liberté.

Il ne faut pas en déduire que les relations conjugales du professeur étaient insatisfaisantes : elles étaient en réalité si parfaites qu'il lui était presque impossible de s'en dépêtrer. Les maris heureux sont les véritables prisonniers, car c'est souvent la petite fêlure dans le luth qui ouvre le chemin de la liberté. Le professeur avait trouvé dans le mariage exactement ce qu'il y cherchait : un arrière-plan agréable à sa vie. Comme il était incapable d'atteindre les sommets d'une crise passionnelle, il faisait scrupuleusement attention à ne pas se dérober aux obligations matrimoniales. Il envisageait son cas sous un angle pour ainsi dire sociologique, et considérait modestement qu'il n'était qu'une des pierres servant à la construction de l'édifice social. Peut-être aurait-il eu une notion moins impersonnelle du mariage si Mrs Linyard s'était intéressée à l'entomologie ou avait pris parti dans la controverse sur la transmission des caractères acquis ; cependant, il ne voyait aucune imperfection dans leurs relations, et si on lui avait posé la question, il aurait sûrement déclaré qu'il n'aurait pas aimé qu'une femme s'intéresse à ses bestioles. Sa vie réelle s'était toujours déroulée dans l'univers de la pensée, dans cette région enchantée qui, pour ceux qui s'y sont attardés, finit par sembler bien plus colorée et substantielle que le rideau peint qui le masque. Le voile de Maïa du professeur se composait d'un étroit morceau de tissu sans recherche et aux motifs monotones, mais il lui suffisait de le soulever pour pénétrer dans un empire.

Cet univers invisible était peuplé de formes des plus séduisantes, et c'était d'une démarche de sultan que le professeur arpentait ce sérail d'idées. Mais de toutes ces belles apparitions envoûtantes, pas une n'avait eu l'air aussi attirant que sa toute dernière favorite. Ses autres idées étaient pour la plupart des compagnes sérieuses, austères et assez édifiantes pour se voir acceptées dans un club de discussion féminin. La nouvelle lubie du professeur; au contraire, n'était autre que le rire incarné. Il s'agissait, en d'autres termes, du sourire de détente qui marque la fin d'une dure journée de labeur : l'éclair d'ironie que l'esprit laborieux projette irrésistiblement sur le travail accompli avec conscience. Le professeur avait toujours été un travailleur acharné et, s'il était indulgent envers ses idées, il était aussi envers elles d'une grande exigence. Car, en plus de leurs autres obligations, elles avaient la tâche de nourrir sa famille : payer le boucher et le boulanger et financer la scolarité de Jack ainsi que les robes de Millicent. La famille du professeur avait un train de vie modeste, mais c'était à ses idées qu'incombait le devoir de le maintenir au niveau exigé par son épouse. Mrs Linyard n'était pas une femme difficile, et elle tirait assez de fierté et d'honneur des réalisations de son mari pour accepter d'en payer le prix en consentant à reprendre les robes de Millicent et à repriser les chaussettes de Jack; elle acceptait même d'aller aux réceptions données par l'université vêtue chaque année de la même robe de soie noire usée aux entournures. Elle se consolait lorsqu'elle voyait mentionner de temps à autre l'admirable monographie du professeur Linyard sur les *Réactions éthiques de l'Infusoria,* ou qu'une allusion était faite à ses recherches sur les *Cogitations inconscientes de l'amibe.*

Pourtant, il arrivait que la saine indifférence de Jack et Millicent attisât la compassion de leur mère; dans ces moments-là, Mrs Linyard aurait fait de son mari un directeur de chemins de fer, si grâce à cela elle avait pu donner plus d'argent à Jack et acheter à sa fille un nouveau chapeau, ou un ensemble de fourrures comme ceux que portaient les autres jeunes filles. Le professeur lui-même n'ignorait pas l'existence de ces moments de révolte, mais il n'arrivait pas à comprendre comment on pouvait souhaiter un nouveau chapeau; et quant à l'argent de poche, il en avait bien moins que Jack du temps où lui-même était à l'université, et avait pourtant réussi à s'acheter un microscope et à collectionner quelques « spécimens »; tandis que Jack, lui, n'avait même pas de passions aussi coûteuses! En tous les cas, malgré cette absence de reconnaissance, le professeur ne négligeait pas ses devoirs paternels. Et il travailla si dur pour satisfaire les besoins de sa famille qu'il fit une dépression nerveuse et dut abandonner complètement ses recherches.

Abandonner ses recherches ne signifiait pas arrêter d'y songer ; durant ce répit inopiné, le professeur eut l'occasion de prendre un peu de distance vis-à-vis de ses travaux et de se faire une vision d'ensemble. Enfin, il lui était possible de détacher les yeux du métier à tisser, et de se tenir un instant devant la tapisserie qu'il avait brodée. Une fois qu'il eut bien observé le motif qu'il tissait depuis si longtemps et dont il n'avait vu que l'envers, il éprouva l'envie naturelle de porter son regard un peu plus loin et de chercher à voir ce qui s'en reflétait dans l'œil du public. Il ne cherchait pas à y voir uniquement ses travaux personnels : il n'était qu'un des membres de la grande armée des tisserands qui confectionnaient la trame cosmique ; ce qu'il recherchait, c'était l'impression générale que leurs travaux avaient produite.

À l'époque où le professeur Linyard utilisa son microscope pour la première fois, l'audience des hommes de science ne se composait que de quelques étudiants, amènes ou hostiles selon l'inclination de leur esprit, mais versés dans le jargon de la profession et connaissant les hypothèses de départ. Durant le quart de siècle qui s'était écoulé depuis, cependant, ce petit groupe s'était dissous au sein d'un public plus large. Désormais, tout le monde lisait des livres scientifiques et donnait son avis sur le sujet. Les dames de la haute société et le clergé avaient ouvert le bal, et ces ouvrages étaient désormais passés dans les salles de classe et les jardins d'enfants. La vie ordinaire était régie par des principes scientifiques, les quotidiens possédaient des rubriques intitulées « Notes scientifiques », les infirmières passaient des examens en science de l'hygiène, et l'on nourrissait et berçait les bébés selon les théories de la psychologie nouvelle.

La recherche scientifique conservait, dans certains esprits, une saveur d'hétérodoxie qui lui assurait sa pérennité. La foule avait abattu les murs de la tradition et se gavait dans le verger du fruit défendu. La déesse inapprochable que le professeur avait servie dans sa jeunesse vendait maintenant ses charmes sur la place du marché. Mais à vrai dire, quand on y songeait bien, il ne s'agissait pas de la même déesse mais plutôt d'une pseudo-science qui se parait des atours de la divinité réelle. Cette fausse déesse possédait son rituel et sa littérature. Elle avait ses livres sacrés, rédigés par de faux prêtres et vendus par millions aux fidèles. Dans les œuvres les plus réussies, les dogmes anciens et les découvertes modernes se trouvaient réunis sous la coupe d'un transcendantalisme nébuleux, et l'impression ainsi produite ne manquait jamais son effet.

Certains de ces livres écrits selon ce modèle en vogue étaient récemment tombés entre les mains du professeur. À leur lecture, il éprouva un mélange de rage et d'hilarité. Sa rage s'atténua rapidement et il finit par considérer que cette masse de pseudo-littérature formait en fin de compte un écran qui protégeait la vérité de la profanation. En revanche, son hilarité ne s'atténua pas ; elle prit même la forme d'une idée. Cette idée, cette divine, incomparable idée, consistait tout simplement à venger sa déesse en faisant une satire de ses faux prophètes. Il allait écrire un pastiche du livre scientifique à la mode; il enchaînerait si bien les platitudes, les erreurs, les fausses analogies, et ferait si bon usage de ses vastes connaissances pour abonder dans le sens de l'ignorant, que même la plèbe prendrait part au rire contre ses augures. Et ce rire serait davantage que la simple distension de muscles mentaux; ce serait le coup de trompette qui abat les murs de l'ignorance, ou tout du moins le petit caillou qui frappe le géant entre les yeux.

II

Le professeur, lorsqu'il avait tendu sa carte, s'était imaginé qu'elle lui donnerait immédiatement accès au sanctuaire de l'éditeur; mais le jeune homme qui lut son nom ne réagit pas. Il était évident que le professeur Linyard de l'université de Hillbridge n'était en rien une figure particulière aux yeux des pourvoyeurs de littérature à la mode. Mais l'éditeur était un vieil ami; et lorsque sa carte, portée au gré du courant indolent des procédures de routine, arriva enfin sur son bureau, il vint tout de suite au-devant de son visiteur pour l'accueillir.

La chaleur de son accueil prouva au professeur qu'il avait bien fait d'apporter son manuscrit à Ned Harviss. Ils avaient été à Hillbridge ensemble, et l'éditeur était à l'époque un des esprits les plus audacieux de cette bande d'étudiants sans vergogne dont sortait chaque année tant de citoyens inoffensifs, de bons maris et de pères de famille. Le professeur connaissait les qualités lénifiantes de la vie. Il savait que nombreux étaient ceux, parmi ses camarades les plus effrontés, qui s'étaient transformés en prudents capitalistes ou en salariés soumis ; mais il était pratiquement sûr de pouvoir encore compter sur Harviss. Son sens de l'ironie unique et sa capacité à percevoir le côté relatif de toute chose pouvaient difficilement avoir été émoussés et ce, même après avoir fréquenté le truisme pendant vingt ans.

L'éditeur avait un physique quelque peu déconcertant. Il avait l'air d'avoir pris du poids à force de se nourrir de romans à la mode ; et sa graisse semblait former des plis d'optimisme. Le professeur pouvait l'imaginer accueillant dans son bureau, avec force courbettes une longue file d'héroïnes sans tache apportant l'offrande du cent millième volume en guise de tribut des vierges.

Néanmoins, son accueil fut rassurant. Il ne renia pas les extravagances de sa jeunesse et il renchérit sur les timides allusions du professeur en faisant si ouvertement référence à leur passé que ce dernier lui présenta son manuscrit sans le moindre scrupule.

— Quoi... ? Tu veux dire par là que tu as écrit quelque chose dans l'esprit de notre ligne éditoriale ?

Le professeur sourit.

— Vous publiez des ouvrages scientifiques de temps à autre, non ?

Les rides d'optimisme de l'éditeur se détendirent un peu.

— Eh bien… tout dépend… Je crains que tu ne sois un peu trop scientifique pour nous. Nous faisons de grosses ventes avec les ouvrages de vulgarisation mais nous ne donnons pas dans les essences concentrées. Je serais ravi bien sûr de faire une exception pour toi. Mais, dans ton propre intérêt, je te conseille de te faire publier par une maison d'édition universitaire.

Le professeur, qui conservait son sourire épicurien, s'appuya sur son dossier.

— Regarde-le quand même… Quelque chose me dit que tu vas l'accepter.

— Oh, nous te le prendrons, certes, mais les termes du contrat pourraient ne pas être…

— Peu importe le contrat…

L'éditeur rejeta la tête en arrière en riant.

— J'étais loin de soupçonner que la science rapportait autant ; lorsqu'il s'agit de négocier, nos romanciers à la mode sont ceux qui nous donnent le plus de fil à retordre.

— La science est désintéressée, rectifia le professeur. Et je pense bien réussir à vous faire publier cela.

— C'est très sympathique de ta part, cher ami. Bien sûr, avec un nom comme le tien on vise exclusivement un public de spécialistes… mais l'idée est originale et cela m'amuse de publier quelque chose qui sorte autant de notre ligne. Les retombées pourraient être très positives pour toi comme pour moi.

Ses plis de graisse se creusèrent à cette idée, et, lorsque le professeur prit congé, il lui adressa un sourire d'encouragement.

Au bout de quinze jours, un message de Harviss rappela le professeur en ville. Il avait envisagé ce second rendez-vous avec beaucoup d'enthousiasme. Il entendait déjà résonner le rire puissant d'Harviss, celui du temps où il était étudiant, et il s'imaginait l'hilarité prolongée qui accompagnerait la lecture que son ami ferait du manuscrit. Il était fier de l'habileté avec laquelle il avait mystifié Harviss, et avait soutenu jusqu'au bout le caractère sérieux de son livre, afin que le plaisir de son lecteur n'en soit que plus intense. Le professeur se délectait de cette jouissance anticipée. Il n'avait savouré pareil sentiment depuis ses premières années d'université.

Cette fois-ci, sa carte le fit admettre immédiatement. On le fit entrer dans le bureau avec les égards accordés d'ordinaire aux romanciers célèbres, et Harviss l'accueillit à bras ouverts.

— Alors ? As-tu l'intention de le prendre ? demanda-t-il avec une trace de coquetterie.

— Le prendre ? Le prendre, cher ami ? Mais il est déjà sous presse… Tu m'excuseras de ne pas avoir attendu ton accord ? Les termes du contrat ne poseront aucun problème, je peux te l'assurer, et nous étions tout juste dans les temps pour le marché de l'automne. Mon cher Linyard, pourquoi ne m'avais-tu pas prévenu ?

Il lui fit ce reproche sur un ton solennel, et lui avança son propre fauteuil. Le professeur s'y assit en riant :

— Et passer à côté de la joie de te laisser découvrir ?

— En effet, une vraie joie !

Harviss lui tendit un coffret de ses meilleurs cigares.

— Cela faisait longtemps que je n'avais pas eu une telle sensation ! Une sacrée surprise !... et puis, cher ami, sache que tu t'es adressé à la bonne maison.

— Je suis ravi de te l'entendre dire, répondit modestement le professeur.

Harviss ne cacha plus sa joie.

— J'imagine que tu n'avais aucun doute à ce sujet ; mais j'avoue que je ne m'y attendais pas. Ce livre sort tellement de ta production ordinaire...

Le professeur enleva ses lunettes et les astiqua, arborant un sourire calme.

— Aurais-tu pensé de même du temps de... l'université ?

Harviss le dévisagea.

— À la faculté ?... Eh bien, tu étais de loin le plus iconoclaste...

Il s'interrompit. Le professeur remit ses lunettes et regarda son ami.

— Eh bien ? se contenta-t-il de dire.

— Eh bien ? répéta son ami, les yeux toujours fixes. Oh, je vois ; ce serait là l'explication. Le mouvement du pendule, et tout ce qui s'ensuit. C'est vrai, j'admets qu'il s'agit d'un phénomène commun. Pour ma part, je suis rentré dans le rang ; c'est le cas de la plupart des gens que nous connaissons il me semble. Quoi qu'il en soit, venant de toi ça m'a surpris.

L'observateur attentif aurait pu détecter qu'une légère trace de tristesse perçait sous le ton officiel de ses félicitations ; mais le professeur était trop stupéfait pour percevoir une nuance aussi subtile.

— Tu ne t'y attendais pas ? Tu ne t'attendais pas à quoi ? souffla-t-il. Que crois-tu donc que ce soit ?

Et il frappa du poing le manuscrit qui se trouvait entre eux. Harviss avait retrouvé ses plis d'optimisme. Il posa un regard bienveillant sur le document.

— Eh bien, ton apologie... ta profession de foi, devrais-je l'appeler. Tu savais où tu voulais en venir, non ? Tu ne l'as tout de même pas rédigé pendant ton sommeil ?

— Oh, non, j'étais plutôt bien réveillé, dit le professeur d'une voix faible.

— Eh bien, dans ce cas, pourquoi me regardes-tu comme si moi je ne l'étais pas ?

Harviss se pencha en avant et posa une main rassurante sur la manche usée du manteau de son visiteur.

— Comprends-moi bien, cher Linyard. Ne t'imagine pas qu'il y ait la moindre méchanceté dans mon allusion à ton changement de bord. Évoluer, n'est-ce pas justement changer de point de vue ? Pourquoi devrait-on exiger d'un homme qu'il regarde la vie du même œil à vingt ans et... à notre âge ? Jamais il ne m'est venu à l'idée que tu puisses ressentir le moindre scrupule à admettre que tu as mis de l'eau dans ton vin... que tu t'es rangé, si on peut dire.

Mais le professeur s'était levé d'un bond comme s'il voulait donner davantage d'espace à ses poumons pour se dilater, et il en sortit un rire si puissant qu'il ébranla les chevrons de la maison.

— Ah mon Dieu ! Mon Dieu !.... Est-ce si bon que cela ? dit-il en suffoquant.

Harviss jeta un coup d'œil instinctif vers la sonnette électrique de son bureau ; visiblement, il se tenait prêt à prendre des mesures d'urgence.

— Mon cher ami... commença-t-il d'un ton apaisant.

— Oh, laisse-moi donc rire en paix ! implora le professeur. Je... je vais me calmer tout de suite ; ce n'est pas la peine d'appeler le jeune homme.

Il se laissa tomber sur sa chaise et s'agrippa aux accoudoirs afin de maîtriser son tremblement.

— Je n'ai pas ri comme ça depuis l'université, réussit-il à glisser entre deux éclats de rire. Puis, soudainement, il se redressa et gémit : Mais si c'est si bon que cela, c'est un échec ! s'exclama-t-il.

Harviss se raidit perceptiblement, et examina le bout de son cigare.

— Mon cher Linyard, dit-il enfin, je ne comprends pas un traître mot de ce que tu racontes.

Le professeur céda à un nouvel accès d'hilarité, qui l'emporta dans un tourbillon, mais il réussit tout de même à lancer :

— Mais c'est l'essence même de cette plaisanterie !

Harviss le regarda d'un air intrigué :

— Mais quoi donc ?

— Eh bien, que tu ne voies pas… que tu ne comprennes pas…

— Que je ne comprenne pas quoi ?

— Eh bien, ce que ce livre est censé être.

Son rire s'atténua et il demeura assis à regarder l'éditeur d'un air absorbé.

— À moins que cela ne veuille dire que j'ai raté ma cible, dit-il finalement.

— Si c'est moi la cible, c'est certainement le cas, dit Harviss en jetant un coup d'œil à l'horloge.

Le professeur le remarqua et se leva pour partir :

— Cet ouvrage est un pastiche, dit-il.

Son compagnon le dévisagea.

— Un pastiche ? Tu veux dire que ce n'est pas sérieux ?

— Pas pour moi… mais on dirait que toi tu l'as pris pour tel.

— Tu ne m'en as rien dit… commença l'éditeur d'un ton irrité.

— Non, j'avoue, c'est vrai, opina le professeur.

Harviss, assis, regardait fixement le manuscrit qui les séparait.

— Je ne prétends pas être à la pointe de l'humour abscons, dit-il d'un ton glacial. Mais bien sûr, tu ne t'adresses qu'à un nombre très restreint de lecteurs.

— Oh, extrêmement restreint, admit le professeur en tendant le bras vers le manuscrit.

Harviss avait l'air de suivre le cours de ses propres pensées :

— Enfin, continua-t-il, dans le cas où tu insistes sur une interprétation ironique.

— Dans le cas où… Qu'entends-tu par là ?

L'éditeur esquissa un léger sourire :

— Eh bien, ne pourrait-on pas comprendre le livre autrement ? Si même moi je l'ai lu sans me rendre compte…

— Alors ? murmura son visiteur, fasciné.

— Pourquoi le reste du monde n'en ferait-il pas autant ? déclara Harviss avec assurance. Je représente le lecteur moyen… c'est mon boulot, c'est ce à quoi je me suis entraîné pendant ces vingt dernières années. Une mission comme une autre… qu'il faut faire honnêtement, sans tricher et sans compromis. J'en connais qui sont éditeurs pendant les heures de bureau mais agissent en dilettante le reste du temps. Eh bien, ils ne s'en sortent jamais : au travail les convictions comptent autant que dans la religion. Mais là n'est pas la question… Je voulais dire que si tu me laissais m'occuper de ce livre comme s'il s'agissait de quelque chose d'authentique, je te garantis que j'en fais un succès.

Le professeur se tenait debout, immobile, les mains toujours posées sur le manuscrit.

— Quelque chose d'authentique ? répéta-t-il.

— Un ouvrage sérieux… L'expression de tes convictions. Je t'assure, rien ne plaît tant au public que les convictions… Il suit toujours les hommes qui croient en leurs propres idées. Et ce livre correspond tout à fait aux attentes populaires. Il est même sacrément bon ! Ton livre déborde d'espoir et d'enthousiasme ; tu lui as donné une tonalité religieuse.

Certains passages rendraient très bien dans un livre d'or… il y a des choses que les prêcheurs en vogue pourraient citer dans leurs sermons. Si tu avais voulu attirer un large public, tu ne t'y serais pas mieux pris. Cet ouvrage correspond parfaitement à ce que je veux faire… Je ne te laisserai pas en changer un seul mot. Je le vendrai comme s'il s'agissait d'un roman à la mode, si tu me laisses faire ce qu'il faut !

III

Lorsque le professeur quitta le bureau de Harviss, il y laissa le manuscrit. Il songeait à la manière dont il s'était laissé piéger par la colossale ironie du sort… par le spectre élargi de la plaisanterie. Sous sa forme originale, comme l'avait dit Harviss, le livre ne se serait adressé qu'à un public très restreint ; maintenant il s'adresserait au monde entier. Les élus comprendraient ; la foule, non ; son œuvre aurait ainsi une double fonction. Et, finalement, ce serait la même chose ; pas un seul mot du livre ne serait modifié. Le changement résidait surtout dans l'esprit de l'éditeur, et dans l'avant-goût qu'il allait donner aux critiques. Le professeur n'avait qu'à tenir sa langue et prendre un air sérieux.

L'avance généreuse que Harviss, confiant en l'avenir, lui avait faite, le conforta dans cette idée. Comme pastiche, le livre n'aurait rien rapporté à son auteur ; il aurait même eu à le publier à compte d'auteur car, Harviss le lui avait assuré, pas un éditeur ne s'y serait risqué. Mais comme profession de foi, comme abjuration d'un éminent biologiste, jusqu'ici plutôt connu pour son froid déterminisme, il procurerait un revenu stable à l'auteur et à l'éditeur. L'offre survenait à un moment où le professeur connaissait quelques difficultés financières. Sa maladie, ses vacances forcées, la nécessité de reporter une série de conférences bien rémunérées avaient entraîné une baisse de ses revenus ; et lorsque Harviss lui proposa une avance de mille dollars, l'attrait de la plaisanterie devint irrésistible. Il s'obstinait à considérer la transaction comme une farce ; et bien qu'il se fût promis de ne pas trahir l'intention réelle du livre, il gardait *in petto* l'idée qu'un jour il pourrait mettre le public dans la confidence. Quant aux initiés, ils s'en rendraient compte assez vite : il aurait beau rester impassible, ses collègues verraient bien son sourire en coin. En attendant, même si par hasard le livre obtenait le succès prophétisé par Harviss, cela ne ferait pas grand tort à la réputation scientifique du professeur Linyard. Il était surtout connu pour ses travaux de microscopiste. Dans son domaine d'étude, il était reconnu comme le plus éminent spécialiste, en particulier pour ses travaux sur l'organisation et les habitudes d'une espèce particulière de coléoptères. Personne cependant, à l'exception de quelques amis intimes, ne savait quelles généralisations sur la destinée de l'homme il avait tirées de ces recherches spécialisées. Il aurait pu publier un traité sur le

Filioque sans ébranler la confiance de ceux sur qui sa réputation reposait ; et surtout il se rassurait à l'idée qu'un seul coup d'œil dans son livre leur suffirait pour déjouer la mystification. En fait, il en était tellement certain qu'il s'étonnait que Harviss, d'ordinaire si avisé, acceptât le risque que la supercherie soit découverte rapidement. Mais Harviss s'était probablement dit que même à une époque où tout se propageait si vite, les opinions formées dans les laboratoires gagnaient difficilement la rue ; et le professeur, dans tous les cas, n'était pas obligé d'exprimer son opinion sur ce point.

Enfin, l'idée que le livre était déjà sous presse le conforta dans sa décision. Le professeur ne connaissait pas grand-chose à l'imprimerie, mais cette expression lui sembla irrévocable, et lui donna l'impression de s'être lui-même laissé prendre dans l'engrenage de cette mystérieuse machine. Si on lui avait laissé le temps de réfléchir, ses scrupules l'auraient peut-être fait changer d'avis, mais l'idée que toute résistance était inutile apaisa sa conscience.

IV

Mrs Linyard ne lisait pas souvent les journaux ; il était donc singulièrement frappant qu'elle s'approche de son mari un soir après le dîner, un exemplaire du *New York Investigator* à la main. Sa contenance conférait un caractère solennel à son acte : Mrs Linyard ne possédait qu'un nombre restreint mais caractéristique d'expressions, et elle avait à présent la même mine que le jour où le président de l'université était venu dîner.

— Vous ne m'aviez rien dit de ceci, Samuel, dit-elle avec un léger trémolo dans la voix.

— De quoi ? répondit le professeur, en rougissant jusqu'aux limites de sa calvitie.

— Que vous aviez publié un livre... Je n'en aurais jamais entendu parler si Mrs Pease ne m'avait apporté le journal.

Son mari astiqua ses lunettes et gémit :

— Oh si, vous en auriez entendu parler, dit-il d'un air sombre.

Mrs Linyard le regarda fixement.

— Aviez-vous l'intention de me le cacher Samuel ?

Et comme il ne répondait pas, elle ajouta avec une fierté irrépressible :

— Peut-être ignorez-vous les choses admirables qu'on en a dit ?

Il prit le journal d'une main réticente.

— Et Pease ? Qu'en a-t-il dit ?

— Le professeur ? Mrs Pease ne m'a pas dit qu'il en avait parlé.

L'auteur poussa un soupir de soulagement. Son livre, comme Harviss l'avait prédit, avait conquis le marché littéraire de l'automne : il l'avait conquis et captivé. L'éditeur avait dirigé la campagne comme un stratège expérimenté. Il avait complètement encerclé l'ennemi. Chaque journal, chaque périodique, avait une publicité pour *L'Élément vital* embusquée entre ses pages. Des semaines à l'avance, le commandant en chef avait commencé à former ses lignes de combat. Des allusions sur la portée capitale de l'ouvrage à paraître étaient apparues d'abord dans des revues scientifiques et littéraires, puis s'étaient étendues aux suppléments des quotidiens. L'attention du public était sollicitée en permanence : soixante-dix millions de personnes furent forcées de se rappeler au moins une fois dans leur journée que le livre du professeur Linyard était sur le point de paraître. Des brochures où on lisait : « Avez-vous lu *L'Élément vital* ? » s'échappaient des pages de romans en vogue et venaient blanchir les planchers des tramways bondés. La question, écrite en caractères énormes, assaillait le voyageur dans les kiosques à journaux des gares, le défiait depuis les murs des stations « aériennes » et on se demandait si à cette vitesse, elle n'allait pas bientôt supplanter les interrogations qui fleurissaient dans les campagnes sur les vertus du savon ou de l'encaustique.

Le jour de la sortie de son livre, le professeur s'était retiré dans son laboratoire. Le cri des annonceurs résonnait dans ses oreilles, mais lui n'avait qu'un désir : éviter à tout prix de prendre connaissance des événements qu'ils clamaient. Il était pris d'un accès de timidité, et si le chèque de Harviss avait été suffisant pour acheter toute la première édition de *L'Élément vital*, le professeur l'eût volontiers utilisé à cet effet. Mais il réalisa que la situation était inéluctable et il reçut l'exemplaire de l'*Investigator* que sa femme lui tendit, avec une sorte de curiosité impersonnelle. L'article sur son livre était long et contenait beaucoup de passages cités ; en les survolant, il se dit qu'ils rendraient bien dans un recueil de *Morceaux choisis*. Le critique commençait par remercier l'auteur « d'avoir fait retentir d'une voix assurée cette note d'optimisme chantant, de foi en la destinée de l'homme et dans la primauté du bien, trop longtemps étouffée par le chœur larmoyant d'un nihilisme décadent... Il est bon, continuait le journaliste, que ce ne soit pas le moraliste mais l'homme de science qui nous le rappelle... et que ce soit de l'atmosphère austère du laboratoire que s'élève ce glorieux cri de foi et de renaissance ».

La critique était minutieuse et exhaustive. Grâce, sans doute, aux manœuvres de Harviss, elle avait été confiée à l'homme le plus compétent de l'*Investigator*, et le professeur était surpris que les énormités qu'il avait écrites, maintenant qu'elles n'étaient plus entre ses mains, le défient avec tant d'audace. Maniées par le critique, elles avaient un air de vérité admirable, et leur auteur commençait à comprendre pourquoi Harviss eût regretté qu'elles fussent employées à des fins moins profitables.

L'*Investigator*, comme l'avait dit Harviss, « donna le ton », et les autres journaux suivirent, trouvant plus facile de laisser à leur homme à tout faire la tâche d'exécuter une variation sur le thème du premier critique, plutôt que d'engager un expert pour « refaire » le livre. Mais, à l'évidence, le professeur avait captivé son public, car l'ensemble des moyens dont la maison d'édition disposait ne pouvaient avoir à eux seuls, comme Harviss l'avait remarqué avec jubilation, conquis le cœur de la nation. Il y avait une certaine noblesse dans l'attitude de Harviss lorsqu'il minimisait son rôle et rappelait l'inutilité de soutenir un livre qui avait au départ un tel avantage.

— La seule chose que je te demande est d'admettre que j'avais prévu ce qui arriverait, dit-il avec une pointe de fierté professionnelle. J'étais sûr que tu avais trouvé le ton juste… et qu'on allait te citer du Maine à San Francisco. Aussi bon qu'un roman ? C'est mieux… Ton succès va perdurer.

— Le crois-tu ? demanda le professeur en tremblant légèrement.

Il s'était fait à l'idée d'un succès éphémère, et la pensée qu'il puisse durer lui faisait un peu peur.

— Et comment ! Vois-tu, tu entres dans toutes les catégories… La science, la théologie, l'histoire naturelle… et le côté « tout est pour le mieux » qui est tellement à la mode en ce moment. Tu es dans le même créneau que les séries *Comment se relaxer*, qui se vendent à plusieurs millions d'exemplaires. Et puis il y a tellement de tendresse dans ce livre… Tu as écrit des choses si charmantes sur les fleurs et les enfants. Je n'imaginais pas qu'un vieux barbon comme toi pouvait receler autant de sentiments cachés ! Tu vois, j'ai même eu la larme à l'œil en lisant le passage sur les perce-neige qui émergent de la terre gelée ; et ma femme disait l'autre jour que, depuis qu'elle a lu

L'Élément vital, elle commence à penser que tu devrais écrire la rubrique de *Joies quotidiennes* dans *Au coin du feu*.

À ces mots, il se mit à rire à gorge déployée et s'écria d'un air inspiré :

— Et, parbleu, mon vieux, lorsque tout ça commencera à retomber, on fera écrire des critiques hostiles, et on en vendra encore une centaine de milliers.

Et pour prouver qu'il y croyait, il signa un autre chèque au professeur.

V

En frappant à la porte, Mrs Linyard interrompit brutalement une dame qui priait avec insistance son mari d'accepter d'être pris en photo à sa table de travail pour le numéro sur Noël de *Au coin du feu*. Le professeur avait cru qu'il serait capable, dans pareille situation, de se montrer intransigeant ; mais le sourire inhabituel avec lequel il accueillit l'intrusion de sa femme montrait que ses défenses avaient commencé à faiblir. La dame de *Au coin du feu* comprit ce qu'il en était avec une promptitude toute professionnelle, et dit gaiement, alors qu'elle faisait claquer l'élastique de son cahier :

— Je me rappellerai à vous, professeur.

Les murmures de désapprobation qui suivirent son départ furent interrompus par la question de sa femme :

— Vous paie-t-on pour ces entretiens, Samuel ?

Le professeur la regarda avec un regain d'attention.

— Pas directement, dit-il, en se demandant à quoi elle pensait. Elle se laissa tomber dans un fauteuil et soupira :

— Indirectement, alors ?

— Qu'est-ce que cela peut faire, ma chère ? Je vous ai donné le second chèque de Harviss l'autre jour...

Il s'interrompit lorsqu'il vit qu'elle pleurait.

— Ne soyez pas trop dur avec lui, Samuel ! Je crois bien que votre succès lui a tourné la tête.

— Lui... Qui ça lui ? Mon succès... ? Expliquez-vous Susan !

— Rien... Seulement, Jack a... emprunté de l'argent... et il ne peut le rembourser. Mais n'allez pas croire que c'est uniquement de sa faute, Samuel. Depuis le succès de votre livre, il a reçu tellement d'invitations... Cela a quelque peu changé le statut des enfants. Millicent dit que, où qu'ils aillent, on leur demande s'ils sont de la même famille que l'auteur de *L'Élément vital.* Nous sommes bien sûr tous très fiers du livre ; mais il entraîne des obligations auxquelles vous n'aviez peut-être pas songé quand vous l'avez écrit.

Le professeur était à son bureau, les yeux fixés sur les lettres et les coupures de journaux qu'il avait réussi à préserver de l'appareil photo de *Au coin du feu.* Il saisit une enveloppe sur laquelle était inscrit le nom d'un hebdomadaire en vogue.

— Je ne suis pas sûr qu'*Au coin du feu* puisse nous être utile, dit-il, mais voilà quelque chose qui pourrait l'être.

Les yeux de Mrs Linyard s'éclairèrent d'une lueur de cupidité maternelle.

— Qu'est-ce donc Samuel ?

— Une série de *Sermons scientifiques* pour la rubrique *Veillée autour du gaz* du *Monde féminin*. Je crois que ce journal a un tirage plus important que les autres hebdomadaires et qu'il paie en proportion.

Il n'avait même pas demandé à combien s'élevaient les dettes de Jack. Il lui avait été si facile de soulager les dernières difficultés domestiques grâce aux chèques de Harviss qui tombaient toujours à point nommé, qu'il lui paraissait désormais naturel de se débarrasser de Mrs Linyard par des promesses de versements. Lorsque Harviss lui avait proposé de tirer parti de son succès en produisant un second volume du même genre, le professeur avait refusé avec indignation. Il s'était juré de n'accorder rien de plus qu'un soutien passif à l'imposture de *L'Élément vital* ; mais la tentation de se libérer de Mrs Linyard balaya ses derniers scrupules, et à peine une heure plus tard, il commençait déjà à travailler sur les *Sermons scientifiques*.

Le professeur n'était pas un homme cruel. Il aimait rendre sa famille heureuse ; et si, pour cela, il devait s'isoler, et en récompense avoir la paix, cela ne regardait après tout que lui. Mais le succès de *L'Élément vital* lui apporta davantage que cette satisfaction négative. Il élargit ses horizons et lui donna la possibilité de rencontrer d'autres personnes. Le professeur, durant les cinquante ans d'une vie vertueuse, n'avait eu connaissance que de deux types de femmes : les femmes tendres et stupides que l'on épousait, et les femmes sérieuses et intellectuelles que l'on n'épousait pas. Des deux, il préférait de loin les premières, y compris pour les plaisirs de la conversation. Mais il ignorait que la femme pouvait se prêter au jeu social ; et ce n'est qu'une fois que la vague de son succès l'eut déposé sur les rives de cet autre monde qu'il comprit les limites de sa typologie. Il apprit avec surprise l'existence d'une troisième catégorie : la femme tendre sans être stupide, intellectuelle sans être sérieuse. Le professeur n'inspirait pas et ne cherchait pas à inspirer des sentiments ; mais il s'épanouissait dans l'atmosphère chaleureuse et intime que certaines de ses nouvelles connaissances s'arrangeaient pour créer autour de lui. Il était charmant de parler de sujets sérieux dans une ambiance frivole, et d'avoir des conversations sur des sujets personnels hors du cercle familial.

Même dans ce monde nouveau, où tous les sujets étaient évoqués légèrement, et où seul un certain manque de discrétion constituait une indélicatesse, le professeur devait parfois supporter qu'on fasse allusion à son livre. Au début, il trouva cela désagréable ; mais peu à peu il prit l'habitude d'en entendre parler et de dire aux jolies femmes comment « l'idée lui en était venue ».

Dans le même temps, le succès de ses *Sermons scientifiques* contribuait à créer une bonne atmosphère familiale. Sa photo, parue dans *Au coin du feu*, et à laquelle la femme au cahier avait joint une interview pleine de vivacité, le fit connaître jusque dans des cercles que même *L'Élément vital* ne pouvait atteindre ; c'est ainsi que le professeur devint l'homme du moment. Il se fit vite aux exigences de sa nouvelle fonction, et se mit à donner des interviews à cent dollars sur tous les sujets, des grèves du travail au babisme, avec une fréquence qui fut très positive pour les finances de la famille. Peu de temps après, on vit son visage sur les pages publicitaires des magazines. Des lecteurs admiratifs découvrirent le nom de l'unique aliment de ses petits déjeuners, celui de l'encre qu'il avait utilisée pour écrire *L'Élément vital*, du savon avec lequel il se lavait les mains, et de la potion énergisante qui lui permettait de poursuivre ses efforts. Ces confidences gagnèrent au professeur l'affection de millions de lecteurs, et sa tête passa, comme on devait s'y attendre, des magazines et des journaux aux boîtes de biscuits et de chocolats.

VI

Le professeur, durant tout ce temps, menait une double vie. Pendant que l'auteur de *L'Élément vital* cueillait les lauriers de l'assentiment populaire, le microscopiste distingué poursuivait ses travaux en laboratoire, à l'insu de tous sauf des chercheurs de sa spécialité. Jusque-là, sa double allégeance n'avait pas nui à la qualité de son travail : il avait l'impression de retourner au laboratoire avec davantage d'énergie après un après-midi passé dans un salon autour d'un thé, où la lecture de *L'Élément vital* avait alterné avec des mélodies du Sud. Cela faisait longtemps qu'il ne se souciait plus de ce que ses collègues pensaient de sa carrière littéraire. Parmi ceux qu'il fréquentait, aucun n'avait mentionné *L'Élément vital,* et il les connaissait assez pour savoir que leur silence pouvait aussi bien être un signe d'indifférence que de désapprobation. Ils se passionnaient pour les idées du professeur sur les coléoptères, mais ils ne se souciaient guère de ses théories sur le Tout-Puissant.

Le professeur partageait tout à fait leurs sentiments, et s'il cultivait le succès que le hasard lui avait offert, c'était parce qu'il lui permettait d'acheter des instruments utiles pour ses recherches sérieuses. Il savait ce que c'était que de manquer de livres et d'instruments ; *L'Élément vital* était pour lui la baguette magique qui les avait fait apparaître. Depuis un moment déjà il tâtonnait, et se trouvait presque sur le point de faire une découverte ; il s'avançait en équilibre, avec une adresse d'expert, sur une planche d'hypothèses jetée au-dessus d'un gouffre d'incertitude. Les résultats qu'il avait obtenus étaient le fruit d'années de patience et de travail, passées à rassembler des preuves ; il faudrait encore plusieurs mois pour les classer et faire en sorte qu'elles corroborent. Mais la victoire pointait déjà à l'horizon. Le professeur sentait avec certitude qu'il trouverait la solution ultime qui, une fois découverte, donnait à l'homme de science l'impression que la vie n'était que la simple virgule séparant l'axiome du résultat. Mais il en était à un stade où ses conjectures avaient besoin d'être formulées. C'était seulement en les exprimant, en les exposant aux commentaires et aux critiques de ses collègues, qu'il pourrait tester leur valeur définitive ; et le seul ami qu'il avait mis dans la confidence le conforta dans cette décision.

Il s'agissait du professeur Pease, le mari de la dame qui avait révélé à Mrs Linyard le triomphe de *L'Élément vital* ; c'était lui le dépositaire des expériences scientifiques de Linyard. Il n'avait jamais fait part de son avis personnel sur *L'Élément vital* ; et il était capable d'exclure de sa pensée de si vastes domaines qu'il était assez possible que cet ouvrage si répandu ne l'eût pas encore atteint. Dans tous les cas, ce livre ne risquait guère d'influencer son opinion sur les aptitudes professionnelles de son auteur.

— Tu devrais mettre tout ça dans un livre, Linyard, résuma le professeur Pease. C'est sacrément bon ; mais tu t'en rendras mieux compte si tu l'exposes à d'autres. Suis mon conseil… Abandonne tout le reste et mets-toi au travail dès demain. Et puis il est grand temps que tu écrives un livre !

« Et puis il est grand temps que tu écrives un livre ! » Ces mots causèrent au professeur un mélange de peine et de ravissement : il en aurait pleuré ! Mais l'autre phrase de son ami lui rappela brusquement Harviss : « C'est sacrément bon ! » C'était la première chose que l'éditeur avait dit à propos de *L'Élément vital*. Et pourtant, il y avait un monde entre ces deux phrases ! Dans ce monde, les puissances alliées du professeur livreraient leur combat final ; or, pour le moment, il n'avait aucun doute quant à l'issue finale.

— Parbleu, je vais le faire, Pease ! dit-il en tendant la main à son ami.

Le lendemain, il se rendit en ville pour voir Harviss. Il voulait lui demander une avance sur la réédition bon marché de *L'Élément vital*. Il avait décidé d'abandonner une série de conférences à l'université, et de consacrer un an à la rédaction de son livre. Pour cela, des fonds supplémentaires étaient nécessaires ; et grâce à *L'Élément vital*, il les obtiendrait.

L'éditeur le reçut aussi cordialement qu'à l'habitude ; mais la réponse qu'il fit à sa requête ne fut pas aussi rapide qu'elle avait pu l'être dans le passé.

— Bien sûr nous aimerions te rendre service, Linyard ; mais il se trouve que nous avons décidé d'abandonner l'idée d'une réédition pour l'instant.

— Vous avez renoncé à la réédition ?

— Eh bien, oui... Nous avons fait beaucoup pour *L'Élément vital*, c'est maintenant à ton tour de faire quelque chose.

Le professeur le regarda d'un air ébahi :

— Que puis-je faire ? demanda-t-il. Que puis-je faire de plus ?

— Eh bien, donne-lui un second souffle en écrivant quelque chose d'autre. On n'a pas encore découvert le secret du mouvement perpétuel, tu sais, et il y a une loi en littérature qui veut que les livres qui ont eu un succès immédiat aient tendance à s'essouffler plus vite que ceux qui se sont traînés. On a tenu *L'Élément vital* en haut de l'affiche pendant dix-huit mois... mais, que veux-tu, il n'est plus aussi vital qu'avant. On ne pouvait pas s'en sortir avec une nouvelle édition. Oh, je ne dis pas que le livre est totalement mort... Mais il est moribond, et tu es la seule personne capable de lui redonner vie.

Le professeur avait toujours les yeux fixes :

— Moi... Mais que puis-je faire ?

— Faire ? Eh bien, tu peux en écrire un autre encore mieux ! Tu connais bien les ficelles maintenant. Le public ne s'est pas du tout lassé de toi. Mais il faudrait que tu fasses parler de toi avant de te faire doubler par quelqu'un d'autre. Écris un autre livre... Écris-en deux, et on les vendra en coffret : la « *Série l'Élément Vital* » ! Ça marcherait très bien pour les vacances. Essaie de nous fournir un nouveau volume pour octobre... Je serais ravi de te faire une avance importante si tu acceptes de signer un contrat sur ce projet.

Le professeur ne disait mot ; l'ironie de la coïncidence était trop cruelle.

Harviss leva les yeux vers lui d'un air surpris.

— Eh bien, pourquoi hésites-tu ?... Tu ne te retires pas du monde des lettres, dis ?

Le professeur se leva de sa chaise.

— Non, j'y entre, se contenta-t-il de dire.

— Comment ça ?

— Je vais écrire un vrai livre... un livre sérieux.

— Mon Dieu ! La plupart des gens trouvent que *L'Élément vital* est déjà un ouvrage sérieux.

— Oui... mais je songeais à quelque chose d'autre.

— Dans tes cordes... scarabées et compagnie ?

— Oui, répondit le professeur d'un ton solennel.

Harviss le regarda du même air grave.

— Eh bien, c'est dommage, dit-il, car tu sors de notre ligne éditoriale. Mais j'imagine que tu t'es fait assez d'argent avec *L'Élément vital* pour t'autoriser ce genre de petit amusement sans conséquence. Quand tu auras besoin de fonds, viens nous voir... Seulement, ne tarde pas trop, ou quelqu'un d'autre t'aura remplacé. Le succès ne dure pas, tu sais ; et plus il a été important, plus il s'éteint vite.

Il se rejeta en arrière, joyeux et sentencieux, prodiguant ses axiomes avec une gentillesse délibérée. Le professeur, qui s'était levé et se dirigeait vers la porte, se retourna d'un air hésitant :

— Pour quand as-tu dit que tu voulais le prochain volume ? bredouilla-t-il.

— J'avais dit en octobre... mais disons en novembre. Maintenant tu n'as plus besoin d'être lancé.

— Et... Tu ne vois pas d'objection à me laisser une petite avance dès maintenant ? J'ai besoin de nouveaux instruments pour mes travaux sérieux.

— Cher ami, bravo !... Attends donc pendant que je rédige le chèque ; et disons que nous commençons à travailler sur l'édition bon marché de *L'Élément vital* en même temps, si tu promets de nous remettre le manuscrit en novembre... Combien ? demanda-t-il, en équilibre au-dessus de son chéquier.

Dans la rue, le professeur regarda autour de lui d'un air hagard et un peu ébahi.

« Après tout, ça ne repousse que de six mois, se dit-il, et je ferai du meilleur travail quand j'aurai mes nouveaux instruments. »

Il sourit et adressa un petit signe à une victoria qui passait dans la rue ; à la dame qui était à l'intérieur, il avait dédicacé l'exemplaire de *L'Élément vital* par ces mots :

Labor est etiam ipsa voluptas[1].

Titre original : *The Descent of Man (Scribner's Magazine,* mars 1904)

1. « Le travail est un plaisir en soi » (*NdT*).

Les réfugiés

I

Le 8 septembre 1914, Charley Durand, debout, désemparé, clignait des yeux derrière ses lunettes en regardant la multitude des fuyards que le train de Folkestone venait de déverser sur le quai de Charing Cross. Il se rendit compte que ses verres, d'ordinaire toujours nets, étaient légèrement embués. La lente torture de ces heures de voyage en compagnie de cette foule de malheureux auxquels il s'était trouvé mêlé sur l'appontement à Boulogne avait été par trop longue, abominable et éprouvante moralement.

Charley Durand, professeur de littérature romantique dans une université de la côte Ouest avait passé les premières semaines d'un congé sabbatique bien mérité à se promener en Flandres et en Belgique et, le jour fatidique du 2 août, il s'était trouvé à Louvain où, quelques années auparavant, il avait reçu un titre universitaire. Il avait alors quitté la Belgique, et, profondément perturbé par l'effondrement de ses projets, était parti calmer ses nerfs dans un coin perdu de Normandie où il avait passé les semaines suivantes à essayer de se convaincre que la guerre serait bientôt finie.

Il n'avait pas un cœur naturellement dur et ne cherchait pas à se tenir à l'écart mais toute cette affaire était contraire à sa conception de l'univers ; et il sentait que son esprit éreinté était, à ce moment-là, incapable de s'adapter rapidement à la situation et qu'il lui faudrait du temps pour se remettre d'aplomb. Par ailleurs, sa conscience lui dictait de rentrer sain et sauf pour accomplir la tâche qui lui permettait tout juste de subvenir aux besoins de sa mère et de ses deux sœurs. Il avait versé les quelques francs qui lui restaient à des caisses de secours dont les appels étaient parvenus jusqu'à son coin perdu. Et alors que tout le monde disait que ces affreux événements dureraient jusqu'en novembre, il décida qu'il serait plus prudent de s'enfuir à Londres, de s'y loger modestement et de s'enterrer au British Museum.

Par un hasard fortuit, cette décision avait coïncidé avec l'écrasement de Louvain et de Malines. La nouvelle de l'avancée rapide des Allemands n'était pas arrivée jusqu'à lui, mais à Boulogne il s'était retrouvé au cœur du tourbillon des réfugiés, ballotté avec eux comme s'il avait été des leurs, jeté sur le même bateau, traité avec compassion et fermeté par les responsables exténués à Folkestone, comprimé dans un recoin de l'interminable train ; puis de secourables anges aux talons hauts et au nez poudré lui avaient tendu du pain et du chocolat qu'il avait timidement fait passer aux quinze autres voyageurs hébétés qui s'entassaient dans son compartiment.

Son premier instinct avait été de s'en retourner pour fuir ce spectacle à tout prix. Mais ses bagages étaient déjà enregistrés et il n'avait pas le courage de les abandonner. De plus, un léger boitement congénital rendait la fuite presque impossible, dans de telles circonstances. Aussi, après qu'un réfugié eut écrasé son pied estropié, se résigna-t-il à se laisser porter par cette marée humaine jusqu'au bateau.

Une fois à bord, il s'empressa de s'isoler derrière une cheminée, dans un espace irrespirable, empestant l'huile et la vapeur, tandis que les réfugiés, qui se fondirent en un magma compact et vivant, s'abandonnèrent à un mal de mer unanime. Le trajet vers Londres lui offrit l'occasion de les côtoyer d'un peu plus près. C'était abominable de passer trois mortelles heures, avec, sur les genoux, un petit garçon que personne ne réclamait, et en face de soi, une femme au visage impassible avec un bébé braillard dans les bras, quand on ne pouvait rien leur proposer de plus que les restes de son pain et de son chocolat. La présence de cette femme et de son enfant était déjà atroce ; mais paradoxalement, ils étaient peut-être moins émouvants que la pauvre petite créature blonde aux longs gants souillés qui, les yeux fixés droit devant elle, gémissait : « Mes fourrures ! Ah ! Mes fourrures ! » Le spectacle le plus épouvantable restait celui du vieux monsieur à l'autre bout du compartiment, ce vieux monsieur au costume râpé et noir de professeur, immobile et dont le visage était semblable aux bustes de cire que l'on trouve sur les rayons des bibliothèques d'université. C'était le visage même de la condition de Durand, de sa profession, et il lui sembla qu'il ne pouvait le contempler sans exposer son système nerveux à quelque péril. Il fut soulagé que le vieux monsieur ne lui adressât pas la parole et se contentât de refuser, par un signe de la main, le sandwich que Durand, mal à l'aise, lui avait tendu. Il fut heureux d'échapper à toute tentative de conversation soutenue avec les autres par un léger bégaiement que l'agitation ne manquait jamais d'accentuer. Ce refuge ne le préserva cependant qu'assez peu de l'horreur du trajet jusqu'à Londres.

Sur le quai à Charing Cross, il se tenait immobile et cherchait à protéger sa jambe estropiée et à prendre le moins de place possible tandis qu'il attendait que le flot s'écoulât et se canalisât. Il ne pouvait rien faire pour ces pauvres diables ; il se le répétait sans que cela lui offrît le moindre réconfort. Il leur avait déjà donné presque tout l'argent qu'il lui restait, ne gardant que ce qu'il lui faudrait pour s'offrir quelques semaines de frugalité dans un garni crasseux dont on lui avait parlé, près de Bedford Square. Pour l'heure il ne pouvait rien faire d'autre que de prendre le moins de place possible jusqu'à ce qu'une trouée dans la foule lui permît, clopin-clopant, de gagner la liberté. Mais cela pourrait prendre une heure encore et, en attendant, désemparé, il regardait cette scène à travers les verres embués de ses lunettes.

Autour de lui, s'étalait la masse stagnante des réfugiés, à travers laquelle et presque au-dessus de laquelle se faufilaient, se précipitaient, ricochaient et s'entrecroisaient les escadrons de la bienfaisance. Partout l'on voyait des personnes portant insignes, philanthropes des deux sexes et de tous âges qui triaient, dirigeaient, exhortaient, se contredisaient et criaient « oui, oui » et « oh, no ! » et « par ici, s'il vous plaît, oh dear ! comment dit-on « par ici » en français » et « je vous demande pardon mais cette chaufferette appartient à la *mater* » ; ils amplifiaient ainsi, avec application et par tous les moyens dont dispose la philanthropie, la détresse et le désarroi de leurs victimes.

Durand vit le vieux professeur passer seul, comme protégé par sa silencieuse dignité. Il vit d'autres visages affligés dont la détresse tenait la bienveillance en respect. Une ou deux vieilles dames, toutes droites, les cheveux lisses, soigneusement chapeautées de noir, le touchèrent plus que les hirsutes et une véritable angoisse le saisit à la vue d'une mère s'arrêtant pour redresser le col de son petit garçon.

Soudain il sentit une main timide se poser sur son bras.

— *Ah, Monsieur, je vous en prie, venez*[1] *!* Venez donc !

Il entendit une voix flûtée et aiguë et vit le visage d'une vieille dame menue, si frêle, sèche et diaphane, avec ses vêtements flasques et incolores, qu'elle lui fit penser à une vieille mite de l'année dernière, comme celles que l'on fait tomber en secouant les rideaux d'une chambre inoccupée.

1. Les mots ou expressions en italique sont en français dans le texte (*NdT*).

— *Je vous en prie !* répéta-t-elle en insistant plaintivement sur le dernier mot. Ces inflexions n'étaient pas tout à fait françaises ; il supposa qu'il s'agissait de quelque variété de wallon provincial mais il se demanda pourquoi cela ressemblait si peu à ce qu'il entendait autour de lui.

Un être aussi minuscule et apprivoisé ne pouvait avoir l'air plus effarouché. Des larmes coulaient sur ses joues délicates et sa main gantée serrait convulsivement la manche de Durand. « *Mais oui, mais oui* », s'entendit-il dire d'une voix rassurante. Son inquiétude disparut et, tandis que le professeur faisait glisser le gant de coton sous son bras, la joue pâle et ridée finit d'absorber ses larmes.

« Visiblement, il y en a beaucoup qui veulent qu'on les laisse tranquilles, mais en voilà une qui veut qu'on s'occupe d'elle », pensa-t-il ; cette découverte lui procura une étrange satisfaction et il se laissa entraîner doucement par le bras.

Il était de nature réservée et la compassion, loin de le rendre expansif, contractait en général ses facultés au point de le rendre lâche ; mais les scènes dont il avait été témoin dépassaient de si loin ce qu'il connaissait de la misère humaine que les barrières de son doux égotisme avaient cédé, et il se trouva soudain heureux et presque fier d'avoir été choisi comme sauveur. Il comprit le désir passionné de chaque sauveteur d'obtenir un réfugié et, triomphant de tous ses rivaux, de l'emporter avec lui. Pendant que son esprit alerte faisait un rapide calcul mental, il serra plus fort le bras de la vieille dame et marmonna :

— Ils ne me l'enlèveront pas, dussé-je pour cela vivre de pain sec !

Au bras de la vieille dame, fort touchante dans son rôle de victime, il lui fut plus facile de se frayer un passage dans la foule, et il repoussa avec force toutes les tentatives que firent de braves bandits de grand chemin pour lui ravir son lot, qui le secondait adroitement dans cette tâche.

— Non, non, non ! répéta-t-elle en anglais, d'une voix flûtée et douce ; elle resserra son étreinte et il fit de même. À ce moment-là, il s'aperçut qu'elle avait remarqué son boitement et que, de sa main libre, elle donnait de petits coups féroces dans le dos et les côtes de ceux qui obstruaient leur passage.

— En plus vous boitez. *Est-ce eux ?* murmura-t-elle à nouveau en français.

— Eh oui, mais ils ne l'ont pas fait exprès, répondit-il vaillamment.

— Les sauvages ! Je n'aurais jamais de tels sentiments pour eux, mais c'est noble de votre part, chuchota-t-elle.

L'inconséquence de cette férocité à l'encontre de ses compagnons de souffrance lui parut empreinte de fraîcheur féminine. Comme la plupart des hommes timides, il était ébloui par les femmes déraisonnables. Vous souffrez beaucoup ? continua-t-elle quand ils arrivèrent dans la rue.

— Oh non, pas du tout. J'espère que vous... L'ennui c'est que...

Il s'interrompit ; une difficulté qu'il n'avait pas prévue surgit.

— Qu'est-ce qui ne va pas ? soupira-t-elle, sa petite tête penchée vers lui.

— En fait… je ne connais pas Londres… ni l'Angleterre d'ailleurs… *jamais été,* confessa-t-il, mélangeant les deux langues dans l'espoir vain de s'exprimer aisément.

— Mais bien sûr, c'est normal. Faites-moi confiance.

— Ah, alors, vous connaissez ?

Quelle chance d'avoir trouvé une réfugiée qui s'occuperait de lui ! Sur-le-champ, il lui voua la moitié de ses biens terrestres. Mais elle était occupée à appeler un *cab* et ne répondit pas.

— Vous n'avez pas d'autres bagages ?

Un porteur les avait suivis. Il sentait qu'il aurait dû lui demander si elle-même possédait des bagages, mais il n'osa le faire, craignant une réponse tragique. Il supposa qu'elle n'avait rien pu emporter d'autre que son manteau miteux et son petit sac cabossé qui battait contre ses côtes depuis qu'ils se donnaient le bras.

— Quelle chance d'avoir pu sauver autant de choses, soupira-t-elle tandis qu'on hissait à grand-peine ses sacs et ses boîtes sur le toit du *cab*.

— C'est vrai, surtout dans un tel chaos, opina-t-il.

Il se demanda si ce n'était pas un peu osé qu'elle ajoutât :

— Je suppose que vous n'avez pas apporté votre matelas ? Cela n'a aucune importance, d'ailleurs. Montez vite ! s'écria-t-elle tout à coup en le poussant dans le *cab* ; elle y grimpa à son tour, claqua la porte et dit :

— Voilà ma belle-sœur, un vrai rapace, je ne veux pas qu'elle nous voie.

Elle souleva le vantail et cria un nom inconnu de son compagnon, mais auquel le cheval et le conducteur réagirent aussitôt. Durand s'enfonça dans son siège sans mot dire. Il était perplexe et déconcerté ; les dernières paroles de sa compagne l'avaient heurté : « Ma belle-sœur, un vrai rapace. » Alors, les réfugiés aussi, les pauvres, étaient déchirés par les mêmes jalousies que les heureux de ce monde ? On disait que le chagrin adoucissait les cœurs, mais apparemment, en d'aussi monstrueuses quantités, il avait l'effet contraire. Il avait remarqué pendant le voyage les symptômes de cette défiance réciproque entre les créatures du troupeau. Rien de plus normal, bien sûr, mais il aurait aimé que sa petite réfugiée n'eût pas trahi cette faiblesse. La pensée de la belle-sœur qu'ils abandonnaient et qui était peut-être aussi désemparée et désespérée que sa protégée lui arracha un bégaiement de protestation :

— Ne... ne faudrait-il pas l'emmener avec nous ? Ne vaudrait-il pas mieux faire demi-tour ?

— Pour Caroline ? oh non, *non*, non, s'écria-t-elle dans toutes les langues. *Cher Monsieur*, s'il vous plaît. Elle est certaine d'en trouver, et en quantité.

Ah, c'était donc de la jalousie à l'égard de la belle-sœur préférée qui était sans doute plus jeune et plus belle et pour qui des sauveteurs rivaux s'étaient battus, tandis qu'elle, la pauvre, avait dû s'en trouver un elle-même. Eh bien, Durand ne l'aurait pas échangée contre une beauté. Elle qui était si frêle, si fragile et si attendrissante ; un bien petit vaisseau pour porter un si grand malheur.

Soudain, il repensa avec étonnement que c'était elle qui avait donné l'ordre au chauffeur. Il était de plus en plus perplexe et eut honte de son incompétence manifeste.

— Où allons-nous ? bafouilla-t-il.

— Prendre le thé… nous avons tout le temps… je vous assure. Je meurs de faim.

— Moi aussi, reconnut-il, ajoutant à part lui : « La pauvre enfant, je vais lui donner de quoi manger et ensuite, nous aviserons. »

Ah, si seulement il n'avait pas déjà donné tout son argent, à l'exception de ses quelques derniers shillings ! Jamais son indigence ne l'avait autant humilié. De quel droit prétendait-il aider une réfugiée ? La seule chose qu'il pouvait faire c'était régler le *cab* et lui offrir un thé. Et après ? Une peur moite le gagna et il maudit la lâcheté qui l'avait empêché de lui dire dès le début de choisir quelqu'un d'autre. Et si personne n'avait voulu d'elle ? se dit-il, regardant à la dérobée son petit profil pointu et les pâles mèches de ses cheveux sous son foulard chiffonné. Elle était complètement insignifiante et il en déduisit qu'il avait sans doute été son ultime recours. Et si elle s'avérait être le sien ? Il se souvint avoir entendu dire que certains réfugiés aisés avaient réussi à emporter avec eux leur fortune et il se mit à envisager la possibilité saugrenue de se voir offrir un poste rémunéré par cette créature effrayée et si déterminée à ne pas le laisser partir. « Si seulement je connaissais Londres, pensa-t-il à regret, peut-être aurais-je pu travailler pour elle. Le plus étrange, c'est qu'elle-même semble connaître la ville. »

Ils ne parlaient pas, trop absorbés par leurs émotions. C'était certainement une étrange manière de découvrir Londres, mais il était ravi de se déplacer au pas d'un cheval plutôt qu'à l'allure d'une voiture à moteur qui lui aurait fait traverser trop vite les sensations qui l'envahissaient.

— Trafalgar Square, oui exactement, vous êtes fort ! *Les Lions de Milord Nelson*, expliqua-t-elle.

Ils poursuivirent leur chemin et passèrent devant des palais et des parcs.

— *Maison du Grand Duc. Arc de triomphe de marbre*, l'informait-elle au fur et à mesure, avec une voix semblable au bourdonnement d'un moucheron dans un mégaphone. Il se tenait penché en avant et admirait, oublieux d'elle et de lui-même, tout abandonné à l'extase de la découverte. Dans la brume mordorée de l'automne, Londres lui apparut, plus majestueuse et plus prospère que dans ses rêves les plus somptueux.

II

Le *cab* s'arrêta et ils entrèrent dans un modeste salon de thé, assez peu achalandé.

— Je voulais m'éloigner de cette horrible foule, expliqua-t-elle, et elle tira son foulard en arrière tandis qu'ils prenaient place à une table sur laquelle étaient disposés des serviettes rouges et blanches et un bol de sucre en porcelaine anglaise.

— Des crumpets, beaucoup de crumpets et de la confiture, ordonna-t-elle à une jeune fille dédaigneuse, coiffée d'une charlotte, qui partit d'un pas indolent porter la commande au fond de la salle.

Durand, assis, ne disait mot, dépassé par les événements. Du thé, des crumpets, tout cela était très bien, mais que ferait-on après ?

Il sentit qu'il serait mufle de prolonger ce silence et il se pencha au-dessus de la théière métallique. Au même moment, sa protégée se pencha elle aussi en avant et ils dirent en chœur :

— Où étiez-vous quand elle a été déclarée ?

— À Louvain, répondit-il ; et elle frémit.

— Louvain, quelle horreur !

— Et vous, madame ?

— Moi, à Bruxelles.

— Quelle horreur ! répondit-il, en écho.

— Oui, dit-elle, les yeux emplis de larmes, j'avais là-bas de si bons amis.

— Ah, bien sûr, naturellement.

Elle servit le thé et lui tendit une tasse. La serveuse hautaine revint avec des crumpets dégoulinants ; Durand crut voir une manne baignant dans le nectar. Il but son thé d'un trait comme si c'était un verre de champagne et le courage se mit à couler dans ses veines. Jamais, il n'abandonnerait l'innocente créature qui lui avait fait confiance ! Qu'on ne vienne pas lui dire qu'un homme capable, avec de la cervelle et de l'éducation ne pouvait pas, dans une grande ville comme celle-ci, gagner assez d'argent pour subvenir à ses besoins et à ceux de ce pauvre moineau.

Le moineau aussi avait vidé sa tasse et la pointe de rose qui colorait ses joues effaça les rides que peut-être l'anxiété seule avait creusées. Il commença à se demander si finalement elle dépassait de beaucoup la quarantaine. Quelle drôle d'idée, à son âge, de qualifier de vieille dame une femme de quarante ans !

Soudain, il s'aperçut que le sentiment de sécurité, associé à la chaleur du thé et des crumpets agissait sur la constitution famélique de sa compagne comme un dangereux stupéfiant et qu'elle allait bientôt tout lui raconter, ou du moins presque tout. Elle se pencha vers lui, les coudes sur la table, tenant les gants qu'elle venait d'ôter de ses fines mains nerveusement serrées sous son menton. Il vit qu'elle portait un gros saphir au doigt.

— Vous ne pouvez pas imaginer... vous ne pouvez pas imaginer à quel point je suis heureuse ! bafouilla-t-elle, les yeux emplis de larmes.

Un sentiment de gêne l'empêcha de parler ; c'est elle qui poursuivit :

— Voyez-vous, j'avais complètement perdu espoir, complètement. Je croyais que jamais personne ne voudrait de moi. À la maison, ils me disaient tous cela, mes nièces, tout le monde. Ils me torturaient avec ça.

Elle s'interrompit et lui jeta un coup d'œil suppliant :

— Vous comprenez l'anglais, non ?

Il hocha la tête, plus perplexe encore et elle poursuivit :

— Ah, alors c'est bien plus simple. Nous pouvons bavarder ! Oui... nous avons encore deux heures avant le départ du train... Ma conversation ne vous ennuie pas ? Vous allez me laisser vous dire ce que j'ai sur le cœur ? Il le faut !

Elle posa son doigt griffu sur sa gorge et ajouta :

— Cela fait des semaines que j'étouffe d'envie.

Le rouge monta au front de Durand qui était mal à l'aise. Ses brèves expériences sur le continent lui avaient appris qu'avec les étrangères, il fallait se méfier. Après tout, il n'était pas un monstre et déjà plusieurs dames avaient essayé de le lui prouver. Il avait eu une aventure à Louvain alors qu'il rentrait à son hôtel après avoir dîné avec le conservateur des collections préhistoriques ; c'était une histoire à laquelle il ne pouvait repenser sans avoir l'impression de se trouver dans des bains turcs où il n'y aurait pas de pierre en marbre sur laquelle aller se rafraîchir. Mais avec cette dame-ci ! Il faisait erreur, sans aucun doute, et il en rougit de nouveau.

— Ils se moquaient tous de moi, Caroline, mes nièces, tout le monde me raillait. Ils me disaient que cela ne servait à rien d'essayer. Comment réussirais-je, moi, quand elles, elles avaient échoué ? Jusqu'à maintenant, Caroline elle-même n'est arrivée à rien, alors qu'elle est terriblement déterminée. Et bien sûr, c'est toujours beaucoup plus facile pour une femme mariée, n'est-ce pas ? lui lança-t-elle, avec un regard inquiet, tandis que le sien se dissimulait derrière la barrière protectrice de ses lunettes.

Plus facile pour une femme mariée ! Après tout, peut-être ne se trompait-il pas. Il avait évidemment entendu dire que c'était dans les plus hautes sphères de la société que la morale était la plus accommodante.

— C'est absolument exact, dit-elle, comme si elle répondait à ses craintes, les jolies jeunes femmes nous prennent tout. Il n'y a là rien de nouveau, il en a toujours été ainsi. Je ne sais pas comment elles ont fait, mais on m'a dit qu'elles étaient sur place lors du premier arrivage de réfugiés. J'ai cru comprendre que la jeune duchesse de Bolchester et lady Ivy Trantham étaient à Folkestone avec toutes les voitures à moteur de Trantham et, depuis ce jour-là, bien que tous nos noms soient sur la liste du gouvernement, à Lingerfield personne n'a été ne serait-ce que contacté par le comité. Je n'en pouvais plus, alors j'ai dit que j'irais moi-même en ville attendre à la gare et me saisir d'une de ses pauvres créatures avant qu'une de ces femmes sans scrupule ne lui mette la main dessus, c'est là qu'elles m'ont dit que c'était bien mon genre d'aller me donner inutilement en spectacle. Et puis finalement, Caroline s'est échappée en douce, après moi, sans rien dire à personne, et elle aussi se donnait en spectacle. Et quand je l'ai vue, elle n'avait apparemment pas obtenu ce qu'elle voulait, car elle courait dans tous les sens, seule et avec l'air aussi hystérique que le jour des soldes chez Harrod's. Caroline est très dépensière et se moque de combien elle débourse ; mais elle n'arrive jamais à se décider entre deux bonnes affaires ; elle se précipite à droite, à gauche, comme une folle, jusqu'à ce qu'il soit trop tard. Ah ! mais quelle humiliation pour elle de rentrer au château sans le moindre réfugié !

Elle s'interrompit avec un petit rire de triomphe et essuya ses larmes.

Charley Durand ne dit mot. Le crumpet était tombé de sa fourchette et son thé virait au gris mais de si menus malheurs ne franchirent pas le seuil de sa conscience.

— Je ne... je ne... comprends pas, commença-t-il, mais au moment où il prononça ses mots, il sentit qu'il comprenait.

C'était clair comme le jour, ils s'étaient mutuellement pris pour des réfugiés et elle s'était empressée de lui proposer avec fougue l'aide que lui-même tentait désespérément de lui offrir.

— Bien sûr c'est normal, j'explique si mal. On me l'a toujours dit. Et moi qui vous demande si vous avez emporté votre matelas, par exemple... ce que vous avez dû vous imaginer ! Mais à vrai dire, je m'étais mis dans la tête que vous seriez une de ces pauvres femmes en bonnet qui prisent du tabac, qui renversent tout et qui, quand elles voyagent, emportent toujours avec elles leur matelas et une casserole. À Lingerfield, elles disaient toutes : « Tu auras de la chance si tu trouves ne serait-ce qu'une vieille sourde ! » Donc je m'étais arrangée pour vous donner, enfin pour lui donner, une des pièces du cottage de la receveuse des postes, où j'ai fait installer un vieux châlit, celui dans lequel la mère du cocher du vicaire est morte, et dont il a fallu brûler le matelas. Alors que vous, bien sûr, vous venez à moi, enfin au cottage, avec moi. Et je ne vous ai même pas dit où il se trouve, ni qui je suis ! Mon Dieu, que je suis bête, mais voyez vous, Kathleen, Agatha et ma belle-sœur disaient toutes « Évidemment, la pauvre Audrey ne trouvera jamais personne » et pourtant la chambre est prête depuis des semaines, il ne manque que le matelas... et même la femme du vicaire commence à en plaisanter avec mon frère. Ah oui, je suis la sœur de lord Beausedge... Vous l'ai-je dit ?

À bout de souffle, elle s'interrompit puis, l'air embarrassé, elle ajouta :

— Je crois que, de toute ma vie, je n'ai jamais parlé aussi longtemps.

Il en était persuadé, car comme elle déversait sur lui sa confession, il avait eu l'impression qu'il écoutait non une pipelette mais l'explosion soudaine d'une femme timide qui, par manque d'auditeurs, avait presque perdu la faculté de s'exprimer. Que d'arriérés d'aveux ne devinait-on pas dans le torrent de ses phrases hachées ; c'en était même douloureux.

— Vous ne pouvez pas imaginer, reprit-elle comme si elle avait perçu sa sympathie, à quel point tout sera changé pour moi à la maison... que ce soit moi qui revienne avec le premier réfugié... et que ce soit... quelqu'un... enfin quelqu'un comme vous.

Elle rougit davantage et se perdit à nouveau dans la conscience mortifiée de son incapacité à se faire comprendre.

— Eh bien, quoi qu'il en soit, s'écria-t-elle, je m'appelle Audrey Rushworth, et je ne suis pas mariée.

— Moi non plus, dit son hôte le sourire aux lèvres.

Comme le voulait la coutume américaine, il chercha à tâtons une carte à lui tendre. C'était indécent d'entretenir le malentendu plus longtemps ; et il se dit qu'il pourrait ainsi lui montrer qu'elle avait fait erreur. Il lui en tendit une, et ce faisant il s'aperçut, mais il était déjà trop tard, qu'il s'agissait d'une de ces cartes qu'il avait prétentieusement fait graver en français à l'occasion de ses voyages en Europe et où l'on lisait : Charles Durand, professeur de littérature romantique à l'université de La Salle, docteur ès lettres de l'université de Louvain.

Elle parcourut la carte et lui jeta un regard empreint de révérence.

— *Monsieur le professeur ?* Je ne m'en étais absolument pas doutée ! Mais je suppose que j'aurais dû le deviner tout de suite, j'espère que vous ne trouverez pas Lingerfield affreusement ennuyeux, puis elle ajouta comme à regret : on dit que mes nièces sont plutôt intelligentes.

Le professeur de littérature romantique était fasciné par les conséquences de son dernier impair. C'était la main du destin elle-même qui lui avait fait piocher cette carte. Et à supposer qu'il aille à Lingerfield avec elle, juste pour voir comment c'était ? Il avait toujours rêvé de voir une gentilhommière anglaise et apparemment, Lingerfield était un beau domaine. Il tenta de se défaire de cette idée folle et se dit « Je vais la conduire à la gare et disparaître dans la foule, c'est ce qui semble le plus facile. »

— Elles sont trois... Agatha, Kathleen et Clio. Mais vous nous trouverez tous désespérément ennuyeux, l'entendit-il répéter.

— Certainement... enfin certainement pas, bien sûr, comment le pourrais-je ? parvint-il à bafouiller.

Cette phrase ressemblait tellement à celles qu'elle-même formulait qu'elle parut s'en satisfaire.

— Non... c'est moi qui vous invite, s'écria-t-elle, se précipitant entre Durand et la serveuse qui approchait. Et si nous marchions ? C'est à deux pas.

Quand elle remarqua qu'il cherchait des yeux le *cab* qui avait disparu, elle ajouta :

— Oh, j'ai fait porter les bagages par le chauffeur. Voyez-vous, vous en avez beaucoup et, à cette heure-ci, la ruée aux guichets est horrible. Il les aura confiés à un porteur, je vous en prie, ne vous inquiétez pas.

Elle sortit d'un bond dans la rue ; elle avait la démarche souple et ferme d'une jeune fille, tandis que lui boitillait à ses côtés en silence et songeait à ce qui venait de lui arriver : une fois de plus ses bagages lui avaient échappé.

III

À en croire le miroir devant lequel il se rasait, Charley Durand avait quarante-cinq ans, était résolument chauve, et claudiquait. Ses yeux bleus aux cils épars clignaient derrière des montures dorées ; il avait un front qu'il trouvait pensif et un menton qu'il savait fuyant. Il était de taille moyenne, sa silhouette, dont les creux et les bosses n'étaient pas où ils auraient dû être, était celle d'un sédentaire ; il se cachait derrière des vêtements de confection aux tons neutres, ses bottines avaient des bouts carrés et des élastiques sur le côté et enfin il bégayait à chaque fois qu'il était d'importance capitale qu'il s'exprimât avec aisance. Sa sœur Mabel, qui le connaissait mieux que quiconque, avait un jour pris une de ses cartes de visite et tiré un trait sur littérature ; on n'y lisait plus que « professeur romantique » et dans le secret de son cœur, Charley Durand savait qu'elle avait raison.

Il disposait en vérité d'une imagination incroyable, mais qu'il était incapable d'exprimer. Les romans, plutôt que de les écrire, il les lisait ; les aventures, il les rêvait plus qu'il ne les vivait. D'une nature humble, cela faisait longtemps qu'il avait découvert ses limites et accepté que son imagination ne lui apportât rien d'autre qu'une plus grande liberté de jugement que ses voisins. Ce n'était pas rien, il aurait dû en être reconnaissant, mais il commençait à se demander si c'était suffisant.

Le professeur Durand avait lu *L'Abbesse de Jouarre* et savait que dans les moments d'extrême péril social, les êtres supérieurs se permettaient souvent de faire fi de la morale conventionnelle. Il n'avait aucunement l'intention de recourir à de telles extrémités mais il se demanda si, à l'heure où les fondements de la civilisation étaient ébranlés, lui, Charley Durand, ne pourrait pas s'accorder une escapade romantique de deux jours.

Ses bagages lui avaient à nouveau échappé et cela renforça son audace ; il ne pouvait en effet imaginer de situation plus dangereuse que celle qui le séparerait de sa brosse à dents et de ses lunettes de lecture. Cependant, la difficulté qu'il aurait à se justifier s'il s'aventurait plus avant lui apparaissait de plus en plus clairement à mesure qu'ils s'approchaient de la gare et, tandis qu'ils franchissaient l'entrée où il y avait foule et que Miss Rushworth disait : « Maintenant occupons-nous de vos affaires », il vit une nouvelle occasion de s'enfuir et s'écria :

— Non, non, je vous en prie, trouvez des places, je vais chercher mes bagages.

Il sentit sur son bras la même inexorable poigne qui l'avait sorti du labyrinthe de Charing Cross.

— Vous avez bien raison. Trouvons d'abord des places, avec tout ce monde, c'est plus prudent, lui répondit-elle gaiement tout en le conduisant vers un compartiment de seconde classe. Il avait toujours entendu dire qu'en Angleterre les aristocrates voyageaient en seconde classe. Et puis, continua-t-elle alors qu'elle se précipitait sur deux places près des fenêtres, vos affaires sont certainement déjà dans le fourgon à bagages. Et si elles n'y sont pas, vous ne les retrouverez jamais, car ce train semble accueillir tous les réfugiés qui viennent d'arriver en Angleterre !

Et en effet, ces réfugiés étaient nombreux, mais comment lui avouer que ce nombre comptait un individu de moins que ce qu'elle imaginait ? Soudain, une autre difficulté surgit. Il était assez facile de lui expliquer qu'elle s'était trompée mais, dans ce cas, comment justifier les heures qu'il avait déjà passées en sa compagnie ? Pouvait-il dire à la sœur de lord Beausedge qu'il l'avait prise pour une réfugiée ? Une telle déclaration serait par trop grotesque. Le désespoir le poussa à commettre un acte irréfléchi. Le train ne partait pas tout de suite, il avait encore le temps de tout avouer. Il se fraya un passage jusqu'à la place située en face de son ravisseur et parla sans réfléchir :

— Il faut que je vous dise… je dois vous présenter mes excuses… mes plates excuses… de ne pas vous avoir dit plus tôt.

Miss Rushworth pâlit, se pencha vers lui et ses petites griffes s'emparèrent de son poignet :

— Surtout, n'en dites pas plus ! souffla-t-elle.

Il perdit alors ce qu'il lui restait de sang-froid.

— Comment ça ?

— Ne croyez pas que je l'ignore, que je ne l'ai pas tout de suite deviné.

Il pâlit aussi, puis s'empourpra, alors que ses premiers doutes l'assaillaient de nouveau.

— Comment ne l'aurais-je pas deviné, poursuivit-elle, en voyant cette pile de bagages, bien sûr, j'ai tout de suite deviné que vous étiez riche et que vous n'aviez pas besoin de mon aide, dit-elle, tandis que ses yeux mélancoliques s'emplissaient de larmes. Mais vous aviez l'air si malheureux, avec votre jambe boiteuse et votre angoisse. Après tout, je ne vois pas pourquoi il faudrait n'ouvrir sa porte qu'aux réfugiés pauvres, et puis, est-ce ma faute si le comité n'a jamais voulu m'en envoyer un seul ?

— Mais, mais, commença-t-il, désespéré et puis tout à coup son bégaiement le reprit et sa gorge désemparée laissa échapper une succession de « m ».

Avec un tact exquis, Miss Rushworth effaça sa confusion d'un sourire.

— Ne dites plus un mot, plus un seul. Oh… vite, baissez-vous, s'écria-t-elle sur un tout autre ton, avec un mouvement de recul.

Durand reconnut la note de terreur avec laquelle elle avait salué l'approche de sa belle-sœur à Charing Cross. Nul n'était besoin qu'elle ajoutât tout bas : « C'est Caroline. » À cet instant, une tête emplumée, au visage déterminé, surgit à la fenêtre et une voix étonnée s'exclama :

— Audrey !

Quelques instants plus tard, quatre dames, une bonne chargée de paquets et deux chows-chows touffus prenaient possession de tout le reste du compartiment, et Durand, comme il se renfonçait dans l'encoignure de son siège, éprouva le brusque soulagement qui accompagne la fin du pénible exercice de la vertu. Un coup d'œil lui suffit pour comprendre qu'il ne pouvait plus rien faire. Visiblement, les jeunes femmes qui accompagnaient lady Beausedge étaient ses filles. Elles allaient s'étageant de la première qui était très grande à la dernière ; elles étaient toutes très minces, guère discrètes et bizarrement vêtues. Il était médusé ; elles lui firent penser à de mauvaises copies d'originaux qu'il n'aurait jamais vus. Personne ne lui prêta la moindre attention ; et les chiens, après lui avoir dédaigneusement reniflé les chevilles, en firent autant.

Pendant les premiers instants en présence de lady Beausedge, toute personnalité moins imposante que la sienne eût peiné à s'affirmer. Elle semblait ne pas avoir de limites, si bien que Durand se surprit à considérer ses filles, ses chiens et sa domestique comme des contours et des attributs à elle et il frémit à l'idée qu'elle allait s'asseoir à côté de lui, quand, en réalité, ce fut la plus jeune et la plus mince des filles qui s'installa près de lui, jouant de ses paquets pointus comme de coudes.

Lady Beausedge assaillait déjà sa belle-sœur :

— J'ignorais que vous aviez prévu d'aller en ville aujourd'hui, Audrey. Vous n'en avez rien dit hier soir au dîner.

Les yeux pleins d'appréhension de Miss Rushworth passaient de l'air effrayant de lady Beausedge au visage effrayé du professeur de littérature romantique, qui s'était plongé dans le journal grand ouvert qu'il venait d'acheter.

— Vous non plus, Caroline, commença Miss Rushworth avec dans la voix une énergie surprenante, et la menue jeune fille assise à côté de Durand se mit à rire.

— Comment cela, moi non plus ? Qu'est-ce qui te fait rire Clio ?

— Vous non plus vous n'avez pas dit que vous alliez en ville, Mère.

Lady Beausedge lui lança un regard furieux et les autres jeunes filles gloussèrent ; même la bonne se pencha vers les chiens pour cacher un sourire complice. Narguer lady Beausedge était, semblait-il, un jeu apprécié, quoique dangereux.

— Il se trouve, dit lady Beausedge, que le comité ne m'a téléphoné que ce matin.

Les yeux de Miss Rushworth s'animèrent. Elle semblait presque malicieuse.

— Ah, alors vous êtes venues pour les réfugiés ?

— Naturellement.

Lady Beausedge se débarrassa de son boa d'un geste vif et ouvrit la *Gazette du Pall Mall.*

— Quelle bagarre ! gémit la plus grande des filles, celle qui était la plus imposante, la plus vive, et qui portait les vêtements les plus coûteux.

— Oui ça n'en valait vraiment pas la peine. On n'aura jamais vu quelque chose d'aussi mal géré, c'était grotesque !

La demoiselle dénommée Clio remarqua à mi-voix :

— Cinq personnes et deux chiens pour aller chercher une vieille qui fume la pipe.

— Ah ! et vous en avez une ? murmura Miss Rushworth sur un ton que Durand, absorbé dans son journal, prit pour une diabolique simulation de jalousie.

— Oui, admit sa belle-sœur à regret, mais comme dit Clio, c'est presque un affront de nous avoir toutes fait venir en ville. Ils nous avaient promis une famille nombreuse avec une prima donna de l'opéra de

Bruxelles, ce qui aurait été bien pratique pour les cours de musique d'Agatha, et en plus de cela deux orphelins. Je suppose que c'est Ivy Trantham qui, comme d'habitude, se les est tous appropriés.

Elle se tut, puis ajouta avec davantage de condescendance :

— Après tout, Audrey, vous avez eu bien raison de ne rien tenter par l'intermédiaire du comité.

— Oui, je crois que l'on s'en sort mieux sans, répondit-elle d'une voix extrêmement douce.

— On s'en sort mieux sans réfugiés, vous voulez dire ? Je crois que nous en aurons bientôt la preuve. Je suis certaine que le clan Bidchester n'aura laissé que ceux dont on ne sait vraiment que faire.

— Je n'en suis pas si sûre, dit Miss Rushworth.

Au ton de sa voix, ses nièces échangèrent un coup d'œil stupéfait et lady Beausedge leva les yeux de la *Gazette du Pall Mall*.

— Je n'en suis pas si sûre, répéta-t-elle.

La plus âgée des jeunes filles éclata d'un rire excité :

— Tante Audrey… ne nous dites pas que vous aussi vous avez eu une vieille femme qui fume la pipe !

— Non, ce n'est pas une vieille femme, dit-elle, et après un silence elle désigna Durand d'un geste de la main, *Monsieur le professeur Durand de l'Université de Louvain*, ma belle-sœur, mes nièces. Il parle anglais, ajouta-t-elle à voix basse.

IV

La fenêtre au treillis étrange de Charley Durand était large et très basse. À n'en pas douter, il s'agissait bien d'une authentique fenêtre treillissée, avec de vieux carreaux bleutés encadrés d'épaisses baguettes noires ; elle ne ressemblait pas à celles des décors de théâtre, en verre à vitre et en papier mâché, comme on en voyait dans les faux cottages à l'ancienne des banlieues soignées des États-Unis. Quand il l'ouvrit, une grande branche de rosier jaune effleura son visage et les yeux violets d'une clématite humectée de rosée semblèrent le dévisager. En contrebas s'étendait un jardin empli de fleurs qui avait l'ait doux comme du velours. Il était entouré d'une haie d'ifs si haute que, sous ce ciel étoilé et tout proche, il semblait intime et clos, semblable en cela au salon bas de plafond, lui-même aussi aéré et fleuri que le jardin.

Cet après-midi-là, quand il l'avait traversée en train, l'Angleterre tout entière lui était apparue comme quelque immense et luxuriant jardin couvert, protégé des tempêtes, de la poussière et du désordre. Quel endroit merveilleux, et quel miracle qu'on l'ait conduit jusqu'en son cœur ! L'enchantement de cette première découverte de la campagne anglaise avait chassé tous ses scrupules.

Après qu'il se fut baigné et habillé, il descendit l'escalier en chêne foncé pour rejoindre son hôtesse qui l'attendait dans le jardin. Elle ne portait pas de chapeau, avait une écharpe pâle sur la tête, et l'excitation avait déposé sur chacune de ses joues ridées un peu de rose.

— J'aurais préféré passer une soirée ici, au calme ; mais Caroline a tellement insisté pour que nous dînions au manoir que… commença-t-elle.

— Bien sûr, bien sûr, tout cela est si charmant, répondit-il d'un air insouciant. Il aurait dîné à Windsor sans perdre contenance. Maintenant qu'il avait goûté à la magie intense du cottage anglais, plus rien ne pourrait le surprendre ou le ravir.

Ils sortirent du jardin par une poterne vert foncé qui perçait un mur de briques rose pêche, traversèrent un champ sous un ciel de plus en plus étoilé et passèrent sur un échalier. Un échalier ! Il se souvint de tableaux et de chansons où l'on aidait des jeunes filles à passer des échaliers et, plein de respect, il baissa les yeux quand, en descendant la marche, la main de Miss Rushworth s'appuya sur la sienne.

Quelques instants plus tard, ils marchaient à l'ombre d'une véritable forêt d'Arden, où de grands groupes d'arbres majestueux étaient plantés çà et là, tandis qu'au fond d'une clairière de fougères on voyait bondir des chevreuils.

— Est-ce… sommes-nous… ?

— Oui, oui, c'est Lingerfield. Le cottage est à la lisière du parc. C'est tout près si l'on passe par la chapelle et le cloître.

Ces mots, si lourds de suggestion, l'oppressaient. Il y avait une chapelle dans le parc… il y avait un cloître ! Lingerfield avait un passé religieux… avait dû être une abbaye, sans aucun doute. Même ces évocations pâlirent devant la splendeur de la réalité. Quand ils sortirent de l'ombre des arbres, ils virent les dernières lueurs du jour. Cette lumière éclairait une chapelle grise finement sculptée et aux pinacles délicats, les arcades d'un cloître, une pelouse avec un cèdre arrondi et une maison Tudor, à pignons, dont les briques étaient encore rosées dans le crépuscule ; la multitude des fenêtres de la façade reflétait les éclats du soleil couchant.

— Comme… comme les journées sont longues en Angleterre ! dit le professeur Durand que l'émotion étouffait.

Il avait suivi Miss Rushworth dans un grand salon qui débordait de monde et de silence. Jamais, lors d'une réception mondaine, le professeur n'avait eu l'impression que le silence fût aussi naturel. Les dames, qui se tenaient près de la cheminée entre les tables illuminées, auraient bien pu appartenir à un passé mystérieux si leur attitude et leur toilette n'avaient pas été si criantes de modernité.

Seule lady Beausedge, rigoureusement corsetée, couverte de colliers, un boa proéminent enroulé autour des épaules comme une collerette élisabéthaine, lui parut assez majestueuse pour le décor. Elle le fit penser à un portrait qui tiendrait à la fois de Marie la Sanglante et de feu la reine Victoria.

Il se remettait tout juste de l'échange de silence qui avait salué son entrée quand il découvrit un autre personnage digne de cette scène. C'était lord Beausedge, debout près de la fenêtre, qui parcourait le journal du soir, l'air écœuré.

Comme son épouse, lord Beausedge entrait à merveille dans la composition, seulement il était d'une époque plus tardive. Il le faisait penser aux cravates foulards et aux pantalons de nankin, à un portrait de Lawrence, au porto, à la chasse au renard, à la guerre d'Espagne, à la révolte des Cipayes, au gentilhomme anglais fidèle à Dieu et au roi, et à la lutte contre la réforme parlementaire. Quel prodige qu'une personne vêtue à la mode de son temps et plongé dans son journal pût ainsi incarner une époque révolue ! Il fit un ou deux pas vers son invité, décida de ne pas lui prêter attention et reprit sa lecture.

« Pourquoi… mais pourquoi nous agitons-nous autant chez nous ? », se demanda le professeur Durand.

— Gwen et Ivy sont toujours en retard, dit lady Beausedge, comme pour répondre au silence.

Miss Rushworth avait l'air inquiète.

— Ils viennent de Trantham ? s'enquit-elle.

— Non, pas lui. Seulement Gwen et Ivy. Agatha a téléphoné et Gwen a demandé si c'était possible.

Il y eut alors un long moment de silence durant lequel personne ne montra le moindre signe d'impatience ou d'étonnement. Durand avait le sentiment que tous, sauf peut-être lord Beausedge, avaient beaucoup de choses à lui dire, mais qu'il faudrait du temps pour que cela monte à la surface. Eh bien, pourvu que cela dure, rien ne pressait et il était enchanté de ne pas éprouver trop de sensations à la fois.

— Vous connaissez la duchesse ? demanda lady Beausedge tout à coup.

— La duchesse ?

— Gwen Rochester. Elle arrive. Elle veut vous voir.

— Me voir ?

— Quand Agatha lui a téléphoné pour lui dire que vous étiez là, elle a décommandé un autre dîner et avec sa belle-sœur elle a quitté Trantham à la hâte pour venir.

Durand jeta un regard désespéré à Miss Rushworth et vit que le triomphe lui avait fait monter le rose aux joues. La duchesse de Bolchester venait voir son réfugié !

— Peut-on se décommander si facilement ici ? demanda-t-il, presque facétieux.

— S'ils le souhaitent, répondit simplement lady Beausedge. Une fois de plus la conversation s'éteignit naturellement.

Celle-ci reprit avec vivacité lorsque deux grandes jeunes femmes émaciées firent leur entrée d'un pas nonchalant après que lord Beausedge eut fait sonner le dîner. Elles ne gaspillèrent pas un mot en excuses.

Le professeur de littérature romantique comprit que ces deux apparitions, dont la beauté molle lui était complètement étrangère, n'étaient autres que la duchesse de Bolchester et lady Ivy Trantham, celles qui avaient raflé le plus grand nombre de réfugiés de toute la région. Elles portaient des vêtements pâles et délicats et étaient bardées de perles et de bracelets barbares. Quand il les vit, il saisit pourquoi il avait pensé que les filles de la maison ressemblaient toutes à de mauvaises copies, exception faite de la plus jeune, qu'il commençait à distinguer de ses sœurs.

Il n'était pas certain que pendant les chuchotements qui avaient suivi on eût glissé son nom à l'oreille des nouvelles arrivantes, mais, en tout état de cause, personne ne les lui avait présentées, ni fait, d'ailleurs, le moindre effort pour l'inclure dans la conversation. Quand celle qui était légèrement moins grande appela l'autre Gwen, il se souvint qu'il s'agissait du prénom de la duchesse.

Ses grands yeux doux et vides s'étaient un instant posés sur lui. Il avait l'impression qu'elle aussi avait des choses à lui dire, mais que le moindre effort d'attention lui était trop pénible, et qu'à chaque fois qu'elle était sur le point de se rappeler qui il était, quelque autre distraction l'en empêchait.

La pensée qu'une duchesse ait pu décommander un dîner pour le rencontrer l'avait un peu grisé, mais lorsqu'il découvrit qu'une fois devant lui elle avait oublié la raison de sa visite, l'humiliation fut douloureuse même pour quelqu'un d'endurci comme lui.

Cependant, le professeur Durand ne manquait pas de perspicacité et, petit à petit, il commença à deviner que leur distraction et leur légèreté participait de cette ambiance de vacances dilettantes qui ne ressemblait à rien de ce qu'il connaissait. Il sentit que derrière l'animation fébrile et les voix basses et volubiles de ces jeunes femmes, que les filles Beausedge imitaient si bien, il y avait une inattention essentielle. Leurs efforts n'étaient pas éreintants car ils n'étaient pas appuyés; et elles se laissaient porter d'un sujet à l'autre comme des plumules au gré du vent. Il comprit qu'il était en sûreté et fut soulagé de voir qu'il ne risquait pas d'être pressé de questions. « Si je suis un imposteur, pensait-il, au moins ici, personne ne s'en rendra compte. » Puis au moment même où il tirait cette sage conclusion, il sentit fondre sur lui le regard de la duchesse. Le dîner était terminé et ils s'étaient tous rassemblés dans une grande pièce aux murs tapissés de livres ; elle se tenait devant la cheminée sculptée et allumait une cigarette, semblable à une duchesse sur la couverture d'un roman.

— Vous savez que tout à l'heure vous partez avec moi, dit-elle gaiement.

Miss Rushworth était assise au bout d'un canapé à côté de sa plus jeune nièce qui devait moins l'intimider que les autres. Instinctivement, Durand leur jeta un coup d'œil et il vit la vieille dame pâlir tandis que Miss Clio Rushworth balançait son pied malicieusement. Il s'inclina comme il supposait qu'il fallait le faire quand une duchesse vous adresse la parole.

— Pour bavarder avec vous ? lança-t-il pour plaisanter.

— Non, avec moi à Trantham. Ne vous a-t-on pas prévenu ? J'organise une garden party pour le Fonds d'aide aux réfugiés et je cherche quelqu'un pour faire une conférence sur les atrocités. C'est pour cela que je suis venue, ajouta-t-elle, innocemment.

Il y eut un profond silence, que lord Beausedge, levant les yeux du *Times*, rompit.

— C'est de sacrément mauvais goût, ce genre de chose, remarqua-t-il avant de reprendre sa lecture.

— Mais Gwen, très chère, bafouilla Miss Rushworth, ta garden party n'est que le dix-neuf !

La duchesse eut l'air surprise ; visiblement, elle n'avait pas la mémoire des dates.

— Ah oui, tante Audrey ? Eh bien, qu'est-ce que cela change ? Je veux l'emmener tout de même. Nous tenons absolument à ce qu'il soit là, n'est-ce pas Ivy ? dit-elle avec un sourire rayonnant à l'adresse de Durand. Vous retrouverez des gens comme vous à Trantham. Le ministre belge et l'ambassadeur de France viendront pour la conférence. Vous vous sentirez moins seul.

Lady Beausedge dit d'une voix autoritaire :

— Il me semble que j'ai la priorité, Gwen chérie. Bien sûr, Audrey n'attendait pas quelqu'un comme le professeur Durand et au cottage il pourrait... il pourrait... mais ici, avec ton oncle, et toutes les filles qui parlent français. Elle adressa un sourire chaleureux à Durand. On a préparé votre chambre, et bien sûr mon mari sera ravi que vous vous serviez de la bibliothèque pour préparer votre conférence. Nous enverrons la voiture de la gouvernante chercher vos bagages demain. Elle posa un regard sévère sur la duchesse.

— Vous voyez, ma chère, tout est arrangé.

Lady Ivy Trantham prit la parole :

— Cela ne sert à rien tante Caroline, Gwen ne renoncera pas. Comme elles n'avaient apparemment pas réussi à retenir le nom du professeur, les belles-sœurs continuaient à parler de lui à la troisième personne. Le comité nous a donné une prima donna de l'opéra de Bruxelles qui chantera *La Marseillaise* et le comment dit-on déjà ? enfin l'hymne belge mais il y a beaucoup de gens qui ne viendront que pour les atrocités.

— Ah oui, il faut absolument qu'on ait les atrocités, dit la duchesse en écho. Songeuse, elle regarda le visage rose et gêné de Durand. Il fera cela très bien, conclut-elle, comme s'il avait été sourd.

— Il nous faut quelqu'un qui ait l'habitude de parler en public. Les gens ne se satisferont pas d'un amateur, renchérit lady Ivy.

Lady Beausedge était pourpre de rage.

— Une prima donna de l'opéra de Bruxelles ! Mais ce matin même, le Comité m'a téléphoné pour me demander de venir chercher une prima donna. C'est certainement un malentendu qu'elle soit à Trantham, Gwen !

— Eh bien, dit la duchesse avec sérénité, c'est certainement un malentendu que lui soit ici.

Elle regardait le professeur avec de plus en plus de gentillesse.

— Mais il n'est pas ici ! Il est avec moi, au cottage, s'écria Miss Rushworth qui se leva brusquement, résolue. C'est honteux, c'est indigne de se chamailler ainsi !

— Oui, ne nous chamaillons pas. Venez avec moi, dit la duchesse et elle le prit par le bras, comme Miss Rushworth l'avait fait à Charing Cross.

Depuis que cette obligeante mais inquiétante discussion avait commencé, celui qui en était l'objet se trouvait en proie à une contraction nerveuse de la gorge. Quand enfin ses lèvres s'ouvrirent ce fut pour déverser un torrent de consonnes qui s'acheva par d'énigmatiques monosyllabes :

— Je ne suis pas…

— Pas un professionnel ? Mais vous êtes professeur, cela fera l'affaire, s'écria brusquement lady Ivy Trantham, tandis que la duchesse, l'entraînant par le bras, ajouta d'un ton persuasif :

— Vous verrez, nous en avons déjà un à Trantham et il nous fait tellement peur que nous voudrions que vous alliez lui parler. Il le faut.

— Je voulais dire… pas un r… r… réf… haleta Durand, désespéré.

Soudain, il sentit qu'on lui prenait l'autre bras ; c'était Miss Clio Rushworth qui le pinçait avec éloquence. Au même moment, il croisa son regard où il lut une supplication, un ordre et l'injonction passionnée de lui obéir en tout.

— Pauvre professeur Durand, vous allez nous prendre pour des Peaux-Rouges sur le sentier de la guerre. Venez avec moi dans la salle à manger je vais vous donner un verre de champagne, j'ai bien vu que le curry était trop fort pour vous, déclara la jeune fille d'un air entendu.

Durand, dans un de ses rares éclairs de sang-froid, avait transformé son bégaiement en une horrible quinte de toux, et quand la duchesse l'eut relâché, il s'empressa de sortir de la pièce derrière sa rédemptrice. Il continua de tousser convulsivement en traversant le hall et quand enfin ils entrèrent dans la salle à manger, il était si congestionné que des larmes coulaient derrière ses lunettes ; il se laissa tomber sur une chaise et, affligé, posa ses coudes sur la table en acajou.

Miss Clio Rushworth disparut derrière un grand paravent et revint avec une coupe de champagne à la main.

— Voulez-vous quelque chose dedans ? demanda-t-elle gentiment, avant de sourire car il refusa d'un geste dolent.

Il vida son verre et s'éclaircit la voix, mais avant qu'il ait pu parler elle lui fit signe de se taire.

— Ne dites rien, ne dites rien.

Il fut surpris car ces mots faisaient écho à ceux de la tante mais il était également un peu las qu'on le renvoyât d'une injonction sibylline à l'autre.

— Ne pas dire quoi ? demanda-t-il sèchement.

— N'avouez pas tout, du moins pas encore. Faites comme si vous en étiez un, juste encore un peu, s'il vous plaît.

— Un quoi ?

— Un réfugié ! Elle s'assit en face de lui, et posa son menton pointu sur ses mains jointes. Je vais vous dire pourquoi.

Mais le professeur Durand n'écoutait pas. Le soulagement d'avoir été percé à jour l'avait plongé dans une extase momentanée, mais il fut bientôt saisi de terreur à l'idée des conséquences angoissantes de cette découverte. Il essaya de déchiffrer l'étroit visage ironique de la jeune fille, mais ses yeux et son sourire demeuraient impénétrables.

— Miss Rushworth, laissez-moi au moins vous dire que…

Elle secoua la tête gentiment mais avec fermeté :

— Que vous n'êtes pas un espion allemand déguisé ? Dieu soit loué ! Croyez bien que je devine ce qui s'est passé ! Je m'en suis aperçue dès que nous sommes entrées dans le compartiment. Je suppose que vous êtes arrivé de Boulogne dans le même train que les réfugiés et quand la chère tante Audrey vous a sauté dessus, vous vous êtes mis à bégayer et vous n'avez rien pu lui expliquer.

Ah ! Bénie soit sa bienveillance qui lui mettait du baume sur le cœur ! Débordant de reconnaissance, il inspira longuement, lui retourna un sourire puis bafouilla :

— C'était pire que cela ! Bien pire ! Je l'ai prise pour une réfugiée. Nous nous sommes secourus l'un l'autre !

Un énorme éclat de rire juvénile fit trembler jusqu'aux chevrons solides de la salle à manger de Lingerfield. Miss Clio Rushworth, le visage entre les mains sanglotait de rire.

— Ah, j'imagine la scène !

— Non, pas tout à fait, pas encore ! dit-il en gloussant.

— Alors racontez-moi, dites-moi tout !

Et il lui raconta. Son élocution était lente et claire et il ne bégaya pas, car sous ce regard doux et calme, il se sentait enveloppé dans une atmosphère d'infinie bonté.

— Voyez-vous cette aventure me fascinait, je ne dirai pas le contraire, dit-il dévoilant la dernière carte de sa duplicité.

Pour la première fois, elle parut stupéfaite :

— Cette aventure ? Une aventure avec tante Audrey ?

Ils échangèrent un petit sourire.

— Je voulais dire l'aventure de l'Angleterre... je n'étais jamais venu en Grande-Bretagne, ni dans une demeure seigneuriale. C'est bien une baronnie ? En bref, je vous parle précisément de tout ce qui vient de m'arriver. La nouveauté de tout cela... mais comment pourriez-vous comprendre ?... était irrésistible. Ce passé historique, quelle nouveauté pour moi ! Après tout, l'Angleterre nous coule dans les veines. Il regarda ce qui l'entourait, cette grande pièce sombre, tendue de tapisseries. Figurez-vous n'avoir jamais vu ces choses qu'au théâtre ! Oui, j'ai été séduit par tout cela, par tout ce que j'ai vu depuis que je suis arrivé à Londres. Bien sûr, si ça n'avait pas été le cas, j'aurais trouvé l'occasion de m'expliquer, ou j'aurai pu lui échapper quand nous étions à la gare.

— Je suis si contente que vous ne l'ayez pas fait. J'y viens justement, dit la jeune fille, voyez-vous, c'est... comment dire... plus qu'une aventure pour tante Audrey. C'est bien la première fois qu'il lui arrive quelque chose.

Le professeur Durand rougit jusqu'à la racine des cheveux.

— Je ne comprends pas, émit-il faiblement.

— Non, bien sûr que non. Pas plus qu'il ne m'est possible de comprendre ce que Lingerfield représente vraiment pour un Américain. Et il faut avoir vécu ici depuis des générations et des générations pour comprendre tante Audrey. Voyez-vous, de son temps, il n'arrivait jamais rien aux femmes qui n'étaient pas mariées. La plupart étaient mises à l'écart dans des cottages couverts de clématite et on les y oubliait. Tante Audrey a toujours été oubliée, même par le comité des réfugiés. Et mon père, ma mère, et ses autres frères et sœurs, et mes sœurs et moi... j'ai bien peur que nous l'ayons aussi toujours oubliée.

— Pas vous, dit le professeur Durand, avec une témérité soudaine.

Miss Clio Rushworth sourit :

— Je l'aime beaucoup et puis moi aussi j'ai été un peu oubliée. Elle s'arrêta un instant et poursuivit : Tout cela serait trop long à expliquer. Mais je vous en supplie, laissez-la vivre son aventure, profiter de l'existence, maintenant que c'est son tour ; maintenez les apparences encore un peu. Personne d'autre n'a deviné et je vous promets de vous sortir d'ici avant qu'ils ne s'en chargent. Laissez juste tante Audrey avoir son réfugié pendant quelque temps et triompher sur Lingerfield et Trantham. Pour la duchesse ? Je vais aussi arranger cela. Rentrez vite au cottage maintenant, c'est par là, traversez la pelouse, longez la chapelle... je dirai que vous aviez une toux tellement inquiétante que vous êtes vite rentré vous faire un cataplasme à la moutarde. Je dirai à Gwen que vous acceptez avec plaisir de donner la conférence...

Durand fit un geste de protestation, mais elle poursuivit gaiement :

— Enfin, ne voyez-vous pas que si vous résistez, elle tiendra encore plus à vous avoir. Tandis que si vous acceptez tout de suite et que vous lui faites croire que vous irez à Trantham aussitôt que votre toux sera guérie, elle oubliera même qu'elle vous avait invité. Vous trouvez que c'est déloyal ? Certes, oui, un peu. Mais avez-vous pensé à ce qui serait arrivé si vous ne vous étiez pas étouffé tout à l'heure et si vous aviez réussi à crier que vous étiez un imposteur ?

Un frisson glacé parcourut le dos de Charley Durand quand sa conseillère lui rappela, avec son autorité naturelle, cet aspect de la question.

— Oui, en effet, je vois que tout est pour le mieux ainsi.

— Eh bien, plutôt oui ! Elle le conduisit à une fenêtre qui donnait sur la pelouse. Allez-y maintenant et jouez votre rôle, entendu ? Je vous promets de vous soutenir et de vous aider à vous échapper si vous faites tout ce que je vous demande.

Joyeusement complices, ils se serrèrent la main, et comme il s'échappait par le jardin baigné de lune, il emportait avec lui le souvenir de ce visage laid et expressif et se demandait comment cette jeune fille pouvait penser qu'elle était de celles qu'on oubliait.

V

Il s'était passé bien des choses avant qu'il ne se trouve de nouveau sur le quai de Boulogne. C'était le mois d'avril 1918, il était sanglé dans un uniforme trop serré et espérait secrètement que les spectateurs admiratifs ne remarqueraient pas immédiatement le sigle de la YMCA. Certes, il était reconnaissant à cette grande organisation de l'avoir accepté dans ses rangs et de lui avoir trouvé une tâche à accomplir, mais il ne s'était jamais tout à fait consolé d'être né quelques années trop tôt et de ne pouvoir, en conséquence, porter l'authentique uniforme de son pays. Il n'aurait alors pu rêver situation plus romanesque, mais il s'était résigné depuis longtemps à se satisfaire, dans ce domaine, de pis-aller ; ses aventures ne mériteraient jamais de grand A.

Cependant il était très satisfait, et plus encore depuis qu'il était de retour en France, au cœur de l'action que jadis ses nerfs n'avaient pu endurer, mais qu'à présent il supportait avec une sérénité parfaite parce que ses propres intérêts et ceux de son pays, pour autant qu'ils vaillent, étaient en jeu et qu'ils ne se contentaient plus d'être de simples spectateurs émus.

La scène, aussi originale qu'elle parût, en raison des hordes de soldats anglais et américains qui l'animaient, lui sembla pourtant, par certains détails, terriblement familière. Car l'avancée des troupes allemandes dans le nord avait contraint les populations de ces régions à se déplacer, et parmi les fugitifs, quelques malheureux groupes de fuyards avaient atteint Boulogne et s'étaient rassemblés sur le quai, exactement comme ce qu'il avait vu quatre ans plus tôt. Seulement, cette fois-ci, il n'y en avait que quelques dizaines et non des centaines et ce ne fut pas tant leur nombre que ce qu'ils représentaient qui tortura Durand.

Le professeur Durand n'était pas plus en quête de réfugiés qu'il ne l'avait été alors. On l'avait dépêché à Boulogne pour s'occuper de la bibliothèque d'une unité de la YMCA. Il se tenait sur l'embarcadère et cherchait vaguement des yeux quelqu'un qui aurait les initiales de la YMCA sur le col et pourrait le guider. Dans la confusion générale, il ne trouva personne qui s'intéressât le moins du monde à son problème et, résigné, il patientait, abrité entre deux piles de caisses d'emballage, quand soudain il se dit que ce visage était de ceux que l'on n'oublie pas. C'était celui d'une jeune fille mince et brune qui portait aussi sur l'épaule un sigle incompréhensible, un chapeau mou à larges bords et des *leggins* ; elle donnait fermement des instructions à un ordonnance imposant dans une voiture de la British Army. Comme Durand la dévisageait, elle le vit ; leurs regards se croisèrent et elle éclata de rire.

— Eh bien, dans votre armée, les vestes d'uniforme ont une drôle de coupe ! s'exclama-t-elle tandis qu'ils se serraient la main.

— Oui, je le sais bien... et en plus je suis trop gros. Mais vous m'avez reconnu ! s'écria le professeur d'un ton triomphant.

— Voyons, bien sûr ! Je reconnaîtrais vos lunettes entre mille, dit Miss Clio Rushworth gaiement. Elle finit de donner ses ordres à l'ordonnance puis revint vers le professeur.

— Quelle blague ! Alors vous faites partie de quoi ? Ah, de la YMCA ! Avec les Anglais, je suppose. Ils s'assirent sur une caisse et échangèrent des confidences, tandis qu'en son for intérieur, Durand espérait que la personne que l'on avait envoyée à sa rencontre était occupée à autre chose.

C'était sans doute le cas car leur bavardage, ponctué d'éclats de rire, eut le temps de se perdre dans le labyrinthe de leurs joyeuses réminiscences.

— Et quand ils ont tout découvert, n'ont-ils pas été trop horrifiés ? demanda-t-il enfin ; et ce souvenir suffit à le faire rougir.

Elle secoua la tête, le sourire aux lèvres.

— Ils n'en ont jamais rien su, personne n'a rien découvert sauf Père et il en a ri pendant une semaine. Je n'aurais jamais permis que quelqu'un d'autre l'apprenne. Cela aurait gâché tout le plaisir de tante Audrey si Lingerfield avait su que vous n'étiez pas un réfugié. Jusqu'à ce jour vous restez la grande aventure de sa vie.

— Mais comment avez-vous fait ? Je ne comprends pas.

— Venez dans nos quartiers ce soir et je vous raconterai.

Elle se leva et fourra son étui à cigarettes dans la poche de sa veste qui était plus seyante que celle de Durand.

— Tenez, comme votre homme n'est pas là, venez donc dans nos quartiers maintenant, vous verrez tante Audrey.

Le professeur Durand pâlit de manière peu martiale.

— Miss Rushworth est là ?

— Et comment ! c'est mon chef. Venez par ici.

— Votre chef ? dit-il. Il se sentit chanceler, le cœur lui manqua. Vraiment… ne serait-ce pas mieux de ne pas la voir ? Et si elle se souvenait de moi ?

La nièce de Miss Rushworth rit :

— Je ne le crois pas, elle est presque aveugle. Et alors ? Elle a vu bien des réfugiés depuis. Vous allez voir, les pauvres, ces temps-ci, ils sont plutôt invendables. Maintenant tante Audrey a bien d'autres choses en tête.

Elle s'éloigna à grandes enjambées rapides et lui, d'un air obéissant, se hâta de lui emboîter le pas.

La grande tente brune de section était emplie de soldats qui buvaient divers rafraîchissements offerts par des jeunes filles en tenue kaki. À l'autre bout de la salle, Miss Clio Rushworth entra dans un bureau avec Durand sur les talons. Une dame avec des lunettes et un nez pointu était assise derrière une table de travail. Elle portait un uniforme de colonel et plusieurs décorations et était penchée en avant, occupée à écrire. Une jeune fille en tenue d'infirmière, debout à ses côtés, semblait attendre un ordre. De pauvres malheureux, épuisés et dépenaillés, étaient assis le long du mur. Des réfugiés, à n'en pas douter. D'un mouvement vif, le colonel leva la tête et jeta à sa nièce un regard résolu et presque menaçant.

— Clio, pas un réfugié de plus, pas un ! Je refuse catégoriquement. On n'a plus une seule place et la dernière famille que tu m'as amenée a disparu avec mon imperméable et ma lampe torche.

Elle se remit à écrire, penchée sur la table, l'air sévère. Quand elle leva de nouveau la tête, son regard distrait se posa un instant sur la mine embarrassée du professeur Durand, puis revint à son bureau sans montrer le moindre signe de reconnaissance.

— Oh, tante Audrey, même pas un ? Rien qu'un seul ? supplia la nièce du colonel.

— Inutile d'insister, ma chérie. Allez, laisse-moi travailler. Tenez Mademoiselle, voici les bulletins.

Ses lèvres se refermèrent d'un claquement sec. Le colonel Audrey Rushworth, stylo brandi, se remit à parcourir d'un rythme régulier les feuilles de papier à en-tête.

Une fois qu'ils furent sortis de la tente, le professeur Durand et Clio se retrouvèrent dehors sous un soleil printanier et ils se regardèrent en silence un long moment.

Charley Durand, au-delà de son soulagement passager, se sentit clairement humilié.

— Je comprends pourquoi je n'avais rien à craindre, dit-il avec un rire forcé.

— Je vous l'avais dit. En fait, tante Audrey a beaucoup d'autres préoccupations en ce moment. On ne risque plus de l'oublier... maintenant c'est elle qui oublie les autres. Elle posa sa main sur son bras pour le réconforter. Je suis désolée... mais il faut lui pardonner. Elle vient d'être à nouveau promue et le mois prochain, elle épouse l'évêque du Cameroun.

Titre original : *The Refugees* (*Saturday Evening Post*, Philadelphia, 18 janvier 1919)

Table

Composition réalisée par Asiatype
Achevé d'imprimer en novembre 2006 en Espagne par
LIBERDUPLEX
Sant Llorenç d'Hortons (08791)
Dépôt légal 1re publication : novembre 2006
N° d'éditeur : 78398
Librairie Générale Française – 31, rue de Fleurus – 75278 Paris Cedex 06
30/0172/4